Kommissar Wallander verfährt sich auf dem Weg zur Weihnachtsfeier seiner Tochter und trifft in einer abgelegenen Dorfkneipe auf drei höchst ungewöhnliche Gestalten. Liza Marklunds berühmte Reporterin Annika Bengtzon gerät an Weihnachten unversehens in einen Kugelhagel, und Leena Lehtolainens Kriminalkommissarin Maria Kallio muss einen besonders kniffligen Fall lösen. Auch die skandinavischen Bestseller-Autoren lieben Weihnachtsgeschichten – auf ihre Art.

Annamari Arrakoski wurde 1969 in Finnland geboren, studierte in Deutschland Literatur und lebt heute mit ihrer kleinen Tochter in Finnland. Sie ist eine der besten Kennerinnen der skandinavischen Literaturszene und Verlegerin eines kleinen finnischen Verlags.

Annamari Arrakoski (Hg.)

★⋆★

Weihnachtsgeschichten aus Skandinavien

Deutsch von Coletta Bürling,
Susanne Dahmann,
Gabriele Haefs und Angela Plöger

Rowohlt Taschenbuch Verlag

Neuausgabe November 2004

Veröffentlicht im Rowohlt Taschenbuch Verlag GmbH,
Reinbek bei Hamburg, November 2003

Umschlaggestaltung any.way, Cathrin Günther
nach einem Entwurf von Susanne Hinselmann
(Foto: Mads Mogensen)
Satz Fairfield LH PostScript, PageMaker bei
Pinkuin Satz und Datentechnik, Berlin
Druck und Bindung Clausen & Bosse, Leck
Printed in Germany
ISBN 3 499 23819 5

★★★

Inhalt

★★★

Unni Lindell Der Wettlauf

Aus dem Norwegischen von
Gabriele Haefs

Sie stellte ihren kleinen VW auf dem beleuchteten Parkplatz ab. Andere Wagen waren dort nicht zu sehen.

Beim Aussteigen stieß sie mit dem Kopf an. Ach, verflixt! Sie war einfach zu groß für so eine kleine Büchse von Auto. Für eine Frau war sie groß geraten. Groß und gut aussehend, würden manche vielleicht sagen.

Feminin auf eine maskuline Weise. Starkes Gesicht mit klaren, regelmäßigen Zügen.

Sie nahm die Skier vom Dachgestell und schnallte sie an. Der Abend war kalt und sternenklar. Die Lichtloipe war in weißes, eiskaltes Licht gebadet. Ein perfekter Abend. Es war fünf Tage vor Weihnachten. Der feine Schnee, der am Vortag gefallen war, ließ die Loipe trotz der Kälte weich wirken.

Die ersten Hügel waren die schlimmsten. Ihre Muskeln saßen noch steif und kalt in Oberschenkeln und Wangen. Sie spannte ihren langen Körper an und brachte die ersten Hänge in gleichmäßigem, wenn auch nicht allzu hohem Tempo hinter sich.

Die Stille war das Beste von allem. Kein Laut zu hören. Es gab nur Kälte, Dunkelheit und die beleuchteten Spuren. Sie war fast immer allein hier. Das lag natürlich daran, dass sie erst so spät abends loslief. Jetzt war es fünf vor halb elf.

Das Rauschen der Skier über die kalte Schneefläche wurde zu einem einsamen Rhythmus, der im Takt mit ihrem Herzen schlug.

Sie entspannte sich.

Wenn sie und Tormod im Winter am Mittelmeer Urlaub gemacht hatten, hatten ihr vor allem diese Touren gefehlt. Sie waren zwar immer nur zwei oder drei Wochen verreist gewesen, aber dennoch … In der Wärme und unter den anderen Touristen war der ansonsten so langweilige Tormod auf unverhohlen alberne Weise aufgeblüht. Der Alkohol war nur so geflossen, und Tormod hatte lautstarke und nichts sagende Gespräche mit Deutschen und Schweden geführt, während sie daneben saß und an ihrem Glas nippte.

Im Hotelzimmer hatte sie sich dann ihren «ehelichen Pflichten» nicht entziehen können, und allein das war schon ein Albtraum gewesen.

Ab und zu hatte sie ihn dermaßen verabscheut, dass sie sich vor ihren eigenen Gefühlen gefürchtet hatte. Er hatte nicht verstehen können, dass sie lieber zu Hause sein wollte, in Schnee und Kälte. Er hatte nicht begriffen, dass sie «dort unten» nicht eine Sekunde vor ihm Ruhe hatte. Zu Hause schliefen sie doch immerhin in getrennten Zimmern.

Auf einem Hügelkamm hielt sie inne und stützte sich auf ihre Skistöcke. Die Loipe führte jetzt ein ganzes Stück weit geradeaus, um dann nach links abzubiegen und abwärts zu gehen. Sie kannte die Loipe in- und auswendig und hätte sie mit verbundenen Augen laufen können. Ab und zu begegneten ihr hier andere Skiläufer, aber das passierte doch eher früher am Abend. Auch heute hatte einige Stunden zuvor sicher reger Betrieb geherrscht, vor allem Männer in Trainingsjacken, die den Namen eines Skiclubs auf dem Rücken trugen. Jetzt saßen sie bestimmt zu Hause vor dem Fernseher, frisch geduscht und mit gutem Gewissen.

Es tat gut, die Wärme im Körper zu spüren, trotz der kalten Luft. Mechanisch, wie ein programmierter Roboter, glitt sie vorwärts.

★

In der letzten Zeit war sie ein wenig nervös gewesen. Das war sicherlich kein Wunder, sie war ja erst seit einigen Monaten Witwe. Sie merkte es vor allem im Büro. Dort konnte sie ihren eigenen Gedanken folgen und dann entsetzt hochfahren, wenn jemand an die Tür klopfte oder das Telefon klingelte.

Ihre Freundinnen verstanden nicht, dass sie hier allein durch die Dunkelheit zu laufen wagte, aber ihr wäre nie die Idee gekommen, dass das gefährlich sein könnte. Sie war gern allein unterwegs.

Angst war ein Begriff, der ihr eigentlich unbekannt war, obwohl sie zugeben musste, dass sie ab und zu ein Gefühl wahrnahm, das damit Ähnlichkeit haben mochte, jetzt, wo sie allein war.

Sie legte eine kurze Atempause ein. Die Stille war zwar nicht gerade bedrückend, aber doch aufdringlich. Ihr Herz hämmerte in lauten rhythmischen Schlägen, die ihre Ohren rauschen ließen.

Die Schläge wurden nach und nach leiser, das Rauschen dagegen änderte sich nicht. Es hörte sich an wie harte Skierflächen auf kaltem Schnee. Aber sie stand doch still!

Ihre Kopfhaut fror, obwohl sie sich die Skimütze tief über die Ohren gezogen hatte. Sie lief weiter und kam rasch voran.

Als sie den Kopf in den Nacken warf, fingen ihre Augen das Himmelsgewölbe ein. Es war weit und dunkel.

Ihre Skier knirschten auf dem Schnee und trommelten in ihren Gedanken eine Melodie, die sie eigentlich gar nicht hören wollte. Ich habe keine Angst, ich habe keine Angst, sang in ihr eine Stimme. Sie musste lachen. So dumm hatte sie sich früher nie angestellt! Aber im Büro war in letzter Zeit so viel zu tun gewesen. Sie hatte einige Abende Überstunden gemacht und auch Arbeit mit nach Hause genommen. Sie schlief nachts nicht mehr gut. Sie war ganz einfach überarbeitet.

Ich habe keine Angst, ich habe keine Angst. Vielleicht sollte sie doch eine Pause einlegen und sich noch einmal ein wenig ausruhen. Nein, im Grunde war sie nicht so müde.

Die Loipe führte jetzt ein Stück geradeaus, bis zu der sanften Böschung, die bei den hohen Tannen begann. Sie hatte einen Kloß im Hals und versuchte vergeblich, ihn hinunterzuschlucken. Der Speichel war in ihrem Mund vertrocknet. Sie versuchte, an etwas anderes zu denken als an Finsternis und Einsamkeit im tiefen Wald. Tormods Gesicht nahm deutliche Formen an. Seine Augen, dumm, aber zugleich vorwurfsvoll und hart.

Sie waren so verschieden gewesen. Sie verstand nicht, warum sie ihn geheiratet hatte. Er war sechzehn Jahre älter als sie, und schon damals hatte er wie ein «alter Mann» gewirkt. Sie wusste nicht, ob er jemals jung gewesen war.

Die Reihenhauswohnung, die eine Viertelstunde Fahrzeit von der Lichtloipe entfernt lag, war in gewisser Hinsicht während der letzten Jahre für sie beide zu klein gewesen. «Wir sprechen nicht mehr miteinander», hatte er gesagt. «Aber wir sind doch verheiratet. Tagsüber arbeiten wir beide, und abends läufst du Ski. Nicht einmal das Schlafzimmer teilen wir noch.»

Vielleicht war Tormods Geist hinter ihr her, um sich zu rächen. Herrgott, jetzt musste sie sich aber zusammenreißen. Hinter ihr war doch wohl niemand her! Oder vielleicht doch?

Plötzlich wusste sie eins ganz klar: Sie hatte Angst um ihr Leben, nicht nur vor ihren Gedanken und Phantasien. Das Geräusch hinter ihr sprach für sich. Sie hatte sich nicht umgeschaut, doch instinktiv wusste sie es genau: Jemand kam hinter ihr her!

Sie spürte die Gefahr in ihrem warmen Körper wie eine Kältewelle. Das Blut brauste durch ihre Handgelenke. Ihr Herz tat weh.

Natürlich konnte es sich auch um einen harmlosen Skiläufer handeln, der sie bald überholen und dann zwischen den Bäumen verschwinden würde.

Aber so war es nicht! Das spürte sie im ganzen Leib.

Sie blieb stehen. Eine Sekunde, zwei Sekunden. Das Herz zitterte in ihrer Brust. Sie riss den Kopf herum, und ihre Augen fingen für einen Moment den Mann ein, der hinter ihr herkam. Ein wehes Schluchzen steckte ihr im Hals, hart und schmerzhaft. Herrgott.

Im selben Moment hörte sie das Lachen. Er lachte ein gieriges, schallendes Lachen, das durch die Kälte rollte. Außer ihnen war so spät niemand mehr unterwegs. Sie triefte vor Schweiß, ihre Beine waren steif, und sie zitterte. Die Skier jagten wie Pfeile dahin.

Er lief schnell und holte immer mehr auf. Das hier war gefährlich. Lebensgefährlich. Sie keuchte seltsame Geräusche aus sich heraus und lief um ihr Leben.

Es ging so entsetzlich schnell. Das Licht erlosch. Die Loipe war stockdunkel. Der Wald war schwarz.

Ihre Augen waren noch vom Licht erfüllt, und deshalb konnte sie nichts sehen. Ihm ging es ebenso. Sie hörte ein leises Fluchen.

Sie kannte die Loipe auswendig, jede Kurve und jeden Hang. Bei ihm war das vielleicht anders. Sie weinte jetzt laut und wusste plötzlich, wie ein gejagtes Tier empfinden musste. Sie war die Beute, und das spürte jede einzelne Zelle in ihrem Körper. Zugleich hatte sie aber noch etwas anderes registriert. Der «Jäger» war ein wenig zurückgefallen. Hinter der nächsten Kurve lag ein steiler Hang, und danach bog die Loipe scharf nach links ab. Unten am Hang wäre sie fast gestürzt. Offenbar lag etwas im Weg, vielleicht eine Apfelsinenschale oder ein Schokoladenpapier. Ihr Körper war zusammengezuckt wie nach einem Stoß, aber sie hatte im letzten Moment das Gleichgewicht bewahren können.

Er stürzte. Einige Meter hinter sich hörte sie den schweren Fall.

★

Die Furcht steckte ihr noch immer im Leib, aber jetzt hatte auch etwas anderes sie gepackt: eine Art Ekstase, wie bei einem Soldaten, der weiter über das Schlachtfeld läuft, während seine Kameraden um ihn herum zu Boden sinken. Ihre Haut prickelte. Sie war die Maus, die mit der Katze spielte. Sie fror. Sie zitterte. Er war wieder auf die Beine gekommen. Die Jagd ging weiter. Sie hatte kein Gefühl für die Zeit. Wie lange waren sie schon unterwegs? Eine halbe Stunde, zwanzig Minuten? Vermutlich eher fünf.

Die Loipe führte jetzt über eine weite Lichtung. Der weiße Schnee erleichterte hier das Sehen. Die Beine zogen die Skier mit sich. Sie konnte seinen Atem hören. Wie weit er hinter ihr lag, wusste sie nicht. Zwei Meter, vielleicht nur einen. Ihr kam für einen Moment der Gedanke aufzugeben. Anzuhalten. Sich in den Schnee fallen und alles darauf ankommen zu lassen. Sie war so müde. Fast alle Kräfte waren verbraucht. Wie lange sollte das noch weitergehen? Was könnte sie retten?

Doch der bloße Gedanke daran, dass sie auch aufgeben könnte, brachte sie dazu, ihrem Körper das Unmögliche abzuverlangen. Die neue Kraft jagte sie weiter. Sie konnte jetzt nicht sterben, wollte nicht! Tormod war tot. Sie lebte, und damit wollte sie auch weitermachen.

Der Boden war flach, und sie sah vor sich die Loipe wie einen dunklen Strich. Ein Stück weiter vorn führte eine schmale Brücke über den Fluss, auf dem anderen Ufer war es dann nur noch ein kurzes Stück bis zur Wendestelle, danach ging es denselben Weg zurück.

Und dann? Wenn sie es überhaupt noch so weit schaffte?

Es gab eine Möglichkeit … aber konnte das glücken? Ihr Kopf war ein einziges Wirrwarr aus Gedanken, Spannung und

Berechnung. Wenn ... die Loipenspuren waren hier ziemlich tief, deshalb folgten die Skier ihnen automatisch, wie ein Zug, der über Schienen rollt.

Sie war total erschöpft. Hatte keine Kräfte mehr. Fast keine.

Die Übelkeit jagte ihr ruckhaft durch den Leib. Ihre Lippen waren vom gefrorenen Speichel geschwollen. Die Haare hingen in langen Strähnen unter der Mütze. Der Blutgeschmack klebte wie ein bitterer Klumpen aus Furcht unter ihrer Zunge.

Die Welt um sie herum war ganz still. Die Erde drehte sich nicht mehr.

Ihr Herz war das einzige Geräusch, das sie wahrnehmen konnte.

Jetzt hatte er sie wieder eingeholt! Sie spürte seine Skier dicht an ihren. Das brachte sie aus dem Gleichgewicht, beinahe wäre sie gestürzt. Auch er keuchte, aber er hatte noch Kräfte. Er war ein Mann!

Einer letzten Geste gleich riss sie die Skier aus der Loipe, nur zehn Meter von der kleinen Brücke entfernt. Ihre Skier jagten durch den Neuschnee und zogen Spuren. Sie hatte ihn überrascht. Doch schon eine Sekunde darauf war er wieder hinter ihr. Würde sie es schaffen? Noch ein paar Meter. Noch drei! Zwei, einer!

Sie flog wie eine Elfe über den Fluss. Die dünne, vom Neuschnee bedeckte Eisschicht konnte ihren Körper für eine Sekunde tragen, und danach stand sie schon auf der anderen Seite. Die Eisschollen verschwanden im Brausen des Flusses. Und das tat auch er. Er rief etwas und mühte sich im kalten Wasser mit Skiern und Stöcken ab. Die Strömung trug ihn davon. Sein Kopf schwamm auf dem Wasser wie ein kleines Boot und tauchte einige Male unter und wieder auf.

Dann war er verschwunden.

Er war verschwunden! Und sie stand da mit glühenden Wangen und lauschte auf das Rauschen des Flusses. Ihre Haare saßen voller Eiszapfen, und die Tränen strömten nur so. Sie hatte es geschafft. Sie hatte es geschafft.

★

Die Stille im Wald war überwältigend. Und dann war das Licht wieder da. Wie Gold tropfte es auf sie herab. Langsam kehrte sie ins Leben zurück. Ihr Herz zitterte nicht mehr so, doch eine große Müdigkeit überkam sie, und sie konnte sich fast nicht bewegen.

Langsam machte sie sich auf den Rückweg. Zuerst ging sie einige Meter am Flussufer aufwärts, bis sie die Brücke erreichte, die mit zur Loipe gehörte. Der Rückweg war lang. Sehr lang. Sie arbeitete sich sehr langsam, aber auch sehr sicher zurück. Nach einer Weile fühlte sie sich in dem tiefen Wald unwohl und steigerte ihr Tempo ein wenig. Endlich sah sie unter sich den Parkplatz, und bei der letzten Abfahrt hatte sie ihren Körper wieder vollständig unter Kontrolle.

Dort stand jetzt noch ein weiterer Wagen, ein silbergrauer BMW. Mortens Auto. Sie hatte gewusst, dass er an diesem Abend kommen würde. Das hatten sie tagsüber während der Arbeit verabredet. Um halb elf auf dem Parkplatz. Aber sie hatte nicht auf ihn gewartet. Ganz bewusst. Sie hatte einen kleinen Vorsprung gebraucht. Aber Herrgott, es war wirklich nur um Haaresbreite gut gegangen. Zwischendurch hatte sie schon befürchtet, ihr schöner Plan könne fehlschlagen. Sie hatte doch nicht ahnen können, dass er so gut in Form war.

Morten wusste, dass sie Tormod getötet hatte. Auf einer Betriebsfeier hatte sie zu viel getrunken und sich ihm in einem schwachen Moment anvertraut. Sie hatte geglaubt, sie könne sich auf ihn verlassen. Sie hätte es besser wissen müssen. Er war doch ein Mann. Seither hatte er sie ausgenutzt, sie erniedrigt. Gedroht, sie zu verraten, wenn sie ihm nicht zu

Willen war. Zweimal war sie in seiner Wohnung gewesen. Aber jetzt war Schluss damit! Sie ließ ihren VW an. Es schneite wieder. Leichte weiße Flocken, die die Sicht behinderten. Sie hörte den Motor, schaltete in den Rückwärtsgang und trat aufs Gaspedal. Der Wagen bewegte sich nicht, er stand einfach im Leerlauf da, während der Schnee leise auf die Windschutzscheibe rieselte.

★★★

Iselin C. Hermann
Ein Weihnachtsmärchen

Aus dem Dänischen von
Gabriele Haefs

Komm, setz dich zu mir hier in die Ecke. Komm, setz dich und komm erst einmal zur Ruhe. Schwuppdiwupp, was du jetzt noch nicht geschafft hast, kannst du auch erst einmal ruhen lassen. Ich glaube, eine Tasse Tee wird dir gut tun, und deshalb sitzen wir noch eine Weile hier im Dunkeln, ehe das Fest losgeht. Diese Stunde ist die beste des ganzen Weihnachtsfestes; so geruhsam und traulich, und mit einem schwelenden Unterton von gespannter Erwartung. Hör gut zu! Du hörst die Ungeduld der Kinder, sie sind gespannt wie ein Flitzebogen. Kannst du nicht auch das Echo deiner eigenen Spannung hören, von damals, als du ein Kind warst? Da warst du sicher, dass der Heilige Abend niemals kommen würde.

Die Zeiger der Standuhr waren am Zifferblatt angenagelt, die Welt drehte sich nicht mehr, die Zeit hatte einen Herzschlag erlitten. Aber nicht alles Leben hatte aufgehört, du hattest schließlich Schmetterlinge im Bauch. Und das ist der Ton, den du jetzt hörst. In der Mitte des Lebens kam mir die Kindheit weit fort und unwiderruflich vor. Aber, weißt du, mit dem Alter kehrt sie zurück und steht uns immer klarer vor Augen, während sich das Leben unserer reifen Jahre mehr und mehr im Nebel verliert. Warum hatten wir es eigentlich so eilig? Ich weiß es nicht mehr genau, aber an das Gefühl, die ganze Zeit etwas vergessen zu haben, etwas, das wir aus dem Augenwinkel heraus ahnten, daran kann ich mich erinnern.

Doch vergiss dieses Gefühl jetzt, Liebes, und hör dir mein Weihnachtsmärchen an.

In jedem Jahr kamen wir von weit her. Zuerst mit dem Zug aus der Stadt, dann das letzte Stück mit dem Pferdeschlitten. Laurids holte uns am Bahnhof ab und schlug sich immer wieder die Arme um den Leib, um nicht zu sehr zu frieren. Stets hatten wir weiße Weihnachten. Zwei Pferde – Lotte Munterklang und Rabe – waren nötig, um uns zu ziehen. Aber wir waren ja auch viele; der Schlitten war voll und musste einige Male hin- und herfahren. Onkel und Tanten, Cousinen und Vettern, die unverheiratete Lateinlehrerin «Ergo sum» und Patenonkel Knud, der nie eine Frau angesehen hatte. Das weiß man, ehe man es begreift. Man kann es riechen. Und warum wären sie am Heiligen Abend auch hergekommen, wenn sie ein eigenes Heim gehabt hätten?

Auf der Fahrt durch die Allee musste man sagen: «Aber was ist das denn für ein Hof?» Das musste man sagen, das gehörte sich so. Und da lag er dann, der Hof, und hinter allen Fenstern brannten Lichter, oben wie unten, vom Keller bis zur Mansarde. Großvater empfing uns in der Diele, mit seiner breiten Brust und dem Atem, der ihm wie eine Fahne aus dem Mund flatterte, so kalt war es nämlich. Großvater, der uns auf die Schultern klopfte, wie seinen Pferden. Patenonkel Knud und Großvater reichten einander die Hand und wünschten sich ein «fröhliches Fest». Kutscherpelze und Geschenke und «die Kinder dürfen den Weihnachtsbaum nicht sehen». Auch das gehörte dazu, und es musste oft gesagt werden. «Die Kinder dürfen den Weihnachtsbaum nicht sehen», wie ein Schlüssel, mit dem eine Feder bis zum Zerreißpunkt gespannt wurde. Wir wussten aus dem vergangenen Jahr und aus dem davor, dass der Weihnachtsbaum bis an die Decke reichte. «Aber in diesem Jahr ist er höher denn je, Kinder.» Das glaubten wir, und dann blieben die Uhrzeiger stehen. Man konnte nichts dagegen tun. Und es war unbegreiflich, dass die Erwachsenen einfach dastehen und heißen Punsch trinken und reden und offenbar vergessen konnten, dass doch der Heilige Abend war. Dann aber klatschte Großmutter endlich in die Hände, und es war serviert. Und wie lang der Tisch war! So viele Gedecke, mehr als meine Glückszahl beträgt. Wir brachten nicht einen Bissen hinunter, wir Kinder, obwohl wir den süßen Reisbrei so gern aßen. Und obwohl es als Mandelgeschenk ein Marzipanschwein gab. Zwei Heilige Abende hintereinander fand Patenonkel Knud die Mandel. Langsam und sorgfältig zerkaute er sie dann. Verschwunden war der Beweis, wir hätten weinen mögen, und niemand bekam das Mandelgeschenk! Das hätte doch nicht immer wieder passieren dürfen!

★

In dem Sommer, in dem ich acht wurde, starb er dann. Nicht weil ihm die Mandel im Hals stecken geblieben wäre, die hatte er schließlich überaus sorgfältig zerkaut. Er legte sich einfach hin und starb, wie es hieß. Ich besuchte zum ersten Mal eine Beerdigung. Das Grab war tief und mit Tannenzweigen ausgelegt. Von unten stieg Weihnachtsduft auf und brachte den Juli in Unordnung. Ich wurde acht und vergaß alles über Patenonkel Knud. Die Blätter wurden gelb, sie wurden braun, und dann fielen sie vom Baum. In diesem Winter war so harter Frost, dass jeder Baum und jeder Zweig aussahen wie in Kristall gegossen. Sie klirrten. Laurids holte uns am Bahnhof ab, und als wir durch das Wäldchen fuhren, ragten die Bäume in ihrem Heiligenschein aus Eis schwarz vor uns auf. Onkel und Tanten und «was ist das denn für ein Hof?», beleuchtet vom Keller bis zur Mansarde, und «die Kinder dürfen den Weihnachtsbaum nicht sehen». Endlich saßen wir am Tisch, und Onkel Østen brachte seine Nummer mit der Zunge in der Wange schon beim ersten Löffel, um uns weiszumachen, er habe die Mandel erwischt. Ich konnte keinen Bissen hinunterbringen, denn er war doch tot, unser Patenonkel Knud. Was also hatte er hinter Großmutter zu suchen? In seinem schwarzen Anzug, noch strahlender als in meiner Erinnerung – wie in Kristall gegossen.

Niemand schien ihn zu bemerken. Aber so war es immer gewesen, abgesehen von den Malen, wo er die Mandel gegessen hatte. Ich wollte ihn nicht daran erinnern, dass er tot war! Wenn es ihm hier bei uns doch gefiel! Wir tanzten um den Weihnachtsbaum, und er saß wie immer in dem schwarzen Sessel. Das war seltsam. Weil niemand etwas sagte und ich außer ihm keine Toten kannte, stellte ich mir vor, dass der Tod am Heiligen Abend nicht galt, so wie gewisse Gesetze auf den Färöern und in Grönland keine Geltung haben. Die Kerzen brannten herunter, die Pralinenschüsseln waren leer, und eine fade Enttäuschung kroch an der Wandtäfelung entlang. Die Enttäuschung darüber, dass der Heilige Abend schon wieder fast vorbei war. Die Standuhr schlug. Beim ersten Schlag zupfte Knud an seinen Bügelfalten, beim zweiten richtete er sich auf, langsam stützte er sich auf die Rücklehne, schaute sich das Weihnachtschaos an, putzte sich die Nase, und beim zwölften Schlag hatte er das Zimmer verlassen. Plötzlich ging mir auf, dass er kein Geschenk bekommen hatte. «Großmutter, bekommt Patenonkel Knud nicht immer Tabak für seine Pfeife?», fragte ich leise. «Aber Herzchen, er ist doch tot.» Großmutter streichelte mir die Haare, und ich erwachte am helllichten ersten Weihnachtstag im gelben Gästezimmer.

Zwei Jahre später bekam Knud Gesellschaft von »Ergo sum». Auch sie saß mit zu Tisch, ein wenig zurückgezogen, in der zweiten Reihe. «Ergo sum» in ihrem Flaschengrünen, in durchsichtiges Licht getaucht. Im Laufe der Zeit wurden die Zwischenräume zwischen den Gedecken größer und größer. Immer mehr saßen in der zweiten Reihe. Wir sagten nun selbst, die Kinder dürften den Weihnachtsbaum nicht sehen, und tranken Weihnachtspunsch. Jetzt schoben wir das Weihnachtsessen hinaus, und Großvater war lebenssatt. Er starb, als die ersten Schneeglöckchen aus dem Schnee hervorlugten.

★

Nun konnte Großmutter den großen Hof nicht vom Keller bis zur Mansarde allein bewohnen. Darüber waren sich alle einig. Nur ich fand, dass sie dort bleiben sollte. Sie sollte in meiner Kindheit wohnen bleiben. Ich kannte jeden Winkel, kannte das Geräusch der Küchentür – dieses Geräusch ohne Namen, in dem tausend Tage wohnten. Und alle Heiligen Abende. Aber das war ja unlogisch, sie brauchte etwas Kleineres. Ja, und verstehst du, die Gemeinde möchte den Hof kaufen, das kommt doch wie gerufen. Die schmale zweispurige Straße ist schon längst zu klein. Ja, sie wollen eine Straße quer über das Grundstück legen, um nicht zu sagen, mitten durch das Wohnhaus. Für Großmutter spielte das keine Rolle. «Wenn ich einen Ort verlassen habe, dann für immer. Und weißt du was, mein Kind, ich habe es doch hier drinnen.» Sie klopfte sich auf die Brust und sah stolz aus.

Die Blätter wurden gelb, und das Dach wurde heruntergenommen. Die Blätter wurden rot, und die Abrissbirne tat ihre Pflicht. Der erste Schnee fiel dort, wo die Diele gewesen war. Auch ich hatte den Hof nicht mehr besucht, seit der letzte Möbelwagen durch die Allee gefahren war und Großmutter den Schlüssel umgedreht hatte. Obwohl es jetzt, so gesehen, nichts mehr zum Einschließen gab.

Du meine Güte, das ist alles so lange her. Die Straße wurde gebaut und später verbreitert. Inzwischen ist sie angeblich vierspurig. Gerade und übersichtlich. Aber am Heiligen Abend – ja, gerade um die Zeit, wo die Spannung der Kinder schwelt und surrt, da müssen sich einzelne Vorüberfahrende die Augen reiben. Was ist das denn bloß? Es hängt wie ein

Dunst über der Fahrbahn, und darin scheint ein Haus zu schweben. Manche würden sagen, ein mundgeblasenes Haus aus Glas, vom Keller bis zur Mansarde. Und im Esszimmer an dem langen Tisch sitzen strahlende Weihnachtsgäste. Ein Stück vom Tisch entfernt, wie in der zweiten Reihe und in einer ganz anderen Zeit. Der Autofahrer reibt sich die Augen: «Was ist das denn für ein Hof?» Aber was rede ich denn hier! Gib mir deine Hand, du. Und dann gehen wir zu den anderen hinüber. Und denk dran: Die Kinder dürfen den Weihnachtsbaum nicht sehen.

Ich wünsche ein richtig schönes Fest!

★★★

Aino Trosell Gebet für eine Tote

Aus dem Schwedischen von
Gabriele Haefs

Ich machte mir Sorgen um meine Tochter, große Sorgen. Das Sprichwort «große Kinder, große Sorgen» traf wirklich zu, das Mädel war jetzt dreiundzwanzig, aber ich wurde doch von einer brennenden Angst um ihr Wohlergehen verfolgt. Das hatte teilweise mit der Entfernung zu tun, sie war nämlich nach Skellefteå gezogen, wozu immer das gut sein sollte. Obwohl ich ja genau wusste, wozu das gut sein sollte. Für die Liebe nämlich, die verflixte Liebe, schon wieder die Liebe. Die Liebe musste in Skellefteå wohnen, da der Geliebte dorther stammte. Woher mein geliebtes, einziges Kind stammte, schien dagegen keine weitere Rolle zu spielen.

Es gibt Familien, deren Mitglieder in unterschiedlichen Erdteilen leben müssen, das war also nicht das Problem, nicht die räumliche Entfernung. Das Problem war, wie es ihr ging, wie ich fürchtete, dass es ihr ging, es waren die immer kürzeren Telefongespräche und die rätselhafte Aura, mit der mein angehender Schwiegersohn sich umgab, die mich vor Unruhe geradezu krank werden ließen. Ich musste meine Tochter mit eigenen Augen sehen, musste mich davon überzeugen, dass sie wirklich keine blauen Flecken oder Wunden hatte und dass ihr Blick so klar war wie eh und je. Ich befürchtete das Schlimmste. Ich fürchtete, dass er sie misshandelte. Ihre Persönlichkeit hatte sich verändert, das war unverkennbar. Warum wollte sie nicht mit mir sprechen? Warum gab sie sich alle Mühe, unsere Telefonate kurz zu halten? Und was sollten die zunehmend vagen Andeutungen über körperliche Leiden? Hatte sie kein Vertrauen zu mir? Oder hatte ich Recht mit meiner Vermutung, dass sie nicht zugeben mochte, wie schlimm die Lage war? Sie hatte auch nicht gerade gejubelt, als ich einen Besuch vorgeschlagen hatte. Das ist zu weit, Mama, sagte sie nur, du willst doch an einem normalen Wochenende keine so lange Reise unternehmen, und wir sehen uns ja zu Weihnachten. Aber ich hatte durchaus nicht vor zu warten. Ich wollte am Wochenende vor Weihnachten hinfahren, am dritten Advent, einfach so. Damit rechnet er nämlich nicht, dachte ich wütend, ich werde ihn überraschen. Diesen Mistkerl!

Es war schon Abend geworden, als ich im alten Bahnhof von Krylbo eintraf. Zu Hause lag tiefer Schnee, hier war der Bahnsteig nur von einer puderzuckerdünnen Neuschneeschicht bedeckt. Ich wusste, dass ich drei Stunden auf den Nordpfeil würde warten müssen, doch ich wollte die Zeit im Bahnhofsrestaurant verbringen, ich hatte ausnahmsweise einmal keinen Proviant mitgenommen und deshalb ziemlichen Hunger.

Aber daraus wurde nichts. Das schöne alte Bahnhofsgebäude besaß einen beheizten, aber verlassenen Wartesaal. Das war alles. Es gab nicht einmal Menschen, außer mir war niemand hier ausgestiegen. Nach einer Weile sah ich einen Mann mit seinem Hund vorübergehen. Ich lief hinaus. Er konnte mir sagen, dass das nächste Restaurant in Avesta lag, sechs Kilometer weiter, das Bahnhofsrestaurant von Krylbo war schon vor über zwanzig Jahren geschlossen worden. War ich wirklich so lange nicht mehr hier gewesen? Ja, offenbar.

Ich konnte es mir nicht leisten, mit dem Taxi sechs Kilometer hin- und sechs Kilometer zurückzufahren. Ich ließ mich auf eine der Holzbänke des Wartesaals sinken und dachte, die Zeit werde schon vergehen. Eine große Uhr an der Wand ließ jede Minute ein einsames Seufzen hören, ansonsten war alles still.

Nach einer halben Stunde kam ein Mann in einem dunklen Mantel herein. Ich begrüßte ihn, alles andere wäre albern gewesen, es gab hier doch nur uns zwei. Aber der Mann war nicht in geselliger Stimmung. Er setzte sich hinter mich, sodass ich ihn nicht sehen konnte. Am Ende drehte ich mich mit demonstrativer Neugier um. Er zuckte zusammen und versteckte eilig etwas unter seinem Mantel. Wollen Sie auch mit dem Nordpfeil weiterfahren, fragte ich laut. Er murmelte eine Antwort. Verzeihung?, fragte ich. Ich habe ‹Halt die Fresse‹ gesagt, teilte er überaus hörbar mit.

Das tat ich denn auch. Die Fresse halten. Außerdem hämmerte mein Herz wie besessen. Ich wagte nicht, mich zu bewegen, vielleicht hätte ihn ja auch eine bloße Bewegung meinerseits noch mehr gereizt. Er konnte mich nicht ausstehen, das war klar. Aber warum nicht? War er geisteskrank? Ein Psychopath? Meine Gedanken wirbelten durcheinander. Er und ich saßen ganz allein in einem einsamen Wartesaal, und der nächste Zug ging erst in zwei Stunden. Hinter mir hörte ich, wie er sich bewegte, ich wagte jedoch nicht, mich noch einmal umzudrehen. Vielleicht machte er sich an einer Waffe zu schaffen? Vielleicht zielte er jetzt gerade auf mich? Ich wäre eine leichte Beute, egal was sein krankes Motiv auch sein mochte, ich war keine Gladiatorin und würde mich nicht verteidigen können.

Plötzlich wurde die Tür geöffnet, und eine Frau kam herein. Sie hatte eine Hand in die Tasche geschoben, war klein und blond und erwiderte meinen Blick sofort. Sie lächelte freundlich. Ich war zutiefst erleichtert. Hallo, sagte sie. Hallo, antwortete ich. In diesem Moment sah ich aus dem Augenwinkel, wie der Mann aufstand und auf den Bahnsteig hinausging. Was er wohl vorhatte? Es würde doch noch längst kein Zug kommen.

Hier ist es aber einsam, sagte die Frau und kam näher. Sie

blickte mich freundlich an, und nun sah ich unter ihrem Dufflecoat ihren Kragen. Sie war Pastorin. Während sie sich setzte, legte sie ihren Mantel ab, und darunter trug sie ein schönes hellgraues Leinenkostüm, das gut zu der überaus frommen Halsbekleidung passte. Über ihrer Brust hing an einer Kette ein silbernes Kreuz. Es war groß, sah alt aus und zeigte ein Muster aus stilisierten Rosen und Dornen.

Die Frau mochte Mitte vierzig sein, ihre Augen waren lebhaft und freundlich. Wie gut, dass Sie gekommen sind, sagte ich, dieser Mann war wirklich unangenehm, ich hoffe, er kommt nicht zurück.

Wir stellten uns einander vor. Ich freute mich wirklich sehr, jetzt Gesellschaft zu haben, die Zeit würde schneller vergehen, und mit dem unangenehmen Mann könnten wir sicher fertig werden, wenn er zurückkäme.

Die Pastorin hieß Ellinor und war als Seelsorgerin in Avesta gewesen, sie wollte keine Einzelheiten nennen. Ich war ja nicht gerade von der frommen Sorte, hatte mit den Jahren aber gelernt, gläubige Menschen zu respektieren, ich wusste, dass es sich um aufrichtige und ehrfürchtige Personen handeln konnte. Und meine Intuition sagte mir, dass Ellinor ein wirklich feiner Mensch war. Wenn ich nur nicht so hungrig gewesen wäre, hätte ich unser Treffen richtig genossen, und das trotz der Holzbänke, die aus den Anfängen des 20. Jahrhunderts stammen mussten und vor allem Ähnlichkeit mit Foltergeräten hatten.

Als habe Ellinor meine Gedanken lesen können, öffnete sie ihre Tasche. Ganz oben stand eine Kuchenschachtel. Sie nahm den Deckel ab. Die Schachtel enthielt Brote mit Räucherlachs und Salat und außerdem Kanapees mit allerlei Käsesorten und auf spitze Zahnstocher gespießte Oliven. Bitte sehr, sagte sie einfach. Die hab ich selbst gemacht.

Aber … warum?, stammelte ich, während mir das Wasser im

Munde zusammenlief. Woher konnten Sie wissen …? – Gott sieht alles, erwiderte sie scherzend. Ich habe gespürt, dass ich Ihnen begegnen würde und Sie Hunger haben müssten. Beim Essen erzählen Sie mir bitte von sich, versprechen Sie mir das, erzählen Sie mir alles! – Sie haben es also noch nicht satt, dass die Leute ihre Probleme bei Ihnen abladen?, fragte ich und biss in das erste Brot, das wunderbar schmeckte.

Absolut nicht. Ich wäre nicht Pastorin geworden, wenn Menschen nicht mein größtes Interesse wären, also, erzählen Sie!

Und das tat ich. Alles sprudelte nur so aus mir heraus. Die immer kürzeren Gespräche mit meiner Tochter, die zuletzt an im Telegrammstil abgefasste Sketche erinnert hatten. Über meinen kleinen Hof, die vielen Ausgaben und die geringen Einkünfte. Da gibt es gar nichts?, fragte sie teilnahmsvoll. Ich habe nichts, bestätigte ich. Der einzige Wertgegenstand, den ich besitze, ist ein ererbter Becher. Im Fernsehen habe ich einmal gesehen, dass ein sehr ähnlicher auf zehntausend Kronen geschätzt wurde. Ich will ihn jetzt holen. Meine Tochter hat ihn, aber ich glaube nicht mehr, dass er dort in Sicherheit ist, deshalb will ich ihn mitnehmen, ehe er etwas damit machen kann, diesem Mann traue ich einfach alles zu. Aber hier rede ich die ganze Zeit über mich, wohin fahren Sie denn, fragte ich dann höflich, obwohl ich mich viel lieber weiterhin bis ins Detail über alle meine Probleme verbreitet hätte.

Ich fahre auch nach Skellefteå, sagte sie. Seelsorge … ein Todesfall, ja, Sie verstehen. Ich nickte respektvoll. Wie gut, dass es Profis gab, die sich um diese schwierigen Grenzüberschreitungen kümmerten. Ich fahre auch am Sonntag zurück. – Wie schön, erwiderte ich, dann sehen wir uns vielleicht wieder.

Die Zeit verflog, und ich vergaß, mich nach den Broten zu erkundigen, wieso sie aussahen wie von Meisterhand gefertigt, denn als wir gerade auf den Bahnsteig gehen wollten, da nun der Nordpfeil einfahren sollte, hörten wir plötzlich Sirenen. Ein Streifenwagen hielt vor dem Bahnhof, und gleich darauf war alles still. Zwei Polizisten kamen herein. Sie nahmen kein Blatt vor den Mund. In Avesta war ein bestialisches Verbrechen verübt worden, sie wollten wissen, ob wir vielleicht etwas gesehen hatten, das ihnen weiterhelfen konnte. Ellinor schüttelte den Kopf. Ich bin nicht sicher, sagte ich. Vor einer Stunde war ein Mann hier. Er war aggressiv, aber ich weiß ja nicht, ob er der Täter ist.

Das Interesse der Polizisten war sofort geweckt, und ich berichtete so ausführlich, wie ich nur konnte, aber es ist schon seltsam, wie wenig uns noch einfällt, wenn wir uns erst ängstigen. Hatte er einen dunklen Mantel getragen oder eine lange Jacke? Kopfbedeckung? Haarfarbe? Länge? Ich schämte mich meiner vagen Antworten.

Ellinor fragte, was passiert sei. Der eine Polizist erzählte, eine alte Dame sei umgebracht worden, vermutlich handle es sich um einen Raubmord und meine Auskünfte seien vermutlich höchst relevant.

Ich hinterließ Namen und Adresse sowie die meiner Tochter, damit sie mich sofort erreichen könnten. Aber viel mehr kann ich Ihnen wohl nicht erzählen, sagte ich bedauernd.

Nachdem wir in den Zug gestiegen waren und uns in unseren Abteilen eingerichtet hatten – diese modernen Schlafwagen sind überraschend bequem –, trafen wir uns im Speisewagen, wo Ellinor Tee und Muffins bestellte und darauf bestand, mich einzuladen. Trinken Sie aus, befahl sie, und ich gehorchte brav. Sie schaute sich verstohlen um. Dann zog sie eine Flasche aus ihrer geräumigen Handtasche und füllte ganz schnell unsere Tassen wieder auf. Diese Operation verlief blitzschnell. Abendmahlswein, flüsterte sie. Aber ich glaube nicht an Gott, sagte ich. Gott glaubt auf jeden Fall an Sie, das ist die Hauptsache, erwiderte sie. Lassen Sie uns jetzt an diesen unglücklichen Menschen denken, der einem anderen das Leben genommen hat. Und lassen Sie uns auch für die Tote beten. Die Getötete!

Mir lief es eiskalt den Rücken hinunter. Die Macht der Religion ist groß, und Ellinor war eine ganz besondere Persönlichkeit. Sie sind anders als die meisten, genau wie das Kreuz, das Sie tragen, sagte ich und fühlte mich von Rührung und Wein überwältigt. Es ist so schön. – Ja, antwortete sie. Meine letzte Gemeinde hat es mir geschenkt, sie haben dafür gesammelt. Es war sicher schrecklich teuer, aber ich konnte es doch nicht ablehnen. – Sie wollten ihre Dankbarkeit beweisen, Sie hatten es sich sicher redlich verdient, sagte ich. Ach, ich habe nur meine Pflicht getan, erwiderte sie bescheiden. Wir treffen uns auf der Rückreise, und dann erzähle ich Ihnen den Rest der Saga.

Von welcher Saga hier die Rede war, wusste ich nicht. Aber es war sicher eine phantastische Geschichte.

Meine kränkliche Tochter und mein unverschämter angehender Schwiegersohn staunten über mein unerwartetes Auftauchen. Ich zischte durch das Haus wie eine brennende Zündschnur, ja, ich machte aus der Schnüffelei eine Tugend, und ich schämte mich nicht im Geringsten. Was soll eine Mutter denn sonst auch machen, wenn ihr Kind misshandelt und unterdrückt wird? Ich fand aber keine Beweise.

Wir hörten im Radio mehr über den Raubmord. Eine Frau von siebenundsiebzig, ermordet an ihrem eigenen Geburtstag. Das Motiv war unklar, die Polizei arbeitete auf Hochtouren, aber bisher lag die Todesursache noch im Dunkeln, und die ärztlichen Befunde mussten abgewartet werden. Ich erzählte von dem Mann im Wartesaal, und meine Tochter machte mir Vorwürfe, weil ich mich in Gefahr gebracht hatte. Liebe ist eben blind und unlogisch.

Meine Tochter war leichenblass; und mir ging auf, dass sie an Schlafstörungen litt. Trotzdem umarmten die beiden sich hinter Türen und in Ecken, sowie sie sich unbeobachtet glaubten. Das war doch krank, mehr fiel mir dazu nicht ein.

Am Sonntag, als ich aufbrechen wollte, wurde mir endlich eine Erklärung geliefert. Plötzlich waren alle Farben wieder da, die jungen Leute saßen strahlend auf dem Ledersofa und erzählten stolz von ihrer großen Angst und dauerndem Erbrechen, aber jetzt sei die Gefahr vorüber – und sie würden mich zur Großmutter machen.

Ich kann gar nicht beschreiben, wie mir zumute war. Ich schrie einfach alles aus mir heraus. Danach weinte ich, und als wir uns dann beruhigt und sie alle meine Fragen beantwortet hatten, bat ich meinen Schwiegersohn um Verzeihung. Ich hatte alles missverstanden. Die Liebe hatte mich blind und dumm gemacht, so war das eben.

Um halb elf an diesem Abend winkten sie mir auf dem Marktplatz von Skellefteå zum Abschied zu, während ich mit dem Bus nach Bastuträsk fuhr, um dort den Nachtzug nach Süden zu nehmen. Als verfrühtes Weihnachtsgeschenk hatte ich ein Mobiltelefon bekommen, an dem ich jetzt voller Nervosität herumspielte. Meine Tochter wollte ihre alte Mama ein wenig besser unter Kontrolle haben. Ich war gerührt über diese Besorgnis. Aber mir konnte gar nichts passieren, ich würde ja sogar in geistlicher Gesellschaft weiterreisen. Im Bus saß Ellinor jedoch nicht, was mich enttäuschte. Was, wenn sie nun gar nicht kam?

Der Schnee umwirbelte den kleinen Bahnhof von Bastuträsk, wo wir Zugreisenden den Bus verließen. Lautlos glitt plötzlich ein fast restlos abgedunkelter Zug durch den Bahnhof, ohne anzuhalten. Es war ein Erztransport, der einfach kein Ende zu nehmen schien. Der Schnee dämpfte alle Geräusche, und der gespenstische Zug rief in mir unheimliche

Assoziationen hervor. Der Schnee umwirbelte die Welt, eine einsame Lampe leuchtete über der kleinen Schar von Reisenden, die bereits jetzt in Schneemänner verwandelt worden waren.

Endlich kam der Zug nach Stockholm, lautlos tauchte er aus dem Nirgendwo auf. Auf dem Bahnsteig lag hoher Schnee, und ich kämpfte mich zu meinem Wagen durch. Von innen wurde nicht geöffnet, und die Tür war ungeheuer sperrig. Auch im Waggon war kein Mensch zu sehen, und die Abteile waren sorgfältig geschlossen.

Ich streifte mir den Schnee ab, so gut es ging, und lief dann suchend durch den Gang.

In diesem Moment entdeckte ich Ellinor, sie kam mir entgegen, jetzt in vollem priesterlichem Ornat und ohne eine einzige Schneeflocke, vielleicht war sie eine Station früher zugestiegen.

Als ich lächelnd die Tür zu meinem Abteil öffnete, klingelte mein Mobiltelefon. In meiner Überraschung ließ ich alles fallen, was ich in Händen hielt, um zu antworten. Ellinor war näher gekommen, sie streckte freudestrahlend ihre Arme nach mir aus. Und ich fühlte mich von der Aufmerksamkeit dieser seltsamen Frau geschmeichelt.

Es war natürlich meine Tochter. Sie schien nervös zu sein. Mit dem Fuß schob ich meine Tasche ins Abteil und schaute Ellinor mit einer Miene an, die um Entschuldigung bitten sollte.

Mama, wir haben die Nachrichten gehört, keuchte meine Tochter. Du musst dich in Acht nehmen, Mama. Das war gar nicht so, wie du gedacht hast, was diesen Mann angeht. Er war es nicht. Die Frau wurde mit ihrer eigenen Halskette erwürgt, und die ist verschwunden, eine grobe Halskette mit einem antiken Kreuz, und du hast doch von dieser Pastorin erzählt …

Ellinor zog eine Miene, die sagen sollte, «ich warte, bis du fertig bist». Meine Tochter, flüsterte ich ihr laut hörbar zu. Ich habe gerade eine Bekannte getroffen, sagte ich dann ins Telefon. Was hast du eben noch über Tante Anna gesagt? Meine Tochter begriff. Die Ermordete hatte Schnittchen gekauft, das hatte ein Konditor bestätigt, sie hatte Geburtstagsgäste erwartet, und auch die Schnittchen waren verschwunden …

Ellinors prachtvolles Priestergewand wurde von dem großen Silberkreuz mit den Rosenranken geschmückt. Die Kette sah kräftig aus. Instinktiv wich ich in mein Abteil zurück. Ich sah in ihrem Gesicht den Anflug einer Frage, zog aber blitzschnell die Tür zu. Und schloss ab.

Sie steht vor meinem Abteil, flüsterte ich. Sie trägt sie um den Hals.

Ein diskretes Klopfen. Hallo? Was ist passiert? Ich habe neue Brote, und ein wenig Abendmahlswein ist auch noch da. Aber ich habe kein Glas. Können wir aus Ihrem antiken Becher trinken?

Ich rufe die Polizei an, sagte meine Tochter. Hab keine Angst.

Draußen wurde an der Türklinke gerüttelt.

Das Schloss war solide, sie würde nicht hereinkommen. Aber vielleicht könnte sie sich den Weg durch Reden öffnen?

Sie war keine Pastorin. Und meine ganzen Ahnungen hatten nichts getaugt, das musste ich zugeben.

Meine Intuition würde ich von nun an vergessen können.

Die arme alte Dame hatte sicher dieselbe angenehme Bekanntschaft gemacht wie ich. Aber sie hatte nicht das Glück gehabt, gewarnt zu werden.

Ja, das Schloss würde halten.

Wenn ich mir nur nicht so dumm vorgekommen wäre!

★★★

Leena Lander Die Äpfel

Aus dem Finnischen von
Angela Plöger

1 *Ein windiges Ufer, wo verkrüppelte Bäume sich in die Vertiefungen der Felsen drücken. Geruch nach Fisch und Salz. Joel betrachtet das Boot, das kurz vor dem Kentern steht. Seine Segel flattern in nassen Fetzen. Der Felsen wogt unter den Füßen wie das Meer. Aus dem Wasser taucht ein seehundartiges Wesen auf, groß und irgendwie unförmig, mit schneeweißem Fell. Auf seinem Rücken sitzt ein nackter Junge, sein Bruder Jan. Seine Augen glänzen wie Glas. Jan winkt ihm zu und lächelt. So lächeln die Ertrunkenen in den kalten Hallen der Ozeane …*

★

«Guten Morgen, na, sind wir schon wach?» Die Stimme zerreißt mit ihrer alltäglichen Munterkeit den Albtraum. «Wie geht es uns denn heute?», fragt die Krankenschwester und stellt das Frühstückstablett auf den Tisch.

Joel Salmela würde am liebsten antworten: Wie es dir geht, weiß ich nicht, aber was meinst du, wie es einem Mann geht, der nur noch zwei Tage zu leben hat und die in der Gesellschaft von Idioten verbringen muss?

Stattdessen setzt er sich folgsam auf und sagt:

«Es kann noch nicht sieben sein, ich bin doch gerade erst eingeschlafen.»

«Das kennen wir», plaudert die Nachtschwester. «Also, heute Abend sollten Sie wirklich etwas zum Schlafen nehmen.»

«Nein!»

«Na gut, aber Sie müssen sich doch ordentlich ausruhen können, damit …»

Die Schwester verschluckt den Gedanken, während sie zur Tür geht, durch die ein Bett mit einem Infusionsgestell hereingeschoben wird.

«Soll mein Zimmer zu einer Abstellkammer umfunktioniert werden?»

«Gewissermaßen. Die Kinderabteilung wird zu Weihnachten geschlossen, nur die Intensivstation hat Bereitschaftsdienst … Sie bekommen Gesellschaft, wie Sie es sich gestern gewünscht haben.»

«Ein Kind?!»

Aber die Schwester ist schon gegangen. Joel trinkt seinen Orangensaft und schlürft etwas Tee, rührt aber das Käsebrot nicht an. Das Todesgrauen, das seinen Traum beherrscht hat, lässt nach, verschwindet aber nicht.

«Hierher sollte der Junge kommen, oder?» Ein Hilfspfleger in Weihnachtswichtelmütze mit Pelzrand schiebt sich mit dem Rücken voran zur Tür herein und lässt einen Rollstuhl über die Schwelle huckeln. Darin sitzt ein Junge mit Gipsbein und einem bläulichen Bluterguss an der Schläfe.

In der schläfrigen Schönheit des Jungen liegt etwas Erschreckendes, findet Joel: Er erinnert an die Engel mit den schweren Lidern in den Kirchen von Florenz.

«Guten Morgen. Wir müssen uns ja vielleicht nicht die Hände schütteln, aber ich bin Joel, dein neuer Zellengenosse.»

«Ahaa …»

«Dies ist Eino», sagt der Pfleger. «Das heißt, sie schimpfen ihn Eikka.»

Der gleichgültige Blick des Jungen verrät, dass die Anbiederei bei ihm nicht ankommt.

«Ich geh auf den Balkon, meine Morgenlulle rauchen», sagt Joel.

«Ich komm mit», antwortet der Pfleger. «Eikka hätte bestimmt auch Lust, aber ich kann ihn nicht mehr schieben.»

Joel zieht den Bademantel über den Pyjama und nimmt seine Zigaretten aus der Nachttischschublade. Diesem Fährmann der Unterwelt kann man jedenfalls nicht vorwerfen, bierernst zu sein.

Sie treten in die triefend graue Morgenluft hinaus.

«Also das Krankenhaus wird zu Weihnachten geräumt?»

«Einige Stationen. Auf jeden Fall die Kinder, die können ja nun Heiligabend nicht im Krankenhaus verbringen. Und schließlich haben auch die Angestellten Familie. Wir versuchen, mit so wenig Personal auszukommen wie möglich.»

Joel graut es bei dem Gedanken an das leere Krankenhaus. Die weiße Leere, das Verschwinden der Patienten birgt noch mehr Schrecken als das Stöhnen, das von jenseits der Wand herüberdringt. Es erzeugt eine geradezu gespenstische Stimmung. Etwas allzu Eisiges, Nacktes liegt darin, in einem Krankenhaus ohne Patienten. So als habe jemand das physische Leid fortgehext, um das Haus mit einer noch schaurigeren Bedrohung, der Leere, zu füllen.

«Warum geht der Junge nicht nach Hause?»

Der Pfleger zuckt die Achseln.

«Seine Verletzungen sind anscheinend nicht so schwer. War das ein Unfall?»

«Ach, kein Stück!»

Er nimmt die Wichtelmütze ab und streicht sich über das angeklatschte Haar:

«Ich dürfte das gar nicht sagen, aber es ist doch gut zu wissen, wenn man im selben Zimmer liegt. Er hat versucht, 'ne alte Frau zu berauben, aber die Alte war couragiert, die hing an ihrer Handtasche wie festgeklebt. Und als sie schließlich losließ, stürzte der Bengel vor ein Auto. Die Tante musste auch geflickt werden, aber jetzt sie ist schon wieder zu Hause.»

«Aber der Junge ist doch noch ein richtiges Kind.»

«Das ist keine Altersfrage. Erst dreizehn und schon ein voller Profi. Ich hab das nur erwähnt, weil es unter diesen Umständen nicht unbedingt sinnvoll ist, speziell Geld in der Nachttischschublade aufzubewahren.»

«Na, das wird er doch nun wohl nicht …»

«Das ist einer von den Burschen aus dem Erziehungsheim. Deswegen kann man ihn zu Weihnachten nicht nach Hause schicken. Die versuchen da ja auch, das Haus für die Feiertage leer zu kriegen.»

«Und Eltern hat er nicht?»

«Vermutlich die alte Geschichte, die Mutter 'ne Schlampe und der Vater ein Trunkenbold. Genaueres weiß ich nicht.»

Joels Interesse für den Jungen erlischt. Aus dem Augenwinkel sieht er an dem kahlen Apfelbaum die vertrockneten Schicksalsäpfel hängen. Und richtig, einer ist über Nacht abgefallen, nur noch zwei sind übrig. Zwei Äpfel, zwei Tage bis zur Operation, zwei vertrocknete Lebenstage hat er noch, schießt es ihm durch den Kopf.

Der eisige Wind dringt durch den Bademantel. Joel drückt die Zigarette aus und stapft zurück in die Aula der Station. Der Pfleger folgt ihm, die abgewetzte Wichtelmütze schief auf einem Ohr. Eine Schwester mit drallen Beinen steht auf der Treppe und reckt sich, um an der Spitze des Weihnachtsbaums, der gerade hereingebracht worden ist, einen Stern zu befestigen. Joel bemerkt, dass ihre Strumpfhose eine Laufmasche hat. Zwei junge Mädchen ziehen sich Kaffee aus dem Automaten, schlürfen ihn unbekümmert. Joel betrachtet sich im Spiegel, den großen Mann mit schlechter Haltung und ausgebeulten Pyjamahosen, die Haare nach der Nacht in alle Richtungen abstehend.

Du machst dich lächerlich, sagt er sich. Diese Äpfel, verdammt nochmal, prophezeien überhaupt nichts. Es ist natürlich merkwürdig, dass zu Weihnachten überhaupt noch Äpfel am Baum sind, aber so was kommt vor. Und wenn es vorgestern auch noch vier waren, so ist auch das reiner Zufall. Und der neue Zimmergenosse ist wahrlich kein Engel, der letzte Begleiter auf diesem bitteren Weg. Oder wenn er doch einer ist, dann einer von der schwarzen Sorte, eher mit Luzifer verwandt.

★

2 Bis zum Nachmittag hat Joel den Jungen gründlich satt. Das unerträgliche Gepiepe des Elektronikspiels hört nicht einmal beim Mittagessen auf.

«Wo kriegt man diese Spiele?», fragt er angespannt.

«Keine Ahnung», sagt der Junge und tritt gegen die in einem Klumpen daliegenden Bettdecken.

«Die Schwester hat es mir gebracht.»

«Hast du nicht nach der Bibliothek gefragt?»

«Nee.»

«Liest du überhaupt jemals Bücher? Oder Zeitungen?»

«Nee.»

Jemand pfeift auf dem Korridor. Der Wind heult in den Fensterritzen.

«Aber doch wohl wenigstens mal Comics?»

«Häh?»

«Comicstrips. Donald Duck. Das Phantom. Tarzan. Was es da so alles gibt.»

«Ich hab mal im Fernsehen Tarzan gesehen», sagt Eino.

«Tarzan bundolo.»

Eino hebt den Blick, nicht neugierig, sondern eher gereizt wegen der Unterbrechung.

«Tarzan tötet», erklärt Joel. «Das ist Dschungelsprache.»

«Ja, genau. Unsere Katze hat mal 'n Häschen umgebracht.»

«Ach. Hast du eine Katze? Wie heißt die?»

«Nich ich, aber meine Mutsch. Ich hab nich nach dem Namen gefragt. Die heißt einfach nur Katze. Mutsch guckt mich selten so lange an, dass wir tief gehende Gespräche führen könnten», sagt Eino. «Und einer, der Jakke, hat Tauben abgemurkst, indem er sie mit den Flügeln an die Wand genagelt hat. Erst hat er sie mit Kuchenkrümeln zahm gemacht. Der hat auch ein Eichhörnchen gefangen. Das hat er verbrannt.»

Zu beider Erleichterung unterbricht die Schwester das Gespräch. Für den Jungen ist ein Anruf gekommen.

«Dein Vater. Wir stellen ihn ins Zimmer durch, wenn es dir recht ist, Eino.»

Der Junge starrt sie ungläubig an.

«Was, mein Dad?»

«Ja. Willst du mit ihm sprechen?»

Der Junge nickt. Seine Haltung ist angespannt, als er den Hörer abhebt.

«Hallo ... ganz gut ... Willste echt kommen? ... Keine Ahnung, ich frag mal ... Eh, wann is'n hier Besuchszeit? ... Jaa, jederzeit vor acht Uhr abends ... Komm denn aber auch, ja? ... Tschüs dann ... Was? So 'n Elektronikspiel würd ich toll finden, aber das kost 'nen Haufen Geld ... Na, wenn du welches hast ... Also komm denn auch ... ja ... tschüs!»

Der Junge legt den Hörer auf und grinst breit. Sein Gesicht glüht rot.

«Mein Dad kommt mich am Abend besuchen. Er bringt mir als Weihnachtsgeschenk 'n Elektronikspiel mit, die sind irre teuer, aber er hat grad Geld gekriegt.»

Joel antwortet nicht. Ihn ärgert allein schon der Gedanke an den Vater, der die kriminelle Handlung seines Sohnes mit einem Geschenk honoriert. Kein Wunder, dass der Junge im Erziehungsheim gelandet ist, denkt er, als Ergebnis einer so abartigen und verantwortungslosen Erziehung.

Aber die Misslaunigkeit des Jungen hat sich mit einem Schlag in offene Geselligkeit verwandelt, und er zeigt dem Zimmergenossen vor dem Abendessen allerlei Kartentricks mit einem kleinen Stapel Patiencekarten, die er in der Tasche seines Bademantels aufbewahrt.

«Die hab ich in der Kinderstation abgegriffen», erklärt er. «Die hab'n da keine anständigen Karten, nur so 'ne mickrigen.»

«Weißt du, warum du immer Patiencekarten bei dir haben solltest?», fragt Joel.

«Nee. Warum?»

«Wenn du dich mal im Wald verirrst, dann brauchst du nur die Karten hervorzuholen und eine Patience zu legen. Gleich erscheint jemand hinter dir und gibt dir gute Ratschläge.»

Der Junge sieht ihn schief an.

«Wohl kaum.»

Joel seufzt. «Soll ich dir beibringen, wie Napoleon von St. Helena fortkommt?»

«Ja, das kann ich mir denken. Er fängt an, Karten zu spielen.»

«Nein, so heißt eine Patience.»

«Ach so, ich hab gedacht, das wär irgend'n König.»

«Der französische Kaiser, der auf die Insel St. Helena verbannt war, aber in diesem Fall ist es ein Spiel. Die Karten werden pyramidenförmig gelegt, in die erste Reihe eine, in die zweite zwei und dann drei …»

Obwohl Eino so tut, als verfolge er interessiert den Verlauf des Spiels, bemerkt Joel, dass der Junge auf das Zuschlagen der Außentür horcht.

Bis zum Abendbrot verwandelt Einos Hoffnung sich in Gereiztheit. Joel muss alle Kraft zusammennehmen, um den Jungen nicht wegen seines Schmatzens und Knurpsens zurechtzuweisen. Aber der Junge bemerkt seine Miene und schiebt den Rest des gehamsterten Knäckebrotstapels in seine Nachttischschublade. Er zieht sich die Decke über den Kopf und stellt sich schlafend.

Nach sieben klopft es an der Tür, und Eino fährt hoch wie eine Spiralfeder. Der Besuch ist nicht für ihn.

Der Junge steht auf und verlässt mit seinen Krücken den Raum.

«Hallo, Liebster. Bei dir hier ist es ja schon richtig weihnachtlich», sagt Aino und bückt sich, um Joel einen kühlen Kuss auf die Wange zu geben. «Was für ein hübscher Hyazinthenkorb ...»

«Vom Verleger.»

«Der war bestimmt teuer.»

«Hoffentlich.»

«Ich hab dir nur Zeitungen mitgebracht, du hast ja gesagt, du möchtest nichts. Na, wie ist es dir so ergangen?»

«Gut. Bei dem Faulenzerleben hier ...»

★

3 Einos Vater erscheint den ganzen Abend nicht. Der Junge schafft es nicht, seine Enttäuschung männlich zu verbergen.

«War das deine Tochter?», fragt er. «Die am Abend hier war.»

«Meine Frau.»

«Sag bloß. Verdammt jung.»

«So ist es.»

«Hast du Kinder?»

«Ja. Aus erster Ehe. Zwei Söhne.»

«Kommen die dich besuchen?»

«Glaub ich nicht.»

«Aha. Würdest du sie besuchen, wenn sie ins Krankenhaus müssten?»

«Ja.»

«Aber die brauchen nich ins Krankenhaus?»

«Meines Wissens nicht.»

«Wenn sie nun gar nich wissen, dass du im Krankenhaus liegst?»

«Schon möglich.»

Im Zimmer ist es heiß. Joel dreht die Heizung unter dem Fenster runter.

«Vielleicht kommt mein Vater ja morgen noch», sagt Eino.

«Hoffen wir's.»

«Vielleicht hat er's nich geschafft, das Geschenk zu kaufen, das ich mir gewünscht hab, und ist deshalb nich gekommen.»

«Sicher irgend so was», bestätigt Joel.

«Das is ziemlich teuer.»

«Bestimmt.»

«Du bist natürlich reich?»

«Das nun wirklich nicht.»

«Aber doch ein berühmter Schriftsteller.»

«Woraus schließt du das? Eher Redakteur. Die paar Bücher, die ich zusammengeschrieben hab.»

«Ich hab deine Bücher nich gelesen. Sollte ich das?»

«Nein. Wieso denn?»

«Worum geht's da?»

«Mal um dies, mal um das.»

«Bestimmt ums Sportfischen?»

Joel lacht.

«Darum auch. Wie kommst du darauf?»

«Ich hab in der Bibliothek ein Buch von dir gesehen. Da war ein Fisch auf dem Deckel. Lohnt es sich, das auszuleihen? Ich mein, das hatte noch keiner gelesen. Da war noch kein Ausleihvermerk drin.»

«An deiner Stelle würd ich das nicht riskieren. Wenn ich mich recht erinnere, ist das ein ziemlich trockenes Machwerk. Obwohl es von dem großen Mauri Rapala erzählt.»

«Häh?»

«Das war ein berühmter Erfinder von Wobblern. Und mein Vetter. Wir nannten ihn Maukka.»

«War der reich?»

«Das war er. Zuletzt. Mein erfolgreicher Vetter. Dank Maukka ist Finnland die absolute Nummer eins in der Welt, wenn es um Blinker geht. Aber alles fing mit dem Hunger an. Es galt, einen Köder zu erfinden, dem der Fisch absolut nicht widerstehen kann. Maukka lag stundenlang auf dem Anlegesteg und beobachtete das Leben unter Wasser, um herauszufinden, was der Raubfisch will.»

«Alle Achtung», sagt Eino.

Genau, denkt Joel, und auch ich habe in späteren Jahren die «Vom Habenichts zum Millionär»-Geschichten des Geschäftslebens bewundert, die Männer, die mit dem klackenden Zuschnappen ihrer Aktenkoffer die Schicksale von Hunderten von Menschen besiegeln, und die schwarzen Mercedesse, die von livrierten Chauffeuren gesteuert werden, glückliche Zufälle, Börsenüberraschungen. Erst hab ich den Sozialismus und dann die Anarchie und die grüne Bewegung aufgegeben, und dann sah ich plötzlich das menschliche Leben als eine Produktionsstätte mit Ertragsverantwortung. Und war noch mehr entzückt von Wörtern wie Leistung und Ertrag, Risiko und Gewinn. Und vergaß die lebendigen Menschen. Wie meine eigenen Söhne.

«Auch mein Vetter Maukka war kein Wundertäter», sagt Joel mehr zu sich selbst als zu Eino. «Er konnte nicht mal schwimmen. Stell dir vor: Der Erfinder des besten Wobblers der Welt, und kann nicht mal Hundepaddeln. Einmal haben mein Bruder und ich versucht, Maukka das Schwimmen beizubringen …»

«Wie denn?»

«Wir banden ihm einen Strick um die Brust und zogen ihn wie einen Blinker hinter dem Ruderboot her.»

«Und wie fand er das?»

«Er fand es wohl irgendwie gut, so als Versuch, aber er

brüllte wie am Spieß, jedes Mal wenn er wieder auftauchte. Der alte Karlsson kam mit seinem Ruderboot zu uns und fragte, was wir Jungs da machten. Wir haben ihm natürlich erzählt, dass Maukka schwimmen lernen sollte, bevor er zum Konfirmandenunterricht ging … Na ja, das ist in Ordnung, sagte der alte Karlsson, aber wie wär's, wenn ihr das für alle Fälle etwas näher am Ufer machtet …»

«Mein Scheißvater is Schwimmmeister», sagt Eino. «Das würd man nich glauben, wenn man den jetzt anguckt. Als junger Mann hat der keinen Tropfen getrunken.»

Joel nickt. Auf dem Gesicht des Jungen ist ein angespanntes Lächeln erschienen.

«Ärgert es dich, dass deine Jungs dich im Krankenhaus nicht besuchen?», fragt er.

Wirbelnder Schnee. Schritte der Nachtschwester hinter der Tür.

Joel zieht die Vorhänge vors Fenster. Aus dem Augenwinkel meint er zu erkennen, dass vom Baum wieder ein Apfel abgefallen ist. Er dreht sich um und streckt sich auf dem Bett aus. Die Kehle ist ihm wie zugeschnürt.

«Ja», sagt er.

★

4 Am Morgen ein ruhiges Tiefdruckgebiet.

Die nächtliche Beobachtung, was die Äpfel betrifft, erweist sich als falsch. Es sind immer noch zwei da.

Joel fühlt sich fast heiter, aber Eino ist unruhig, hat nichts zu tun. Er nimmt am Basteln teil. Das bedeutet: Er stibitzt aus dem Bastelraum Gummiband und Draht und baut daraus eine Zwille. Als Joel vom Rauchen kommt, hat der Junge das Fenster geöffnet und schießt mit selbst gemachten Krampen in den Park.

«Hör auf damit. Lass doch um Himmels willen die armen halb erfrorenen Vögel in Ruhe!»

«Nee, ich versuch doch bloß, die vertrockneten Äppel zu treffen.»

«Nein, untersteh dich!», schreit Joel. «Die gehören mir, du Teufelsbrut!»

Der Junge dreht sich entgeistert um.

«Entschuldige, ich hab deinen Namen da drauf nich gesehn. Okay, wenn die Scheißschrumpeldinger für dich so teure Schätze sind. Trotzdem brauchst du nich so brüllen.»

Er macht das Fenster zu, geht ins Bett und nimmt sich wieder das Elektronikspiel vor. Joel versucht, sein Gleichgewicht zurückzugewinnen. Der Junge langt sich das Knäckebrot aus der Nachttischschublade und fängt an, es zu zerknurpsen.

Joel sieht aus dem Fenster. Die Vögel kehren auf die nackten Äste zurück, einer nach dem anderen.

Ein Totengarten, denkt Joel, eine endlose Reihe von Leuten hat ihn betrachtet als das Letzte, was sie sahen.

«Entschuldige, ich benehme mich lächerlich», sagt er zu dem Jungen. «Sieh mal, es ist so: Als ich ins Krankenhaus kam, hingen da noch vier Äpfel am Baum …»

Joel weiß nicht, wie er fortfahren soll. Er hört das rasselnde Geräusch seines Atems, das Hämmern des Herzens, das Grummeln im Magen. Der Junge sieht ihn nicht an.

«Und die Vier ist sozusagen meine Schicksalszahl», fährt Joel fort und breitet hilflos die Arme aus. «Ich bin am vierten vierten als viertes Kind der Familie geboren. Mein viertes Buch war ein fürchterlicher Flop. Jetzt bin ich vierundvierzig … Und als ich hierher kam, um operiert zu werden, da hab ich viel darüber nachgedacht, wie es mir ergehen würde, und dann sah ich am Baum die Äpfel. Zu dieser Jahreszeit, verstehst du? Genau vier, nicht mehr und nicht weniger. Unter diesen Umständen. Und jetzt sind zwei davon abgefallen. Wenn die alle abfallen, bevor ich übermorgen operiert werde, dann signalisiert mir das gewissermaßen, dass ... Ich hab eine Geschwulst im Hals, die muss wohl entfernt werden, aber ...»

«Wer lässt die Äppel abfallen?», fragt der Junge und sammelt die Brotkrümel von seiner Decke ab. «Gott?»

Joel muss lachen.

«Das nun doch nicht.»

Der Junge sieht ihn scheel an:

«Glaubst du nich an Gott?»

«Wohl eher nicht.»

«Warum nich?»

«Mein kleiner Bruder Jan musste sich mit dreizehn einer schweren Operation unterziehen. Mutter und ich, wir haben die ganze Zeit gebetet. Auf den Knien, verdammt. Aber er starb. Danach hab ich nicht mehr gebetet.»

«Sag bloß. Und jetzt glaubst du nur noch an irgendwelche Scheißäppel.»

Joel lacht. Der Junge hat Recht. Einige belebende Sekunden lang verspürt er Erleichterung. Wie hat er nur einen bloßen Zufall für ein schlimmes Vorzeichen halten können!

«Was war das für 'ne Operation? An der dein Bruder starb?»

«Eine Herzoperation. Bei uns liegt das in der Familie. In den Genen. Ein Herzfehler.»

«Genau.»

Joel setzt sich die Kopfhörer vom Radio auf. Er will auf jeden Fall den Wetterbericht hören.

★

5 Am Abend bekommt der Junge Besuch, eine ältere Verwandte mit Weintraubentüte und einer Schokoladentafel, auf der ein Weihnachtsmann lacht. Die Frau wirkt ruhig und bescheiden, wie eine Ente in ihrer plusterigen Gluckenhaftigkeit.

«Mir tat richtig das Herz weh, als ich von deinem Unfall hörte. Hast du wirklich versucht, der alten Frau die Einkaufstasche wegzunehmen?», fragt sie. «Und das so kurz vor Jesus'

Geburtstag, wo jeder dem anderen guten Willen entgegenbringen sollte.»

Eine Weile windet sich der Junge und schnauft unter dem prüfenden Blick:

«Die denken alle, ich wollt der Oma die Börse klauen, aber in Wirklichkeit wollt ich ihr über die Straße helfen. Weil die da stand und stand und sich ewig nicht traute loszugehn. Ich hab ihr die schwere Tasche abgenommen, aber sie fing an, zu schreien und mich zu schlagen, und ging auf mich los … Ich hab richtig 'ne Gehirnerschütterung gekriegt und alles … Und keiner glaubt mir, obwohl ich mir das Bein gebrochen hab!»

Die Tante sieht ihn über ihre Brille hinweg unverwandt an.

«Ist das wirklich wahr?»

«Ja. Ich würd dich doch wohl nich beschwindeln?»

Joel schlürft den Kaffee, den er sich aus dem Automaten gezogen hat. Er schmeckt grässlich. Joel versucht, seine rasch aufsteigende Gereiztheit niederzukämpfen, und zwingt sich, den Garten als möglichen Schauplatz eines Räuber- und Gendarmspiels zu taxieren. Sein Blick sucht routiniert die strategisch besten Punkte zwischen dem Gebäude und der Mauer, die es erlauben, die Bewegungen der Feinde zu beobachten, und die eventuell einen Fluchtweg bieten.

«Hast du hier alles, was du brauchst?», fragt die alte Frau den Jungen. «Wünschst du dir was? Wo doch Weihnachten ist und alles.»

«Nee, ich brauch nix …»

Joel nimmt aus der Nachttischschublade einen Notizblock und fängt an, einen Buckelwal zu zeichnen.

Der Wal ist kräftig gebaut und hat einen langen Schnabel, kleine Augen und um das Maul einen etwas melancholischen Ausdruck. Die Ränder seines Schwanzes sind länger als der Mittelteil. Die Brustflossen wirken wie elastische Schweineohren, erfüllen aber ihren Zweck. Die größten Schwierigkeiten bereitet ihm der Bauch. Schließlich ist der Wal ein Säugetier. Bedeutet das, er hat ein pralles Euter oder schamhaft in den Bauchfalten verborgene Zitzen?

Während er über diese Alternativen nachdenkt, konzentriert er sich darauf, auf den Körper verschiedene kleine Muster zu zeichnen, kleine Schmarotzer, die sich darauf festgesetzt haben, die aber, um der Wahrheit die Ehre zu geben, eher wie die Tätowierungen eines Maorikriegers aussehen …

Die Frau nimmt aus ihrer Tasche ein kleines, buchförmiges Geschenkpäckchen. Gelbe Kerzen, Glöckchen und Tannenzweige auf dem roten Grund des Einschlagpapiers.

«Hier ist nur so ein kleiner Weihnachtsgruß, den ein Gehilfe des Weihnachtsmanns bei uns vor der Tür abgelegt hat.»

«Vielen herzlichen Dank», sagt Eino mit angestrengtem Lächeln.

Er schüttelt die Schachtel am Ohr, um die Tante zu erfreuen.

«Was da wohl drin is? Am liebsten würd ich es gleich aufmachen», sagt er.

«Na, na. Du solltest schon bis Heiligabend warten», empfiehlt ihm die Tante, fügt aber in entschuldigendem Ton hinzu: «Ich werde dich dann wohl nicht besuchen können. Topi und ich wollen ja zu Antti und den Kindern. Das ist bei uns so 'ne Tradition, wie du bestimmt noch weißt. Die warten so sehr auf uns. Jetzt, wo sie das kleine Baby haben …»

«Okay.»

«Wir haben das noch nicht gesehn. Bloß auf Bildern», erklärt die alte Frau fast außer Atem. «Aber wenn es irgendwas gibt, worüber du dich auch nur ein bisschen freuen würdest, wo du doch die Weihnachtstage hier verbringen musst, dann …»

Eino hat sich abgewandt und guckt aus dem Fenster. Die Tante starrt ziemlich ratlos seinen Rücken an.

«Ja, das heißt, eine Sache gibt's schon, die toll wär», sagt der Junge, sich jäh umdrehend, «aber die is absolut zu teuer.»

«Na, was denn?», erkundigt sich die Tante. «Sag's ruhig!»

Joel wirft den Notizblock in die Schublade zurück.

«So 'n Elektronikspiel», sagt Eino, «damit würd die Zeit schön vergehen, aber das kostet 'n Vermögen …»

Die Tante schüttelt den Kopf über den Preis des Geräts, aber schließlich kann sie nicht anders und kramt in ihrer Handtasche. Das graue Haar steht ihr über die Ohren. Die Finger mit den knotigen Gelenken ziehen das Portemonnaie hervor.

Der kurze innere Kampf ist vorbei. Sie reicht ihm die Scheine.

★

6 In der letzten Nacht, als Eino zur Toilette gegangen ist, fühlt Joel sich aufgelöst wie eine malträtierte Stoffpuppe. Draußen tobt ein Schneesturm, so als fege der Zorn sämtlicher Rachegötter durch den Garten. Kein Zweifel: Auch die letzten Äpfel würden abfallen. Und das wäre sein Todesurteil. Er schnauft laut bei der Vorstellung, dass sein Herz bei der Operation stillstehen und er niemals wieder einen Sonnenaufgang sehen wird.

Die Nachtschwester kommt und führt Eino herein, der auf das Bett sinkt, ohne ein Wort zu sagen.

«Ich hab diesen jungen Mann erwischt, wie er sich unten vor der Haustür herumgetrieben hat. Er hat ganz nasse Haare. Anscheinend ein Nachtwandler. Haben Sie nichts davon bemerkt?»

«Ich hab gedacht, er geht auf die Toilette», sagt Joel, um Selbstbeherrschung ringend.

Die unsinnigen Fluchtversuche eines unzurechnungsfähigen jugendlichen Verbrechers interessieren ihn jetzt nicht.

Die Schwester sieht, dass ihm der Schweiß auf der Stirn perlt, und fühlt ihm den Puls.

«Können Sie nicht schlafen?»

«Im Grab hab ich dafür genug Zeit.»

«Na, na, Sie sollten jetzt schlafen», beruhigt ihn die Schwester und tätschelt ihm mütterlich die Hand.

«Ich möchte das stornieren», sagt Joel mit tränenerstickter Stimme. «Aus der Operation wird nichts.»

«Na, aber, aber. Die Geschwulst muss doch entfernt werden, bevor sie … Alles wird gut gehen, glauben Sie mir … Doktor Miettinen ist ein äußerst geschickter Arzt. Versuchen Sie jetzt mal zu schlafen. Morgen sieht alles besser aus …»

Als die Schwester gegangen ist, liegt Joel zusammengerollt, die Hände zwischen den Knien, wie ein kleiner Junge, und horcht auf das unablässige Heulen des Windes. Als er die Augen schließt, sieht er, wie ein Seehund von der Größe eines Wals sich vom Ufer entfernt und in immer größere Tiefen schwimmt, wo Sturm und Gezeiten keinen Einfluss haben und wo unermesslich große Pflanzen ihre schwankenden Stängel ausstrecken und Seeungeheuer ohne Augen in gewaltigen Armeen durch den Schlamm torkeln.

Und Jagd machen auf neue Wracks und Leichen.

★

7 Am Morgen des Operationstages ist Joels Gesicht vor Angst gelblich und starr, und er erlaubt der Schwester nicht, die Fenstervorhänge aufzuziehen. Aber sein Zimmergenosse kann seine Neugier nicht bezwingen und späht in den Garten.

«Mann, verdammt, eh! Guck mal, da is noch so 'n Scheißschrumpelding übrig … Jetzt stirbst du nich. Komm und guck.»

Joel wendet das Gesicht ungläubig dem Fenster zu und sieht den am Baum hängenden Apfel.

Das ist doch nicht möglich, denkt Joel. Nach so einem Sturm!

Aber er spricht nicht mehr davon, dass die Operation abgeblasen werden soll.

Sie ist erfolgreich. Es gelingt dem Arzt, die Geschwulst vollständig zu entfernen. Während der Genesung bemerkt Joel, dass er manchmal sogar das Knäckebrotgeknurpse aus dem Nachbarbett vermisst. Eino ist ins Erziehungsheim zurückgekehrt.

Am zweiten Weihnachtstag, als sein ältester Sohn Jan kommt, um ihn für ein paar Tage zu sich zu holen, hat er eine merkwürdige Idee. Joel möchte in den Garten gehen und von dort etwas mitnehmen.

«Kommst du an den schrumpligen Apfel da ran?», fragt er seinen Sohn.

«Ja», sagt Jan und gleitet unter den Baum. «Aber was willst'n damit?»

Er springt, zieht den Ast herab, fasst nach dem Apfel.

«Vorsichtig! Den nehm ich zur Erinnerung mit. Als Talisman.»

Jan zieht die Handschuhe aus.

«Wieso das denn?»

Joel sieht zu den Fenstern des Krankenhauses hinauf, in denen Reihen von Kerzen leuchten und warmes gelbes Licht in den halbdunklen Garten werfen.

«Um die Wahrheit zu sagen, der hat mir das Leben gerettet.»

«Das ist doch nicht dein Ernst, Papa.»

«Doch, doch», sagt Joel etwas verlegen. «Ich hätte mich nicht operieren lassen, wenn an diesem Baum am Morgen der Operation kein einziger Apfel mehr gehangen hätte.»

Jan lacht laut auf und schüttelt den Kopf. Und zupft noch

einmal am Ast, aber der Apfel fällt nicht ab. Trotz aller Versuche. Er rupft ordentlich, aber nein.

«Was jetzt?», fragt Joel. «Lass mich auch mal …»

«Auf keinen Fall. Ich schaff das schon.»

Jan dreht sich mit schelmischem Grinsen nach seinem Vater um.

«Kein Wunder, dass er nicht abgeht! Sieh mal! Hier hat irgendein Puppendoktor schweißtreibende Arbeit geleistet, als er das hier montiert hat …»

Er reicht Joel den Apfel.

Joel sieht, dass sich durch den Apfel ein dünner Draht zieht.

«Solchen gibt es im Bastelzimmer», sagt er.

«Ach nee. Hast du da auch mitgemacht?», fragt der Sohn und stößt ihn unbeholfen an. So wie einst als Kind, wenn er den Vater gern umarmt hätte, sich aber nicht traute. «Du musst ja wirklich verzweifelt gewesen sein. Echt gut, dass du mich angerufen hast, bevor du ganz zusammengebrochen bist. Du hättest uns alle blamiert.»

Es hat angefangen, leise zu schneien. Große Flocken fallen auf die Hand, die den Apfel hält. Aus einem alten Mercedes, der auf dem Parkplatz steht, klingt ein fernes Weihnachtslied: «Stille Nacht, heilige Nacht …»

«Mein Zimmergenosse pflegte da alles Mögliche abzustauben», sagt Joel.

«Welcher Zimmergenosse?», fragt Jan. «Hat er das hier gemacht? Und wieso?»

Joel nimmt die Brille ab, wischt die Schneeflocken mit dem Ärmel ab und reibt sich die Augen.

«Du hast mir einen heißen Grog in Aussicht gestellt», sagt er. «Waren das nur faule Versprechungen?»

«Das wird sich jedenfalls so lange nicht erweisen, wie wir hier rumstehen und bibbern», sagt sein Sohn.

«Das ist richtig.»

Joel steckt den Apfel in die Tasche. Aber noch während er im Auto neben seinem Sohn sitzt, kann er nicht anders, er muss die Hand in die Tasche stecken und mit den Fingern den Draht suchen, der durch den Apfel gezogen ist. Wahrhaftig, er war so geschickt durch den fauligen Apfel gezogen, dass auch der schlimmste Sturm ihn nicht von dem vereisten Baum hätte losreißen können.

★★★

Åke Edwardsson
Am Tag vor dem Heiligen Abend

Aus dem Schwedischen von
Gabriele Haefs

Ich konnte die Tannen sehen: eine dunkle Silhouette vor der Nacht, die zum Horizont, zur Stadt hin, heller wurde. Der Zug fuhr einige Kilometer weiter nördlich. Das Tuten der Lokomotive hörte sich an wie das Geschrei wilder Tiere, die über das Feld jagten.

Ich konnte stundenlang am Fenster sitzen, so wie jetzt, mit dem offenen Kamin als einziger Lichtquelle hinter mir. Ab und zu stand ich auf und legte Holz nach. Danach setzte ich mich wieder ans Fenster und schaute hinaus auf den nächtlich leuchtenden Schnee.

So ging es jeden Abend, bis ich müde wurde, mich ins Bett legte und das Feuer verlöschen ließ.

Es war früh Winter geworden. Und der Schnee würde wohl liegen bleiben.

Es war zwei Tage vor dem Heiligen Abend. Was mir jedoch kein Grund zur Freude war. Meine Mutter war in diesem Herbst gestorben, und mein Vater und ich hatten die Wohnung in der Stadt aufgegeben und waren hierher gezogen. Es war die Entscheidung meines Vaters gewesen, und ich hatte nichts dagegen gehabt. Er hatte gesagt, er könne es in der Wohnung nicht mehr aushalten, mit all den vielen Erinnerungen vor Augen, jede Stunde dort bedeute für ihn die Hölle. Wir hatten einen Bekannten, der ein Haus im Wald besaß, und das stand derzeit leer; es gab jedoch Strom, Herd und Kühlschrank.

Einen Kilometer weiter die Straße hinunter hielt ein Schulbus, und mein Vater versuchte, tagsüber zu Hause zu schreiben: Ich war jedoch sicher, dass er nicht viel zustande brachte. Er verfasste so eine Art Werbetexte, und ich wusste wirklich nicht, wie er sich lobend über Waren äußern sollte, die alle Welt unbedingt kaufen musste, wo doch erst vor zwei Monaten das Schreckliche passiert war.

Meine Mutter hatte gelebt wie alle anderen, dann war sie gestorben. Es war von einer Stunde zur anderen passiert, sie war einfach nicht mehr da gewesen. Ich wusste, dass sie es … selbst getan hatte. Dass sie nicht mehr hatte leben wollen. Aber ich wusste nicht, warum. Ich konnte mir ja denken, dass es mit meinem Vater zu tun hatte, aber der genaue Zusammenhang war mir unklar, und zu fragen traute ich mich natürlich nicht.

In der Schule träumte ich meistens vor mich hin, oder ich gab mir Mühe, an gar nichts zu denken.

★

Wir versuchten, gemeinsam zu kochen. Wenn jemand uns gefragt hätte, was wir zuletzt gegessen hatten, hätten wir uns nicht daran erinnern können. Aber niemand fragte. Die anderen begriffen offenbar, dass wir allein sein wollten. In gewisser Hinsicht war das auch schön so. Ab und zu klingelte das Telefon, und mein Vater meldete sich, und ich konnte seine Stimme hören wie ein Radio im Nebenzimmer, in derselben geringen Lautstärke, ohne ein Wort zu verstehen. Nur ein Geräusch, ein gemurmeltes, langes Signal, das nirgendwohin führte. Das Signal entsprach unserem Leben in jener Zeit.

Nachts horchte ich oft auf Geräusche, wenn mein Vater in sein Zimmer gegangen war, nachdem er vorher in der Küche getrunken hatte. Ich wusste, dass er wieder trank, aber er versuchte, sich jeden Abend auf zwei Bier zu beschränken oder auf einen Whisky, wenn ich schon schlafen gegangen war. Der

Whiskygeruch zog durch das ganze Haus, von der Küche, wo mein Vater saß, durch die geschlossene Tür des Schlafzimmers. Ich sprach nie von «meinem» Zimmer. In diesem Haus gab es nichts, was ich bei meiner Rückkehr in die Stadt hätte mitnehmen wollen.

Das Haus lag am Ende des Weges. Dahinter gab es nur noch den Wald. Seit zwei Tagen hatte es heftig geschneit, und der Bauer, der für den Weg zuständig war, setzte zweimal pro Tag seinen Schneepflug ein. Er war am frühen Abend bis zu unserem Haus gefahren. Mein Vater hatte den Wagen umgeparkt, damit der Bauer vor dem Haus eine kleine runde Fläche freiräumen könnte.

★

Inzwischen fiel seit einer Stunde kein Schnee mehr vom schwarzen Himmel. Ich hatte gesehen, wie der Schneefall immer spärlicher geworden war, bis der Wind keine Flocken mehr am Fenster vorbeitreiben konnte. Ich hörte, wie mein Vater in der Küche eine Flasche Bier öffnete.

«Zeit zum Schlafengehen, Kalle.» Ich hörte, wie er das Bier ins Glas goss. «Es ist schon nach zehn.»

«Nur noch ein paar Minuten», gab ich zurück.

Er zog seinen Stuhl über den Boden. Ich nahm an, dass er sich über den Tisch beugte, um aus dem Küchenfenster schauen zu können.

«Ich glaube, es schneit nicht mehr.»

Ich gab keine Antwort. Ich dachte plötzlich an Weihnachtsgeschenke, ich hatte noch keins für meinen Vater gekauft. Ich wusste nicht, ob er etwas für mich hatte. Die Schlittschuhe vielleicht, die ich mir gewünscht hatte. Aber das war vor dem Tod meiner Mutter gewesen. Jetzt spielte das alles keine Rolle mehr. Ich dachte nicht mehr an Eishockey. Ich wollte nicht mehr spielen. Vielleicht würde ich das im nächsten Jahr anders sehen, aber sicher war ich mir nicht.

Am Heiligen Abend wollten wir auf dem Grundstück des Bauern einen Weihnachtsbaum fällen, das hatte er uns erlaubt. Von zu Hause hatten wir einen Christbaumständer mitgenommen. Wir hatten auf dem Dachboden nach Kerzen gesucht, hatten jedoch bald aufgegeben und lieber im Hauswarenladen einen neuen Satz elektrischer Kerzen sowie einige bunte Kugeln gekauft. Ich wusste nicht, ob wir den Baum schmücken und ob wir es überhaupt über uns bringen würden, ihn aus dem Wald zu holen.

«Verdammt, jetzt fängt es wieder an», hörte ich aus der Küche die Stimme meines Vaters. «So was hab ich noch nie erlebt.» Ich hörte, wie er aufstand, die Stuhlbeine schrammten über den Boden. «Noch so eine Nacht, dann kommen wir hier nicht mehr raus.» Jetzt vernahm ich seine Stimme im Wohnzimmer, wo ich saß. Ich schaute ihn an, denn er war in die Tür getreten. «Ivar kriegt den Weg nicht frei, wenn diese Schweinerei noch eine Nacht weitergeht.»

«Nein.»

«Und dann sitzen wir hier fest», sagte er. «Aber vielleicht wäre das auch egal.» Er sah mich an. «Hier sind wir sicher.» Das sagte er zweimal. «Hier sind wir sicher.»

Ich wusste nicht, was er damit sagen wollte. Ich wollte ihn fragen, aber er hatte das Zimmer schon wieder verlassen. Ich hörte, wie er das Bier in ein Glas goss.

Ich war jetzt müde. Weiß und Schwarz verschwammen hinter dem Fenster. Bald würde nicht mehr zu erkennen sein, wo der Weg verlief und wo der Straßengraben die Grenze zwischen Feld und Wald bildete.

«Ich gehe jetzt ins Bett», rief ich.

«Mhm.» Er murmelte in der Küche noch weiter vor sich hin, aber ich konnte kein Wort verstehen. Es hätte sich auch um einen Anruf handeln können, und im selben Moment klingelte das Telefon in seinem Schlafzimmer. Ich hörte wieder das Scharren der Stuhlbeine, dann erhob er sich, ging in das andere Zimmer und meldete sich am Telefon mit einem «Ja?». Ich ging hinterher, um mitzuhören. Er sagte: «Du wolltest doch erst nach Weihnachten anrufen», danach war alles still. Dann kam: «Das geht mich nun wirklich nichts an, verdammt nochmal … nicht das, was danach passiert ist», dann schien er wieder zu horchen, ganz kurz, sagte: «Das sollen sie nur wagen», und: «Ja, ja, ja», dann: «Nein», und dann knallte er den Hörer auf die Gabel.

Er hatte auch ein Mobiltelefon, und das hatte zweimal geklingelt, war jetzt aber stumm. Er hatte es wohl ausgeschaltet. Früher an diesem Abend hatte ich das Telefon auf dem Küchentisch liegen sehen, als er auf seinem Zimmer gewesen war. Ich hatte es hochgehoben und bemerkt, dass es ausgeschaltet war. Plötzlich war es in meiner Tasche. Es war so klein. Kaum größer als ein Schweizer Universalmesser.

Ich ging zu ihm ins Schlafzimmer.

«Was war das denn für ein Anruf?»

Er drehte sich um. «Hast du gelauscht?»

Ich zuckte mit den Achseln.

«Spionierst du mir nach?»

«Ich war eben gerade in der Nähe. Wer hat denn angerufen?»

«Das war nur ein … ein Arbeitskollege.»

«So spät?»

«Wir haben keine feste Bürozeit, Kalle.» Er stand vom Bett auf. «Solche Rücksichten kennen die nicht.»

«Warum hast du vorhin gesagt, dass wir hier sicher sind?»

«Was?»

«Du hast vorhin gesagt, dass es auch egal ist, wenn wir eingeschneit werden. Dass wir sicher sind. Ich und …»

«Mach dir darüber keine Gedanken. Und vielleicht gibt es ja auch immer noch Überraschungen.»

«Aber das w…»

«MACH DIR DARÜBER KEINE GEDANKEN!», sagte er, jetzt mit einer Stimme, wie ich sie lange nicht mehr gehört hatte. Diese Stimme stammte aus der Zeit, als meine Mutter noch gelebt hatte.

«Ich gehe jetzt schlafen», sagte ich und ging.

«Kalle …»

«Ja?» Ich drehte mich um.

«Gute Nacht, Kalle. Kümmer dich nicht um mein Gerede. Das ist nur … na ja, du weißt schon.»

«Ja.»

«Also gute Nacht», sagte er.

«Gute Nacht.»

«Morgen kochen wir den Schinken.»

«Ja.»

★

Ich war wach und horchte auf Geräusche, und plötzlich vernahm ich vor dem Haus Stimmen. Es war kein Traum. Ich hatte kein Auto gehört, aber jetzt sagte jemand etwas. Eine Stimme.

In der Diele wurde Glas zerbrochen. Ich hörte eine grobe Stimme, einen Fluch. Jemand anders fragte: «Hast du dich geschnitten?», und dann folgte eine Antwort, die ich nicht verstehen konnte.

Ich zitterte am ganzen Leib. Ich konnte es nicht kontrollieren, meine Hände zitterten unter der Decke, ich bekam fast keine Luft mehr, meine Füße …

«BESUCH, WESTER!»

Irgendwer schrie in der Diele unseren Nachnamen. Ich hörte grobe Stiefel, die über den Holzboden liefen, in die Küche und dann in das Zimmer, in dem mein Vater schlief, und daraufhin brüllte die Stimme: «HALT LIEBER STILL, DU ARSCH!», gefolgt von dem schrecklichen Geräusch von

Schlägen, die einen Menschen trafen. Weitere Stiefelschritte auf dem Boden. Ein Schrei, der von meinem Vater stammen konnte.

Draußen wurde Licht gemacht, das durch einen Türspalt zu mir hereinsickerte.

Ich kroch unter das Bett. Eine Sekunde später überlegte ich mir die Sache wieder anders und rannte zum Kleiderschrank, der oben ein breites Fach hatte, in dem ich schon einmal gesessen hatte. Wenn man sich so weit wie möglich zurückzog, war man vom Boden her nicht zu sehen.

Der Schrank war hoch, und nur ein Kind konnte mit Hilfe der Wände hochklettern und sich im Fach verkriechen, und ich wollte mich schon hochziehen, als mir einfiel, dass meine Kleidung noch vor dem Bett lag, und ich stürzte zurück und zog Unterhose, Pullover und Hose über meinen Schlafanzug und stopfte mir die Strümpfe in die Tasche, klopfte das Kissen zurecht und zog die Decke über das Bett, stürzte zurück und schloss hinter mir die Schranktür. Als ich dann in das Regalfach kletterte, hörte ich, wie meine Zimmertür aufgerissen wurde. Das Fach war mindestens drei Meter hoch. Der Wandschrank reichte bis in den ersten Stock des Hauses. Ich spürte das Telefon in der Tasche und presste meine Beine gegen die Wand.

«Wo steckt der Junge?»

Ich vernahm die Stimmen durch die Schranktür nur undeutlich.

Ich war jetzt oben, schmiegte mich an die Wand, versuchte, mit ihr eins zu werden.

«Er übernachtet bei … einem Freund.» Das war die Stimme meines Vaters.

«Aber er hat doch in dem Bett gelegen.»

«Das war gestern. Er ist heute Morgen gefahren.»

«Nie im Leben. Das Bett ist doch gar nicht gemacht.»

«Er macht sein Bett nie», sagte mein Vater. Und das stimmte.

Jetzt hörte ich Schritte.

«Unter dem Bett liegt er jedenfalls nicht.»

«Ist das Bett noch warm?»

«Tja ... keine Ahnung.» Eine Sekunde Schweigen. «Das ganze Zimmer ist doch so saukalt, dass ich das wirklich nicht feststellen kann.»

«Und was ist das da?»

«Was denn?»

«Die Tür da. Wohin führt die?»

«Das ist ein Kleiderschrank.» Das war wieder die Stimme meines Vaters.

«Aufmachen, Jock.»

Wieder Schritte. Ich presste mich noch fester gegen die Wand. Die Tür wurde aufgerissen, und Licht strömte herein, doch ich lag im Schatten. Ich wusste, dass das Regalfach von dort unten nicht zu sehen war. Im Schatten des Lichtes, das unten brannte, schien es ein Teil der Wand zu sein.

«Hier ist alles leer.»

«Mal nachsehen.» Schritte. «Aber rein gar nichts.» Ich hörte unten zwei leere Kleiderbügel klappern. «Das ist ja verdammt hoch.» Einige Sekunden Schweigen. Ich wusste, dass er nach oben schaute. Ich hielt den Atem an. «Okay.» Die Tür fiel ins Schloss. Wieder die Stimme, jetzt undeutlicher, durch das Holz: «Dann sollten wir uns mal bei diesem Kumpel erkundigen. Wann kommt der Junge wieder nach Hause?»

«Morgen. Am Heiligen Abend.»

«Morgen ist noch nicht der Heilige Abend.»

«Mitternacht ist schon vorbei, also hat er Recht, Steve.» Die andere Stimme. Der Mann, der am Bett gestanden hatte.

«Dann ist also der Tag vor dem Heiligen Abend, Wester.»

Keine Antwort.

«Hast du mich gehört?»

«Ja.»

«Wir hätten unsere Weihnachtsgeschenke gern ein bisschen früher.»

«Ich habe sie nicht.»

«Was sagst du da?»

«Ich habe überhaupt nichts davon.»

«Das ist doch wohl nicht dein Ernst, oder?»

«Sie sind nicht hier.»

«Ach was?»

«Ich weiß nicht, warum ihr glaubt, dass ich … es haben könnte. Habt ihr mit Berger gesprochen?»

«Ja.» Plötzlich ein schrilles Lachen, fast wie ein Schrei, der auch durch die Schranktür gut zu hören war. «Wir haben … mit Berger gesprochen. Er hat so ungefähr gesagt, wir sollten uns an dich wenden.»

«Das waren so ungefähr seine letzten Worte.» Die andere Stimme. Und wieder dieses Lachen.

«Berger hatte alles», sagte mein Vater. «Wenn er … tot ist, dann habt ihr einen großen Irrtum begangen.»

«Und dann wäre es doch schade, wenn wir gleich noch einen folgen ließen?»

«Ich verstehe das alles nicht», sagte mein Vater, und dann hörte ich Schritte und wieder das schreckliche Geräusch von Schlägen, die einen Menschen treffen, und mein Vater stöhnte, und alle Stimmen und Schläge und Schreie gingen ineinander über, und dann wurde alles abgeschnitten und verschwand hinter der Schlafzimmertür.

Bald darauf vernahm ich Schritte im Obergeschoss. Vielleicht suchten sie auch dort noch nach mir.

Ich versuchte, meine Augen an die Dunkelheit zu gewöhnen, und hielt das abgestellte Mobiltelefon in der Hand. Ich war nicht sicher, ob ich versuchen sollte, es einzuschalten.

Vielleicht wäre das leise Piepsen ja durch die Decke bis in den ersten Stock zu hören oder durch die Wand bis in die Küche. Ich musste warten. Vielleicht würden sie gehen. Wegfahren. Uns in Ruhe lassen. Ich fragte mich, was sie wohl mit meinem Vater angestellt haben könnten, aber das ließ ich sein, als meine Glieder mir wehtaten. Ich bewegte mich vorsichtig, weil meine Beine nicht einschlafen sollten.

Jetzt hörte ich schwache Stimmen aus der Küche. Ich konnte kein Wort verstehen. Ich fragte mich, wie lange ich noch hier sitzen bleiben und darauf warten sollte, dass sie mit einer Taschenlampe zurückkämen und das Regalfach anstrahlten. Sie würden meinen Vater zwingen, den Freund anzurufen, bei dem ich angeblich zu Besuch war. Und wenn er sich weigerte, würden sie ihm etwas antun … etwas noch Schlimmeres als ohnehin schon.

Ich hielt das Mobiltelefon in der Hand und versuchte, auf den «on»-Knopf zu drücken, denn dann würden die Zahlen aufleuchten, und ich könnte eine Nummer eingeben. Die des Notrufs. Oder ich könnte einen Freund anrufen. Meine Hände zitterten. Ich war schweißnass, und das Telefon rutschte mir aus der Hand. Ich ließ meine Beine über die Kante des Regalbrettes baumeln, und dabei fiel das Telefon auf den Boden. Ich hörte den Aufprall, der aber nicht sehr laut war. Sicher war das Telefon unten auf den Stiefeln gelandet. Ich hielt den Atem an und horchte zur Küche hinüber. Jemand schien zu reden. Ob sie den Aufprall gehört haben konnten?

Ich wartete lange, danach ließ ich mich an der Kante nach unten, stützte mich gegen die Wand ab und kletterte los. Ich suchte das Telefon und fand es in einem Stiefel. Ich steckte es ein und …

Die Tür wurde aufgerissen. Ein greller Lichtstrahl stach mir in die Augen.

«Guter Trick, Kleiner. Aber du solltest lernen, ein wenig leiser zu sein.»

Ich war noch immer wie geblendet. Eine Hand packte meinen Arm.

«Raus mit dir.» Ich wurde ins Zimmer gezerrt. «Da haben wir ja die ganze Familie zusammen.» Wieder wurde gelacht. «So gehört sich das auch für die Weihnachtszeit.»

Ich wurde durch das Zimmer, durch die kleine Diele und dann in die Küche gestoßen. Mein Vater saß am Tisch. Sein Gesicht war blutverschmiert. Ein Mann stand vor ihm. Er trug eine schwarze Strickmütze und eine Lederjacke, die braun aussah. Er hatte einen Schnurrbart. Der Mann, der mich in die Küche gestoßen hatte, hatte keinen. Seine Haare waren lang und blond. Er roch nach Schnaps. Beide Männer waren wohl ungefähr so alt wie mein Vater.

«Die ganze Bande auf einem Haufen», sagte der Blonde. Der Dunkle schwieg. Er schaute mich aus seltsamen Augen an, sie sahen durchscheinend aus, wie die eines Blinden. Seine Augen waren hellblau und bleich, wie Wasser in einem gefärbten Glas. Ich hatte mich die ganze Zeit schon gefürchtet, doch als er mich jetzt ansah, war ich außer mir vor Angst. Ich glaubte, sie wollten uns umbringen, und bei diesem Gedanken musste ich weinen. Das hier war kein Traum. Mir war klar, dass in dieser Nacht etwas Entsetzliches passieren würde.

«Setz dich hierher», sagte der mit der Mütze und den Augen. Er zeigte auf den Stuhl ihm gegenüber. Ich blieb stehen. Der andere stieß mich an, und ich verlor das Gleichgewicht und knallte mit dem Kinn auf den Tisch. Mein Vater sprang auf, und der Blonde hinter mir trat einen Schritt beiseite und schlug meinen Vater ins Gesicht … mit einem Gewehr oder einer langen Pistole, die ich nur kurz in Bewegung sah, als ich zu Boden ging.

«Sitzen bleiben, Wester.» Er beugte sich über mich. «Hoch mit dir, Junge.» Er zog an mir. «Hoch mit dir und setz dich an den Tisch.» Er schaute den anderen an. «Hast du im Kühlschrank nachgesehen? Ich habe Hunger.»

Der mit der Mütze ging durch die Küche und öffnete die Kühlschranktür.

«Ein roher Schinken», sagte er nach einer Weile. Er griff nach etwas, das ich nicht sehen konnte, da die offene Tür im Weg war. «Hackfleisch, das gerade auftaut.» Er schaute den anderen an. «Fürs Weihnachtsfestmahl.»

Der Blonde sah meinen Vater an. Dann schaute er aus dem Fenster auf den rieselnden Schnee. Er warf einen Blick auf seine Armbanduhr und dann wieder auf meinen Vater.

«Und zwar sofort», sagte er. «Her mit dem Kram.»

«Was?», fragte der Mützenmann.

«Hol den Schinken und das Hackfleisch heraus, und dann kann Wester das Weihnachtsessen kochen.»

«Es dauert doch Stunden, einen Schinken zu kochen. Der ist zwar nicht groß, aber zwei Stunden braucht der mindestens.»

Der andere schaute wieder aus dem Fenster. «Wir bleiben auf jeden Fall bis morgen.»

★

Es war drei Uhr nachts. Ich war nicht müde. Die Angst hielt mich wach. Ich hatte das Gefühl, auf einem Messer zu sitzen. Eine falsche Bewegung, und das Messer würde mich zerschneiden.

Mein Vater stand am Herd. Der Schinken zischte in dem großen Kessel. Mein Vater hatte Zwiebeln geschnitten und mit in Milch eingeweichtem Weißbrot, Hackfleisch, Eiern, schwarzem Pfeffer und allem vermischt, was dazugehörte. Er hatte Frikadellen geformt und wollte sie jetzt braten. Ich hatte aufstehen und zum Herd gehen wollen, um ihm auf irgendeine Weise das Mobiltelefon zuzuspielen, aber sie hatten mich dazu gezwungen, am Tisch sitzen zu bleiben. Sie hatten mich nach einer großen Tasche mit Geld gefragt, aber davon wusste ich nichts, und vielleicht glaubten sie mir. Nach langer Fragerei ließen sie mich dann in Ruhe. Sie stellten auch meinem Vater keine Fragen mehr, und das war vielleicht das Unheimlichste von allem.

Mein Vater briet die Frikadellen. Ich hatte Angst, aber sie rochen trotzdem gut.

«Du bist ja die geborene Hausfrau, Wester. Macht nichts, dass die Gattin verreist ist, oder?» Ich sah meinen Vater an, aber der hatte sich abgewandt. Was hatte er über meine Mutter erzählt? Wussten die Männer nicht … was passiert war?

Der Blonde lächelte und blickte zum Herd hinüber. «Na, was macht der Schinken?»

«Der ist fertig», sagte mein Vater und zog den Kessel von der Herdplatte.

«Scheiß drauf!» Der Blonde sah den anderen an. «Du nimmst den Topf und fischst den Schinken heraus, damit dieser Arsch uns nicht mit dem kochenden Wasser übergießt!» Er sah wieder meinen Vater an. «Weg vom Herd, Wester.» Er schwenkte seine Waffe. Mein Vater entfernte sich vom Herd. Die Frikadellen zischten in der Bratpfanne.

Dann hörten wir in der Nähe einen Traktor.

Der Blonde zuckte zusammen.

Das Traktorgeräusch kam näher.

«Wer zum Teufel kann das denn sein?» Der Blonde sah meinen Vater an. «Zum Teufel, jetzt antworte schon!»

Mein Vater zuckte mit den Achseln. «Sicher der Bauer, der versucht, den Weg zu räumen.»

«Jetzt?»

«Es ist doch fast schon Morgen. Bestimmt will er den Weg freihalten.»

«Kommt er auch hierher?»

«Der Weg führt doch bis zu uns. Er endet hier.»

«Hält er dann hier an?»

«Wie meinst du das?»

«Kommt er rein und redet Müll?»

«Ab und zu.»

«Diesmal nicht», sagte der Mützenmann, und ich hörte, wie er hinter meinem Rücken irgendetwas mit seiner Waffe machte.

«Verlier jetzt bloß nicht die Nerven, Jock», sagte der Blonde. Er sah den anderen an. «Hast du gehört?»

«Ja, ja. Aber das gilt auch für dich.»

Ich konnte jetzt die Scheinwerfer des Traktors sehen, wie Lichtspeere im Schnee, der sich wie eine weiße Wand in einem schwarzen Raum erhob. Vielleicht sah ich dahinter Ivars Umrisse. Er war nicht alt, obwohl er so einen altmodischen Namen trug. Ivar war in Ordnung. Er sagte nicht viel. Er kam nie ins Haus, obwohl mein Vater das behauptet hatte. Ivar wusste, wie uns zumute war, wegen meiner Mutter und überhaupt.

Er musste das Licht in der Küche gesehen haben. Und staunte vielleicht darüber. Ich betete, dass er hielte. Der Traktor brummte und schnaufte beim Drehen, und ich konnte hören, wie Ivar die Handbremse anzog und mit einem leisen Knall in den Schnee sprang.

«Was zum Teufel», sagte der Mützenmann.

«Ganz ruhig», erwiderte der Blonde. «Du hast eben Freunde zu Besuch, nicht wahr, Wester?» Er schaute meinen Vater an. «Nicht wahr?»

«Ja», bestätigte mein Vater und sah mich an.

«Jock richtet die Pistole auf den Kopf des Kleinen», sagte der Blonde.

Mein Vater nickte. Ich spürte, wie etwas Kaltes gegen meinen Kopf gedrückt wurde. Ivar hämmerte gegen die Tür. Mein Vater schaute den Blonden an.

«Geh aufmachen», sagte der Blonde. «Ich stehe dicht hinter dir.»

Ich konnte von meinem Platz aus die Tür sehen, die mein Vater jetzt öffnete. Ich sah im Licht der Scheinwerfer eine Gestalt. Und ich nahm einen eiskalten Windstoß wahr.

«Ja … hallo», sagte Ivar.

«Hallo», gab mein Vater zurück.

«Ich … ich will versuchen, den Weg freizuhalten. Es kann wohl jeden Moment aufhören zu schneien.»

Ivar kam in die Diele. Er behielt seine Mütze auf. Ich konnte sehen, dass er den Blonden anstarrte, der dicht hinter meinem Vater stand.

«Jaa … ein Stück weiter den Weg hoch stand ein Wagen …»

«Das ist unserer», sagte der Blonde. «Wir sind nicht weiter gekommen.» Er schaute meinen Vater an. «Wir hatten gedacht, wir könnten hier sein, ehe der Schnee wieder loslegt.» Er sah Ivar an. «Aber dann mussten wir doch den Rest zu Fuß gehen.»

«Ach», sagte Ivar. Ich sah ihm an, dass er den Essensduft wahrgenommen hatte. «Hier riecht's nach Weihnachten, ich muss schon sagen.»

«Ja», entgegnete der Blonde. «Wir kochen gerade … damit alles rechtzeitig fertig ist.»

«Ach…»

«Ich wollte meine Frau überraschen», sagte mein Vater. Er hatte mir den Rücken gekehrt, aber ich konnte sehen, dass Ivar aufschaute. Er schwieg jedoch.

«Meine Frau kommt doch am Heiligen Abend von ihrer Reise zurück, und dann wollte ich alles fertig haben.» Ich konnte sehen, dass mein Vater jetzt den Blonden ansah. «Ivar macht Überstunden, um den Weg freizuhalten.»

«Wie gut», sagte der Blonde.

«Jaaa», bestätigte Ivar. «Und jetzt mach ich mich wieder auf den Weg.» Er setzte seine Mütze auf und ging rückwärts zur Tür. Ich wusste, dass er mich gesehen hatte. Aber ich war nicht sicher, ob er auch meinen Gesichtsausdruck registriert hatte.

Als er draußen auf der Treppe stand, schoss der Blonde ihm in den Bauch, und ich sah Ivars überraschtes Gesicht, ehe er aus der Tür verschwand, ehe sein Körper rückwärts geschleudert wurde. Der Blonde feuerte noch einmal und stieß dann meinen Vater auf die Treppe, und ich hörte einen weiteren Schuss und zitterte unbeschreiblich und hatte das Gefühl, dass der Mützenmann hinter mir ebenfalls zitterte, mit seiner Pistole in der Hand. Ich glaubte, dass er mich jetzt erschießen wollte.

Ich wusste, was jetzt passieren würde. Wie es enden würde.

Sie kamen zurück, in die Küche. Das Gesicht meines Vaters war so weiß wie der Schnee vor dem Haus oder noch weißer. Er schien es mit Schnee eingerieben zu haben, der nicht schmelzen wollte.

«Was zum Teufel», sagte der Mützenmann.

«Das war mir zu unsicher», erwiderte der Blonde.

«Aber es kann doch jemand die Schüsse gehört haben, zum Teufel.»

«In dem Moment fuhr gerade die Bahn vorbei. Und es ist weit bis zum nächsten Haus.»

«Liegt er draußen?»

«Im Traktor.»

«Im Traktor?»

«Ja. Wir müssen ihn nachher wegfahren.»

«Na gut.»

«Was wird jetzt mit dem Fraß?», fragte der Blonde und schaute meinen Vater an. «Die Frikadellen sind doch wohl fertig.» Er sah zu dem anderen hinüber. «Jock, leg doch mal den Schinken auf eine Platte.»

«Muss der nicht … gegrillt werden oder wie das heißt?»

«Darauf scheißen wir jetzt. Her mit dem Schinken, Mann.»

Mein Vater war wie zu Eis erstarrt.

«Setz dich, Wester.»

Mein Vater setzte sich an den Tisch.

«Und dann brauchen wir nur noch ein wenig Besteck», sagte der Blonde.

Seine Augen waren in ihren Höhlen fast verschwunden. Er war irrsinnig. Irrsinnig. Das hier waren Männer, die keine Gefühle kannten. Oder die etwas in ihren Köpfen hatten, das anderen fehlte.

Ihnen war einfach alles zuzutrauen.

★

Ich spürte das Mobiltelefon in meiner Unterhose, bei meinem Schwanz, der sich anfühlte wie eine Backpflaume. Er rieb sich an meinen Eiern. Ich wusste, dass es unsere Rettung bedeuten konnte oder wenigstens den Versuch einer Rettung.

«Ich muss aufs Klo», sagte ich. Bisher hatte ich nicht gewagt, darum zu bitten. Jetzt musste es sein, und zwar aus mehreren Gründen.

«Hast du seine Taschen durchsucht?», fragte der Blonde.

«Ja», sagte der Mützenmann.

«Na gut.»

Auf der Toilette zog ich das Telefon hervor. Der Mützenmann stand vor der Tür, doch dann hörte ich, wie er zurück in die Küche ging, und ich nahm an, dass er dort saß oder stand und quer durch die Diele die Toilettentür im Auge behielt. Er hatte sich davon überzeugt, dass es hier kein Fenster gab, durch das ich entkommen könnte.

Ich pisste und versuchte gleichzeitig nachzudenken … nach zwei Minuten drückte ich auf die Spülung, drehte den

Wasserhahn über dem Waschbecken auf und drückte auf den «on»-Knopf des Telefons. Ich hatte gelernt, Mitteilungen zu schreiben und zu versenden. Ich schrieb also eine, schickte sie ab, stellte das Telefon aus und drehte zugleich den Wasserhahn wieder zu. Vielleicht meinten sie, ich hätte mir lange die Hände gewaschen, aber ich glaube nicht, dass sie das Telefon gehört hatten.

Ich hielt das Telefon in der Hand. Ich wagte nicht, es mit zurück in die Küche zu nehmen. Ich legte es in den Papierkorb, der unter dem Waschbecken stand.

Der Mützenmann stand vor der Tür. Wir gingen zurück in die Küche. Der Blonde saß am Tisch und verzehrte Frikadellen und ein Käsebrot. Der Schinken dampfte auf einer Platte aus rostfreiem Stahl. Er glich einem abgeschlagenen Kopf.

Mein Vater saß am Tisch und starrte den Boden an. Der Mützenmann schob Frikadellen aus der Bratpfanne auf einen Teller.

Jetzt konnte ich nur noch warten, aber es würde sicher nicht lange dauern. Ich hoffte, dass wir gerettet würden, wusste aber nicht, wie das passieren sollte. Ich nahm mir zwei Frikadellen. Es schneite nicht mehr. Es war noch immer Nacht oder früher Morgen. Ich versuchte zu essen, brachte aber nichts hinunter. Die Männer fingen wieder an, meinem Vater Fragen zu stellen. Der Blonde sprang auf und drückte ihm die Waffe an den Kopf. Ich schrie, und mein Schrei war so laut, dass er fast ein Auto übertönt hätte, das sich von Westen auf dem Höhenzug näherte, auf jenem Weg, den Ivar wenige Minuten vor seiner Ermordung freigeräumt hatte.

Der Blonde warf den Kopf herum wie ein Tier. Der Mützenmann eilte ans falsche Fenster.

«Das andere Fenster, du Idiot!»

Der Mützenmann stürzte ins Zimmer, wo der Kamin schwarz und kalt geworden war.

«Ein Auto», schrie er und drehte sich zu uns um.

«Pkw?», fragte der Blonde.

«Ich kann nur die Scheinwerfer sehen, Scheiße», er schaute wieder aus dem Fenster. «Was machen wir jetzt?»

«Ganz ruhig bleiben», sagte der Blonde und richtete seine Waffe auf die Tür.

«Wie du vorhin, was?»

«Fresse, Jock.»

Ich hörte, wie der Wagen vor der Tür bremste, wie er vielleicht durch den Schnee glitt. Er musste neben dem Traktor zum Stehen gekommen sein. Saß Ivar im Traktor, auf dem Sitz … warum zum Teufel war der Wagen vor die Tür gefahren? Begriff er denn nicht, was hier drinnen los war? Hatte er meine Nachricht nicht verstanden?

Draußen rief jemand etwas.

«Was zum …», sagte der Blonde.

«Der ruft dich, Steve», entgegnete der Mützenmann.

«Ich höre.»

«Das ist doch Werner», sagte der Mützenmann.

«Der sollte doch zu Hause warten», bemerkte der Blonde. «Was will der denn hier?»

Jetzt wurde gegen die Tür gehämmert. Mir wurde plötzlich schlecht, und mein Magen krampfte sich zusammen.

Ich hatte meine Nachricht an einen Freund meines Vaters geschickt. Mats Werner war der Einzige, von dem ich wusste, dass mein Vater ihn nach dem Tod meiner Mutter noch getroffen hatte.

Sie hatten eine kurze Reise gemacht, um auf andere Gedanken zu kommen, wie mein Vater gesagt hatte.

Ich hatte nichts kapiert.

«Ich komm jetzt rein», rief er von draußen. «Bleibt ganz ruhig. Ich habe Neuigkeiten.» Er rüttelte an der Tür.

«Die ist doch verschlossen», sagte der Mützenmann.

Der Blonde ging in die Diele und drehte den Türschlüssel um. Mats Werner kam herein und kniff im grellen Licht die Augen zusammen.

Mein Vater schlug die Hände vors Gesicht. Er schien zu wissen, dass jetzt alles zu Ende war.

«Was zum Teufel willst du denn hier?», fragte der Blonde.

«Der Junge hat mir eine Nachricht geschickt», sagte Werner und zeigte auf mich.

«Was?»

«Der Junge hat mir über ein Mobiltelefon eine Nachricht geschickt», sagte Werner und hob sein eigenes hoch, wie um seine Behauptung dadurch zu beweisen.

«Dir? Eine Nachricht?»

«Genau das, du Idiot. An mich. Euer Glück, was?» Er trat vor den Blonden hin und schaute ihm in die Augen. Sie waren gleich groß. «Was treibt ihr hier eigentlich? Aus dem Traktor da draußen hängt ein Typ heraus. Und Wester und der Junge sitzen hier und spachteln», sagte er und schaute zur Küche hinüber. Mein Vater hatte noch immer die Hände vors Gesicht geschlagen. «Warum habt ihr sie nicht erschossen? Hast du nicht begriffen, dass der Typ draußen tot ist? Wir haben jetzt keine Zeit mehr.»

«Was … was sagst du da?»

«Ihr sollt sie erschießen.»

«Aber wir wissen doch nichts … noch nicht.»

«Ihr braucht doch nur das Wohnzimmer zu durchsuchen. Irgendwo muss es ja sein.»

«Wir haben gesucht.»

«Nicht gut genug. Jetzt erschießt sie endlich, verdammt nochmal», sagte Werner und griff nach der Waffe des Blonden, aber der Blonde wollte sie nicht loslassen, und Werner sagte: «Dann mach ich das lieber selbst», und ich kniff so fest die Augen zusammen, dass in meinem Kopf alles feuerrot wurde, und ich hoffte und hoffte und hoffte, und in diesem Moment, als ich zwei schwere Schritte aus der Diele hörte und das Rote in meinem Kopf schon schwarz wurde, gerade in diesem Moment hörten wir ein Dröhnen wie aus dem Weltall, und es wurde lauter und lauter, und die Rotoren zerfetzten die Luft wie wütende Eispickel, und der Hubschrauber schien auf dem Hausdach landen zu wollen, wie ein Schlitten, der vom Nordpol kam, und das bedeutete, dass mein anderer Wunsch per Mobiltelefon angekommen war und erfüllt werden sollte, und ich öffnete die Augen, als die gütige Lautsprecherstimme dort oben über Gerechten und Ungerechten gleichermaßen erscholl.

★★★

Benn Q. Holm
Der Mann aus der Vorstadt

Aus dem Dänischen von
Gabriele Haefs

Das Schlimmste an Weihnachten ist nicht die drei Tage lange Klimax, angefangen mit der Essens- und Geschenkeorgie des Heiligen Abends, gefolgt von den Fressrunden des ersten und zweiten Weihnachtstages, wo wir uns aus Rücksicht auf den Familienfrieden in Stücke hacken, um alle zufrieden zu stellen. Es klappt nie, trotzdem versuchen wir es jedes Jahr von neuem. Wenn ich reich wäre, dann würde ich einfach wegfahren und erst nach Neujahr zurückkehren, selbst wenn ich mich mit einem tristen Betonhotel an der Costa Brava begnügen müsste, einem von der Sorte, wo der Strom kommt und geht und der Balkon so groß ist wie eine Duschkabine.

Aber in diesem Jahr machen wir das so: Nachdem wir voriges Jahr Heiligabend bei meinem Vater und seiner neuen jungen Frau gefeiert haben, gehen wir in diesem Jahr zu Mettes Mutter und deren Mann. Das verlangen die Regeln. Am ersten Weihnachtstag gibt es Mittagessen bei meiner Mutter und ihrem Freund. Am zweiten Weihnachtstag gehen Mette und die Kinder mittags zu Mettes Schwester und Schwager (die am Heiligen Abend nicht kommen können, weil sie bei seiner Familie feiern), während ich allein zu meinem Vater hinausfahre. Da mir garantiert ein Weihnachtsbier in die Hand gedrückt werden wird, fast noch ehe ich meinen Mantel abgelegt habe, worauf ich dann zwischen allerlei Heringssorten und Schnäpsen meine Wahl treffen kann, fahre ich lieber mit der S-Bahn.

Das steigert die Fahrzeit, und ein Taxi nach Hause werde ich mir unter gar keinen Umständen leisten können, nach allen Geschenken und Ausgaben, die diese gesegnete Zeit mit sich bringt. Dieses ganze Weihnachtspuzzlespiel geht um Haaresbreite auf, aber nur weil alle unsere Angehörigen in der Nähe der Hauptstadt oder im östlichen Seeland wohnen.

Und als wäre das alles nicht schon schlimm genug (an Silvester wage ich nicht einmal zu denken), gibt es dann noch die vielen Vorbereitungen, und hier denke ich nicht nur an den Einkauf von Weihnachtsgeschenken und Weihnachtszubehör, ich denke auch nicht an die anstrengende Suchexpedition auf dem Dachboden, die die Kisten mit dem Christbaumschmuck ausfindig machen soll, sondern an die Planung, wer den Heiligen Abend bei wem verbringt.

Und als wäre auch das noch nicht schlimm genug, gibt es ja noch den Dezemberalbtraum. Der eigentlich schon im November einsetzt, wenn die Weihnachtsdekoration Straßen und Schaufenster erobert, wenn die dicken Kataloge durch den Briefschlitz poltern und wenn meine alten Freunde per Mail anfragen, ob wir in diesem Jahr nicht doch Zeit für ein oder mehrere Weihnachtsbiere freischaufeln können. Ja, das wäre schön, aber im Dezember gibt es keine Zeit für solche Unternehmungen.

In diesem Jahr war es so: Am ersten Adventssonntag waren wir bei meinem Großvater im Pflegeheim, wo der Weihnachtsbaum angezündet wurde. Mein Großvater erkennt uns alle nicht mehr, aber wir kommen doch immer wieder. Mette hatte schon am Freitag die Weihnachtsfeier ihrer Firma besucht, sie lag den ganzen Samstag im Bett und stöhnte und klagte, mit der Folge, dass ich den ganzen Tag die Kinder unterhalten musste, und am Sonntag war sie noch immer bleich und mitgenommen, um nicht zu sagen mürrisch. Am Dienstag gab es die Weihnachtsfeier in der Schule meines Sohnes, und am Mittwoch, als mein Kopf sich vom vielen Glühwein noch ein wenig schwer anfühlte, musste ich mit einem guten Kunden essen gehen. Der Kunde hat immer Recht, vor allem, wenn es sich um einen guten Kunden handelt, und dieser wollte wirklich nichts auslassen. Also wurde nichts ausgelassen. Am Freitag war die Weihnachtsfeier meiner Abteilung, die ich nicht weiter erwähnen will, ich kann mich an den späteren Abend ohnehin kaum erinnern, und samstags gab es ein Weihnachtsfest beim Fußballverein meines Sohnes, auf das ich auch nicht weiter eingehen möchte, es war so ein Fest in einem verräucherten Clubhaus mit Kreuzfurnierwänden, dicken, hinter einem Meer aus Bierflaschen versteckten Männern in einer Ecke und Pokalvitrinen mit fettigen Glasscheiben. Dann kam das Luziafest im Kindergarten meiner Tochter, unsere Kleine war Nr. 2 im Lichterzug, gleich hinter der Luzia, dieser schrecklichen Emma mit den aufgetakelten Eltern; es wurde bis zum Gehtnichtmehr fotografiert und videogefilmt, und danach gab es Glühwein und Pfeffernüsse. Unsere Tochter geht auch ins Ballett, und die Ballettschule war so freundlich, eine kleine Weihnachtspantomime zu arrangieren, damit die Eltern sehen konnten, was für das viele Geld geboten wird, das sie für den Unterricht hinblättern müssen. Am Samstag waren wir zu verschiedenen Festen eingeladen und mussten ein Vermögen für eine Babysitterin ausgeben. Anna ist erst viereinhalb, Benjamin acht. Normalerweise können wir die Kinder bei Mettes Schwester und ihrem Mann unterbringen, aber die hatten selber etwas vor. Ich wollte zu einem weiteren Weihnachtsfest, diesmal für die ganze Firma. Es wurde ein stiller Abend, da ich absolut erschöpft war und außerdem neben der Frau des Direktors saß. Als die anderen in einer Seitenstraße verschwanden, wo eine nachts offene Kneipe liegt, ging ich weiter zum Rathausplatz und suchte einen Nachtbus. Es war der große Abend der

Weihnachtsfeiern, überall wimmelte es von lärmenden Menschen oder von Menschen, die offenbar früher an diesem Abend gelärmt hatten, die jetzt aber nur noch nach Hause wollten, und zwar sofort. Obwohl außergewöhnlich viele Nachtbusse und Taxen im Einsatz waren, war es unmöglich mitzukommen. Die Busse waren überfüllt, die Taxen ausgebucht. Also ging ich ein langes Stück Weges, nüchtern und müde, kalter Wind wehte, es regnete, und ich hatte keine Zigaretten mehr. Wie durch ein Wunder erwischte ich dann doch einen Wagen, vor der Nase von zwei sturzbesoffenen Teenies, die für diese Jahreszeit überraschend leicht bekleidet waren. Sie taten mir fast Leid, wie sie da im Regen standen, mit verlaufener Wimperntusche und gewissermaßen, verstehen Sie das jetzt nicht falsch, feuchten Brüsten. Ich war seit zwanzig Minuten unterwegs, aber bis zu meinem Vorort waren es noch immer fünfzig Kilometer. Eine teure Fahrt. Über die Autobahn. Endlich kamen wir im Vorort an, der wie immer von allem vollständig unberührt aussah, abgesehen von der Bodega in der Hauptstraße, wo vier Männer mit Flaschen warfen, aber das passiert an jedem Wochenende im Jahr. Das letzte Stück fuhren wir hinter einem anderen Taxi, es bog sogar in unsere Straße ein, die ansonsten leicht zu übersehen ist. Und dann hielt es sogar noch vor unserem Haus an. Mette stieg aus. Genauer gesagt, sie fiel, aber immerhin war sie da.

Ich bezahlte die vierhundert Kronen und beklagte mich mit lauter Stimme. Wir waren ja denselben Weg gefahren, ihr Fest hatte gar nicht weit von meinem stattgefunden.

«Warum hast du mich nicht angerufen?», fragte ich.

Auf die Idee war sie gar nicht gekommen, hihi. Die beiden Taxen fuhren weiter. Sie sahen aus wie ein kleiner Wagenzug. Die Babysitterin schlief auf dem Sofa. Sie ist die Tochter der Nachbarn, ein nettes, vernünftiges Mädchen, das nach dem

Abitur Zahnmedizin studieren will. Ich weckte sie und bezahlte die verabredete Summe. Es war ein seltsames Gefühl, um drei Uhr nachts einer jungen Frau, zu der sie inzwischen ja doch geworden ist, Geld zu geben, obwohl die Situation in keinster Weise unmoralisch war. Unmoralisch war höchstens Mette, die den Reißverschluss an ihrem Kleid zur Hälfte geöffnet hatte.

Die Babysitterin nahm ihren Mantel und ihr Buch.

Wir wünschten noch eine gute Nacht, Mette wurde dabei etwas laut.

Mir ging auf, während Mette mit ihrem üppig-frechen Mund und ihrem weit geöffneten Kleid dastand, dass ich jetzt loslegen sollte.

Was ich dann auch tat, auf dem Sofa, wo eben noch die Babysitterin gelegen hatte.

Auch das war ein seltsames Gefühl.

★

Ja, so war es in diesem Jahr, auch in diesem Jahr. Aber noch immer war der Heilige Abend eine kleine Woche entfernt, und uns fehlte das Wichtigste: der große, gemütliche Ausflug in die Stadt, um Weihnachtsgeschenke zu kaufen. Anna und Benjamin freuten sich unbeschreiblich. Die Geschenke hätten wir auch im lokalen Einkaufszentrum erstehen können, aber wir wollten aus der Sache eine Familienangelegenheit machen, die Kinder fanden es wunderbar, wenn wir alle gemeinsam etwas unternahmen.

Und um nicht den üblichen Marsch auf und ab durch Strøget mit Abstechern in die Warenhäuser Illum und Magasin zu machen, schlug ich vor, den Weihnachtsmarkt in Christiania zu besuchen. Gerade um diese Zeit gab es keine Probleme mit dem alten Hippiereservat, da die Polizei sich nicht dorthin traute, ohne die Hälfte der Kopenhagener Kollegen zu mobilisieren, aber das Leben war ja immer in der reichlich verwelkten Blumenstadt seinen üblichen, holprigen Gang gegangen, und ich hatte von einem Kollegen gehört, dass man dort manches Schnäppchen machen konnte. Auch den Kindern würde es gut tun, zu sehen, dass es andere Lebensformen als die der Vorstadt gab, aber Mette, die ansonsten in jeder Hinsicht liberal ist, starrte mich verärgert an, als gehe es mir nur darum, zwei Gramm Hasch zu kaufen. Das sei nun wirklich nicht das Richtige für Anna und außerdem könne man dort sicher nur allerlei «schräges» Kunsthandwerk bekommen.

«Nein», sagte sie. «Gehen wir lieber in den Tivoli. Da ist es auch schön. Die vielen Lichter und ...»

«Ist der Tivoli denn im Winter offen?», staunte Anna.

«Nein», log ich.

«Doch», sagte Mette. «Da gibt es einen richtig tollen Weihnachtsmarkt. Könnte das nicht lustig sein, Benjamin?»

(In unserer Familie wird fast immer die Meinung der Kinder eingeholt, fragen Sie mich nicht, warum, aber so hat sich das eben ergeben.)

«Njo», murmelte er.

«Man kann außerdem alles Mögliche ausprobieren», sagte Mette. «Karussells und Autoscooter.»

«Aber wir müssen genug Geld für Weihnachtsgeschenke übrig behalten», wandte ich ein.

Benjamin dagegen war nun Feuer und Flamme, weshalb ich meinen Trumpf ausspielte: «Im Tivoli gibt es kein McDonald's.» Damit hatte ich ihn auf meiner Seite. (Ich sah keinen Grund zu erwähnen, dass zwei oder drei in der unmittelbaren Nachbarschaft liegen, und Mette, die eine gute Mutter und eine geschickte, wenn auch geizige Geliebte ist, zeigte sich abermals als ungeheuer hoffnungslose Stadtgeographin mit katastrophalem Ortssinn; sie hätte Benjamin leicht zurückgewinnen können, doch sie schwieg verärgert.)

Das Ganze endete damit, dass die Familie beschloss, in die City zu fahren. Bei genauerem Nachdenken war das ein schlechter Kompromiss, aber Mette hätte sich eben nicht so stur verhalten dürfen, als ich Christiania vorgeschlagen hatte.

«Was bist du kindisch», sagte sie, als die Kinder schliefen und wir beim Abendkaffee saßen und den Fernseher anstarrten.

«Aber ein Besuch im Tivoli kostet so viel wie eine halbe Reise nach Mallorca.»

«Trotzdem.»

Der Tag kam. Es war Sonntag, aber die Warenhäuser würden bis zehn Uhr abends geöffnet sein. Da es unmöglich sein würde, in meilenweitem Umkreis der City auch nur einen Parkplatz zu finden, wanderten wir zur S-Bahn, um auf diese Weise die neun Stationen hinter uns zu bringen. Ich möchte lieber gleich erwähnen, dass wir in einem recht netten Vorort wohnen, leider nicht im Norden von Kopenhagen, aber Gott sei Dank auch nicht im Süden.

Obwohl Mette und ich beide ausgiebig studiert haben, können wir uns eine Wohnung im Whiskygürtel nicht leisten. Anfangs habe ich unseren Reihenhausvorort aus den sechziger Jahren geradezu gehasst, der sich um eine Straßenkreuzung und zwei Bauernhöfe entwickelt hat, einen Vorort, der seither ausgebaut worden und mit anderen Vororten zusammengewachsen ist, sodass sie jetzt eine weite, unzerbrechliche Kette um die Stadt bilden. Das Seltsame ist, dass viele andere junge Akademikerpaare aus der Stadt mit kleinen Kindern hergezogen sind, obwohl sie als ganz junge Leute nicht schnell genug von hier wegkommen konnten. Sie leiden wie wir unter den turmhohen Wohnungspreisen, und obwohl wir nicht an dem Wohnort unserer Träume geendet sind, hat das alles so viel gekostet, dass wir uns nur mit Mühe vorstellen können, wie wir diesem Vorort jemals wieder entrinnen sollen. Die ursprünglichen Bewohner, hart arbeitende Sozialdemokraten, haben sich inzwischen an die neuen Familien und unsere sommerlichen Grillabende gewöhnt, mit anderen Worten, der Vorort ist zum Gemischtwarenladen geworden, sozial und mental, aber leider nicht architektonisch; anfangs fiel es mir schwer, unser Haus zwischen den vielen anderen in der Straße zu finden, dann aber habe ich doch gelernt, die Unterschiede zwischen Zäunen und Giebeln und allem anderen zu sehen, und langsam, aber sicher ergab sich eine Art Heimatgefühl.

Auf dem Bahnsteig warteten schon viele andere, und als der Zug aus Frederikssund einfuhr und die roten, mit Graffiti bedeckten Türen aufgingen, kam die erste Warnung. Die Abteile waren überfüllt, und nur mit Müh und Not konnten wir Annas Karre unterbringen, die sie eigentlich nicht mehr braucht, für die wir aber später am Tag dankbar sein würden, wenn sie wehe Füße oder auch nur einen hysterischen Anfall bekäme, und außerdem konnten wir darin die Geschenke verstauen.

Wir fuhren bis Nørreport, um auf diese Weise dem Gewimmel in der Fußgängerzone des Strøget zu entgehen. Da ich unter der Woche in der Stadt arbeite, hatte ich fast das Gefühl, sonntags ins Büro zu müssen, aber die Kinder und Mette rissen erwartungsvoll die Augen auf, als wir endlich die Karre die Treppe hochbugsiert hatten (der Fahrstuhl war außer Betrieb) und durch die Købmagergade gehen konnten. Aber was heißt schon gehen. Wir mussten uns vorwärts schieben, stoßen und drängeln.

Aber wir kamen doch immerhin an.

Wenn auch nur langsam.

Das lag jetzt nicht mehr so sehr an der Menschenmenge, sondern an den unterschiedlichen Wünschen und Interessen der Familie. Zuerst entdeckte Benjamin einen Laden, wo Warhammers und Herr-der-Ringe-Figuren verkauft wurden. Dann erblickte Anna einen Süßigkeitenladen. Mette studierte jedes Schaufenster so gründlich, als stehe uns die ganze Ewigkeit zur Verfügung. Ich versuchte, mich zu beherrschen, in dem Wissen, dass der Weihnachtsfriede brüchig ist. Und wer vielleicht glaubt, dass die Menschen wegen der Feiertage und der bevorstehenden Ferien guter Dinge gewesen seien, sollte sich das lieber noch einmal überlegen. Kinder weinten, Eltern schimpften. Wir unterschieden uns also überhaupt nicht von der Menge.

Aber gerade die Menge, diese vielen Menschen. Wäre ich Künstler und kein IT-Mann, dann hätte ich mich vielleicht gefragt, wer sie waren, woher sie kamen, was sie umtrieb, aber jetzt gingen sie mir nur auf die Nerven, diese vielen vorübereilenden Menschen. Ich hatte das Gefühl, in einem verschmutzten Fluss zu baden.

Endlich passierten wir die alte Sternwarte und konnten Illums weihnachtlich geschmückten Warenpalast sehen.

Vor vielen Jahren, ehe ich Mette kennen gelernt hatte, hatte dieser Stadtteil Spaß und Aufregung bedeutet. Hier lagen damals alle Cafés und Kneipen, ja, sie lagen noch immer hier, wie ich feststellen konnte, und es waren auch noch neue dazugekommen. Hier waren wir ausgegangen, um uns zu betrinken und Mädchen anzubaggern. Meistens hatten wir uns nur betrunken, aber es war trotzdem keine schlechte Zeit gewesen, und ein seltenes Mal hatten wir sogar Beute gemacht. Ältere Damen, gehirntote Vorortschnallen. Aber drin ist drin, wie es im Fußball heißt. Dann hatte ich glücklicherweise Mette kennen gelernt, und es konnte keinen Zweifel daran geben, dass wir zusammengehörten, nicht, nachdem sie schwanger geworden war und den zukünftigen Benjamin erwartete. Und so war es geblieben, denn wir hatten in unserer Ehe nur eine richtig große Krise gehabt (wenn auch viele kleine), und der hatte Anna ein jähes Ende bereitet.

Wir betraten das Warenhaus.

Zwei Stunden später verließen wir es wieder, und unsere einzigen Einkäufe bestanden aus drei Paar Socken für meinen Vater und einem Malbuch für Annas jüngste Cousine.

Wir hatten jedoch genügend Voraussicht besessen, da wir aus früheren Erfahrungen gelernt hatten, um zwei große Tüten Süßigkeiten mitzunehmen und damit gewisse Münder zu stopfen. Die Tüten waren bereits leer, und jetzt mussten wir entscheiden, ob wir uns aufteilen wollten. Wenn Mette den großen Spielwarenladen übernahm, könnte ich mit den Kindern ins Magasin du Nord gehen, das zweihundert Meter weiter lag und umspült wurde von einem funkelnden Meer aus kleinen weißen Glühbirnen, wodurch es aussah wie ein riesiger quadratischer Eisberg. Gesagt, getan. Wir verabredeten uns für genau eine Stunde später in der Cafeteria des Magasins.

Da ich wusste, wie schwer es sein konnte, an so einem Tag einen Tisch zu ergattern, fuhren wir mit der Rolltreppe sofort zur Cafeteria hoch. Die Kinder stellten sich natürlich an, sie hatten sich auf einen Überfall auf die Spielzeugabteilung gefreut, aber ich hatte ja doch auch ein wenig zu sagen, und außerdem konnte ich mit Cola und Kuchen locken.

Kaum hatten wir endlich in der großen Cafeteria, wo es nach nassen Mänteln, Kaffee und warmen Croissants roch, einen Tisch belegt, als Mette auch schon auftauchte. Manchmal überrascht sie mich.

«Was habt ihr gekauft?» Stolz schwenkte sie drei oder vier große Tüten voll Spielzeug.

«Äh, Kaffee und Kuchen», antwortete ich. «Wir haben für dich ein Stück Schokoladenkuchen aufbewahrt.»

«Aber du hast doch versprochen, dass ihr in die Sportabteilung geht.»

«Da war es schwarz vor Menschen», sagte ich, und damit hatte ich bestimmt Recht.

«Was ist denn in den Tüten, Mama?», rief Benjamin. «Welche ist für mich?»

«Finger weg», rief sie zurück.

Eine feine Dame am Nachbartisch schaute zu uns herüber. Sie saß allein da, eingeklemmt zwischen den Mitgliedern einer lärmenden Familie, die etwas ungeheuer Südliches an sich hatte; der Vater war einer von den Typen, die zu Weihnachten, wo die Saison eingestellt war, ihr Fußballhemd lüfteten.

Die Lautsprecheranlage des Warenhauses knackte. Noch ein Kind gefunden, das sich verlaufen hatte. Es wartete beim Informationsschalter im Erdgeschoss auf seine Eltern.

«Vielleicht sollte ich mal kurz in der Musikabteilung vorbeischauen?», sagte ich.

«Darf ich mitkommen?», rief Benjamin.

«Du brauchst nicht zu schreien, du bist nicht in der Schule», sagte Mette ziemlich laut.

Die feine Dame verzehrte einen winzigen Bissen von ihrem Sahneschaumkuchen. Der Fußballvater kratzte sich im Ohr und fischte einen Klumpen Ohrenschmalz von der Farbe seines Hemdes heraus.

«Gut», sagte Mette. «Wir treffen uns in einer halben Stunde in der Küchenabteilung. Und wenn ich eine halbe Stunde sage, dann meine ich …»

«Jaja. Ich bin kein Kind.»

«Weißt du, wo die liegt?»

«Äh, im dritten Stock.»

«Im vierten.»

«Komm schon, Papa!»

Benjamin rannte vor mir her. Er verschwand in der Ecke mit den Computerspielen, ich versuchte, mich zu den CDs durchzudrängen. Als ich endlich dort angekommen war, schob sich ein Arm über meine Schulter und schnappte mir eine CD vor der Nase weg. Ich fand zwei CDs, die ich mir schon lange gewünscht hatte, und dann fiel mir meine Mutter ein. Ich ging zu den Sonderangeboten und erstand eine Billie-Holiday-Zusammenstellung, die fast nichts kostete. Ich hatte eine Ahnung, dass meine Mutter schon eine ganze Billie-Holiday-Sammlung hatte, aber umtauschen konnte sie ja immer noch.

Es wäre gelogen, wenn ich behaupten wollte, es sei leicht gewesen, den Knaben mitzulotsen, und die Sache wurde auch nicht besser dadurch, dass ich ihm energisch das Kriegsspiel verweigerte, das er mitnehmen wollte.

«Wer weiß? Vielleicht bekommst du das zu Weihnachten!»

«Ich will es aber jetzt! Nie krieg ich, was ich mir wünsche.»

«Nein, und schon gar nicht, wenn du dich nicht anständig benimmst.»

Der Vorteil an der Weihnachtshektik war, dass auch alle anderen Eltern damit beschäftigt waren, ihre sauren und quengelnden Kinder zur Ordnung zu rufen, weshalb niemand verärgert schaute, sie sahen höchstens verständnisinnig auf, aber ich hatte keine Zeit, um diesen Blickwechsel mit wildfremden Menschen zu genießen, auch wenn darunter viele schöne Mütter waren, die im Moment jedoch ebenfalls ein wenig erschöpft und ärgerlich aussahen.

In der Küchenabteilung hatte Mette zwei weitere Tüten erworben; sie schwenkte ihre Einkaufsliste und sagte: «Wir brauchen noch etwas für meine Schwester und den Mann deiner Mutter und die … äh … Frau deines Vaters.»

«Denen schenken wir nie etwas.»

«Aber sie uns.»

«Wir schenken denen nie etwas, habe ich gesagt.»

«Na, dann von mir aus», sagte sie. «Anna will den Weihnachtsmann sehen.»

Anna saß in der Karre und schaute sich die vielen anderen Kinder an, sie war überraschend still. Sicher glaubte sie, in einer Art riesigem Kindergarten mit Elternsprechtag gelandet zu sein.

«Wenn du mit Anna zum Weihnachtsmann gehst, können Benjamin und ich den Rest erledigen.»

«Sind wir dann schon fertig?»

«Nein, Schatz. Was glaubst du denn selber?»

Ich nahm die Karre und machte mich auf die Suche nach dem Weihnachtsmann. Der war oben im Haus. Also mussten wir zum Fahrstuhl, auf den schon viele andere Kinderwagen und Karren warteten, dazu allerlei gehbehinderte Rentner und zwei betrunkene Schweden. Es wimmelte überhaupt überall von Schweden, und jetzt konnten sie sich ja auch einfach in den Zug setzen und über die Øresundbrücke fahren, wenn sie dann nicht vergaßen, an der neuen U-Bahn-Station im Keller des Warenhauses auszusteigen.

Als wir oben ankamen, gab es schon eine so lange Schlange, dass man glauben konnte, irgendeine Berühmtheit signiere ihre Memoiren, die sie einem hoch bezahlten Journalisten erzählt hatte. Wir stellten uns hinten an. Es ging ziemlich langsam weiter. Wie immer in solchen Situationen versuchte ich positiv zu denken. Es war trotz allem weniger unangenehm, als für einen teuer erkauften Platz auf einem Seelenverkäufer Schlange zu stehen, der am nächsten Morgen von der italienischen Küstenwache geentert werden würde, wenn er überhaupt so weit kam und nicht schon vorher mit Mann und Maus und kleinen, frierenden Kurdenkindern versank, oder Herzprobleme zu haben und sich nicht aus der Warteschlange freikaufen und zur Behandlung in eine Privatklinik begeben zu können. Aber jetzt stieß Anna einen Schrei aus, weil sie ihren Lutscher verloren hatte, der hatte sie bisher einigermaßen in Anspruch genommen und deshalb für Ruhe gesorgt. Ich durchwühlte fieberhaft meine Tasche, fand aber nur meine Zigaretten, und die bloße Berührung der zerknitterten Packung erweckte meine Rauchlust. Aber überall hingen große Rauchen-verboten-Schilder.

Immerhin konnten wir jetzt den Weihnachtsmann auf seinem Podium sehen. Wenn wir ihn dann endlich erreicht hätten, würde Anna nur eine kleine Tüte Pfeffernüsse bekommen. Wir konnten ihn auch hören, durch den Lärm ungeduldiger Kinder und den knackenden Lautsprecher (diesmal ging es nicht um ein Kind, das sich verlaufen hatte, sondern um Sonderangebote an Seidenunterwäsche, wobei mir einfiel, dass ich für Mette ein Geschenk kaufen musste. Aber morgen war ja auch noch ein Tag, mein letzter Arbeitstag vor den Weihnachtsferien). «Ho-ho! Ho-ho!», hörten wir, und als wir näher kamen, stellte sich heraus, dass zumindest die kleineren Kinder Angst vor dem Weihnachtsmann und seinem hohlen Ho-ho hatten, ja, man hätte meinen können, dass er sie verjagen wollte, dieser Teufel; garantiert ein arbeitsloser Säufer, der jeden Job annehmen musste, der sich gerade bot.

Jetzt waren wir nur noch zwei Kinder vom Weihnachtsmann mit seinem weiten roten Mantel und dem langen weißen Nylonbart entfernt, der sich inzwischen verfilzt hatte und aussah wie riesige Rotzbrocken. Anna zitterte. Ich hatte sie auf den Arm genommen. Ich war sehr stolz auf sie, es stand fest, dass sie eines Tages so schön werden würde wie ihre Mutter, und deren Temperament hatte sie auch geerbt.

Wir rückten auf.

«Ho-ho. Ho-ho!»

«Ich muss Pipi machen, Papa.»

«Ja, aber jetzt musst du noch zwei Sekunden durchhalten.»

«Das kann ich nicht.»

«Wenn du dem Weihnachtsmann die Hose voll pisst, dann kriegst du einen neuen Lutscher.»

Sie sah mich an, ein wenig verärgert. Ja, sie hatte Ähnlichkeit mit ihrer Mutter.

«Das sollte nur ein Witz sein, Anna.»

Dann waren wir plötzlich an der Reihe.

Ich stellte sie auf den Boden. Sie rührte sich nicht von der Stelle, sie starrte einfach nur den Weihnachtsmann an.

«Tritt näher, meine Kleine. Und sag mir deinen Namen, hoho?» Ich stupste ihren Rücken an, aber sie wippte nur hin und her, wie diese Plastikbecher, von denen sie im Laufe der Zeit übrigens schon eine stattliche Menge umgestoßen hat. Ich stupste noch einmal, diesmal etwas fester. «Wird das hier nochmal was, oder wie?», fragte hinter mir irgendeine vergrätzte Mutter. «Halt die Fresse, Alte», fauchte ich. «Und du, Anna, spring jetzt zum Weihnachtsmann hoch, damit du deine Pfeffernüsse bekommst.»

Man soll Kinder nicht unter Druck setzen, das wusste ich ja, deshalb hob ich sie einfach hoch und setzte sie dem Weihnachtsmann auf den Schoß, es würde mich nicht wundern, wenn der Arsch pädophil gewesen wäre, jedenfalls streichelte er ihre Haare. Sie sprang herunter und verschwand in der Menge.

«Gib mir doch einfach ihre Pfeffernüsse», sagte ich.

«Die kriegen nichts, wenn sie nicht sitzen bleiben», erwiderte der Weihnachtsmann.

«Jetzt her mit den Scheißpfeffernüssen. Wir haben schließlich eine halbe Stunde Schlange gestanden.»

«Fröhliche Weihnachten, Kumpel.» Er warf mir eine Tüte zu, und ich rannte los, um Anna zu suchen.

Sie stand vor der Rolltreppe und schluchzte.

«Sieh mal, was Papa für dich hat!»

Wütend nahm sie die Tüte.

«Sag mal, musst du nicht Pipi machen?»

Sie nickte.

Ich konnte die Toiletten finden, und während wir noch warteten, fiel mir die Karre ein. Die stand noch immer beim Weihnachtsmann, beladen mit allen Geschenken.

«Musst du ganz viel Pipi machen?»

«Ja», schluchzte sie. «Ein bisschen ist schon gekommen.»

Zehn Minuten darauf konnten wir zum Weihnachtsmann zurückwandern.

«Hallo, hier geht es der Reihe nach», brüllte hinter mir ein dicker Mann.

«Jaja.»

«Diese Leute heute», sagte eine Großmutter.

«Ho-ho! Ho-ho!»

«Ich will nicht zum Weihnachtsmann», schrie Anna.

«Pst, zum Teufel. Wir wollen ja nur die Karre holen.»

Alle Geschenke schienen noch vorhanden zu sein, wir gingen zum Fahrstuhl zurück und stellten uns an. Ich hatte mich mit Mette in der Bettwäscheabteilung verabredet.

Benjamin spielte mit einem Stoffstück. Eine Verkäuferin musterte ihn wütend und legte das Stoffstück zusammen.

«Wo ist Mama?»

Er zuckte stumm mit den Schultern und entdeckte dann Annas Tüte mit den Pfeffernüssen.

«Grr, warum kriegt die …»

«Hier.» Ich drückte ihm die Tüte in die Hand.

Das hätte ich lieber lassen sollen. Anna bekam einen Anfall.

«Na, das klang doch gleich nach euch.»

Ich drehte mich um.

Mette hielt einige Sofakissen im Arm.

«Wie findest du die für meine Mutter und …»

«Ich brauche frische Luft, sonst sterbe ich.»

«Hör doch auf, Schatz. Wir sind fast fertig.»

«Ich setzte mich in ein Café.»

Mette schwieg. Sie sah mich nur an.

«Ich … öh, das tu ich. Basta.»

Sie sagte noch immer nichts.

«Ich kann ja Benjamin mitnehmen. Sollen wir uns ins Café Sommersko setzen und eine Cola trinken?»

«Juhu!»

★

Das Café war überfüllt. In meiner Jugend war ich oft hier gewesen, unter anderem. Jetzt stand hier die trendige Jugend, sie war gut angezogen, ja, fast elegant. Endlich kamen wir an die Reihe.

«Eine Cola mit Trinkhalm und ein großes Fassbier.»

«Normal oder Gold?»

«Na, dann lieber Gold.»

Benjamin blies Blasen in die Cola, die er dann rasch leerte. Dann kaute er auf den Eiswürfeln herum, den puren Bakterienbomben, aber Herrgott. Ich rauchte zwei Zigaretten. Als Mette noch immer nicht auftauchte, konnte ich auch gleich noch ein Bier bestellen.

In dem großen Café mit der französischen Ausstattung, der englischen Musik und der amerikanischen Speisekarte herrschte eine ausgelassene, sorglose Stimmung, und der teuren Kleidung und den aus exklusiven Boutiquen stammenden Einkaufstüten der jungen Menschen konnte man ansehen, dass sie noch keine Familie gegründet hatten.

«Krieg ich noch eine Cola?», fragte Benjamin, als mein neues Bier gebracht worden war.

«Du hast doch deine Eiswürfel.»

«Die hab ich gegessen.»

«Du musst lernen, dir die Sachen einzuteilen, mein Lieber.»

Er schmollte, bis ich ihm fünf Kronen für den Süßigkeitenautomaten zusteckte.

Dann kam Mette.

«Warum hast du nicht gesagt, dass Anna sich in die Hose

gepisst hat?», brüllte sie quer durch das Lokal. Die Gucci-jugend betrachtete uns nachsichtig.

«Hat sie das? Dann sollten wir machen, dass wir nach Hause kommen.»

«Nein, ich muss jetzt unbedingt etwas trinken.»

«Das dauert hier eine Ewigkeit, Mette.»

«Dann gib mir einen Schluck von deinem Bier.»

«Warte, ich hole dir was.»

«Gehen wir nicht bald zu McDonald's?», fragte Benjamin, als ich zwei Bier und eine Cola mit zwei Strohhalmen auf den Tisch stellte.

«Wir essen unterwegs eine Pizza», sagte ich.

«Wir kriegen doch nirgendwo einen Tisch», sagte Mette, als ihr Gesicht endlich auftauchte, nachdem es für mindestens zehn Zentiliter hinter ihrem Bier versteckt gewesen war.

«Wir nehmen von einem Imbiss eine mit.»

«Aber Schatz. Wir wollten es uns doch gemütlich machen, wo Weihnachten ist.»

«Prost!» Huch, fast hätte ich Bier vergossen.

«Wie viel hast du eigentlich schon getrunken?», fragte Mette.

«Ich?»

«Drei Riesenbier», sagte Benjamin.

«Danke», sagte ich. «Das merke ich mir.»

«Ich muss pissen», sagte er.

«Die Toiletten sind unten.»

Mette sah sich in dem großen Lokal um.

«Himmel, ich war schon ewig nicht mehr hier.»

«Tja.» Ich steckte mir eine Zigarette an.

«Musst du Anna deinen Rauch ins Gesicht blasen?»

«Die Luft hier ist doch ohnehin schon total zugeräuchert, Mette.»

Beleidigtes Schnauben. Dann zog sie ihre Einkaufsliste hervor.

«Wir brauchen noch …»

Während sie redete, schaute ich mich um. Dort hatte ich einmal gestanden. Am Zinktresen. Jünger und naiver. Ach ja. Und wenn man sich nun die vorüberstolzierenden Models ansah.

«… und deinen Opa.»

«Das ist doch weggeworfenes Geld. Der erkennt ja nicht einmal meine Mutter.»

«Aber Schatz. Nun sei doch nicht so.»

★

Dann gingen wir wieder die Købmagergade hoch, und fast alle wollten in dieselbe Richtung wie wir, heimwärts, zum Bahnhof, zu den Bussen, zu dem Wagen, der garantiert ein Knöllchen aufwies, weil sie zu dicht an einer Straßenecke geparkt oder zu wenig in die Parkuhr eingeworfen hatten. Die Imbisse, wo Pizzaschnitten oder Thaikost verkauft wurden, waren wie ausgeplündert. Obwohl wir beide sauer werden, wenn Benjamin uns zusetzt, hatten wir Erbarmen und gingen zu McDonald's. Dort gab es keine freien Tische. Wir mussten Essen und Getränke in großen braunen Tüten mitnehmen, die mich daran erinnerten, dass wir neue Staubsaugerbeutel kaufen mussten. Der nächste Tag würde überhaupt hektisch werden, denn es war der letzte Tag, an dem die Läden geöffnet hatten, und auch wenn wir an den Feiertagen nicht viel zu Hause sein würden, brauchten wir doch Brot, Milch und alles, was dazugehört.

Hinunter zum Bahnsteig und dann in den überfüllten Zug hinein. Wir landeten in einem Raucherabteil, und Mette, die absolut umweltfanatisch ist, bestand darauf, an der nächsten Haltestelle auszusteigen und eine andere Bahn zu nehmen. Wir standen in Vesterport herum und schlugen Wurzeln, bis dann endlich ein Zug kam. Mit Müh und Not konnten wir uns hineinzwängen. Ich hatte einen tierischen Hunger, aber ich brachte es nicht über mich, auf dem Bahnsteig zu essen. Benjamin hatte schon alles verzehrt und sich das ganze Gesicht mit Burgerresten verschmiert. Außerdem musste ich nach den drei großen Bieren wie besessen pissen.

Als wir den Hauptbahnhof erreichten, pressten sich neue Horden in den Zug, und da sie alle große Tüten, Erkältungen und müde Kinder mit sich herumschleppten, war der Rest der Fahrt die pure Folter. Wenn wir im Norden gewohnt hätten, hätten wir die geräumigere Küstenbahn nehmen können, zusammen mit zivilisierteren Menschen.

Ich hatte mich nur selten so über den Anblick unseres leblosen Vorortes gefreut, über den grauen Bahnsteig und das fleckige Licht der dahinter liegenden Wohnsiedlung. Ich rannte auf die Bahnhofstoilette, wo es unbeschreiblich stank, aber eigentlich auch nicht schlimmer als in der S-Bahn, nur eben anders. An der Wand gab es die üblichen obszönen Blasangebote, zusammen mit Telefonnummern und primitiver Höhlenmenschenpornographie vom Beginn des 20. Jahrhunderts. Groß war meine Überraschung, als ich unsere eigene Telefonnummer entdeckte. Sicher steckten Benjamins Schulkameraden dahinter. Fingen die heute schon so früh damit an? Er war doch erst acht!

Anna war in ihrer Karre eingeschlafen. Die wenigen Läden in der Hauptstraße hatten schon längst geschlossen. Es gab jetzt einen eleganten Einrichtungsladen, ein kleines, aber nicht unwichtiges Zeichen dafür, dass in unserem Vorort neue Zeiten heraufzogen. In einigen Jahren würde er fast durch und durch respektabel sein, und wir würden nicht mehr erröten müssen, wenn wir auf Festen nach unserer Adresse gefragt wurden.

Trotzdem war es seltsam. Wer reißt mir das Herz aus dem

Leib, dachte ich, und wirft es über einen dieser Zäune. In fast allen Gärten waren beträchtliche Mengen an elektrischem Weihnachtsschmuck angebracht worden, das Ganze hatte deshalb einen Hauch von Las Vegas. Die drei Bier waren verdampft, ich war jetzt nur noch müde. Es war schon spät, und ich musste früh zur Arbeit. Im Dunkeln stand ich auf, im Dunkeln kam ich nach Hause. Mir ging auf, dass Mette und ich an diesem Tag kaum drei zusammenhängende Wörter gewechselt hatten. Aber so war es auch im Alltag, und abends waren wir in der Regel einfach erschöpft.

Wir hörten ein Rascheln von einer Auffahrt, und da stand doch tatsächlich die Nachbarstochter, unsere Babysitterin, und küsste irgendeinen jungen Spund mit Baseballmütze. Sie schien sich nur mit Mühe auf den Beinen halten zu können.

«Eismann!», schrie Benjamin.

Mette brachte ihn zum Schweigen, und wir gingen weiter.

Ich legte für einen Moment den Arm um Mette und küsste sie kurz aufs Haar.

«Wenn du das Essen warm machst, dann bringe ich Anna ins Bett», sagte sie.

Unser Haus tauchte auf, wie ein kleines Boot zwischen allen anderen in einem Yachthafen.

Mette trug Anna nach oben, Benjamin ließ sich vor den Fernseher fallen.

Ich blieb eine Weile stehen, ohne so recht zu wissen, was ich mit mir anfangen sollte. Ich riss die braunen Tüten auf, in denen das Essen sich in eine Ketchupschmiere mit Zwiebelringen und Burgerstücken verwandelt hatte.

Ich ging in den Garten hinaus und rauchte meine Abendzigarette.

In der Entfernung konnte ich, durch die Stille des Vorortes, die S-Bahn über die Schienen rattern hören.

Es hörte sich an, als klappere die Dunkelheit in der abendlichen Kälte mit den Zähnen.

Und dann, aus der Nähe, ein törichtes Mädchenkreischen.

Und dann war wieder alles still.

★★★

Leena Lehtolainen
Tag des dunklen Lichts

Aus dem Finnischen von
Angela Plöger

Nachdem Ville Auvinen zweiundzwanzig Jahre lang ein anständiger Junge gewesen war, beschloss er, Killer zu werden. Es war der dreizehnte Dezember, der Lucia-Tag, und Ville wusste, dass es jetzt Zeit war, in die Tat umzusetzen, was er schon eine Weile geplant hatte. Er musste den Mann töten, der Annas Tod verschuldet hatte.

Ville ging die Alexanderstraße entlang. Ganz Südfinnland war wolkenverhangen, und schon um drei war es in Helsinki dunkel. Auf dem Senatsplatz bereitete man sich auf den Lucia-Umzug vor. Das Hauptgebäude der Universität und das Schloss des Staatsrates leuchteten gelb in der zunehmenden Dämmerung, und das Publikum strömte zusammen, um den Zug der Lucia und ihrer Gefährtinnen zu erwarten, der gleich die Treppe der Domkirche herabkommen würde. Ville fand, dass der Senatsplatz immer der schönste Platz von Helsinki gewesen war, aber jetzt konnte er den Anblick nicht genießen.

Er hatte ein Gefühl, als wäre sein Herz beklommen. Im Gymnasium war Anna die Lucia gewesen. Ihre langen blonden Haare hatten im Licht der Kerzenkrone geschimmert, und ihre klare Stimme hatte die bekannten Weihnachtslieder gesungen. Ville hatte sich bemüht, seinen Freunden nicht zu zeigen, dass ihm die Tränen kamen.

Bald nach jenem Lucia-Tag war alles aus der Bahn geraten. Anna verkehrte nun in der Dahlman-Clique. Ville hatte sich für diese Gruppe nicht interessiert. Nach dem Gymnasium hatten sich ihre Wege getrennt: Anna war von zu Hause ausgezogen, Ville zur Armee gegangen. Anfangs schrieb Anna oft, aber allmählich wurden die Briefe seltener.

Anna wurde im Oktober beerdigt. Ville hatte das Gefühl, dass er mit Anna ein Stück seiner selbst zu Grabe trug. Sie waren Zwillinge, die einzigen Kinder der Familie. Beide Eltern waren Ärzte: Der Vater unterrichtete Chirurgen an der Universität, die Mutter führte eine Augenarztpraxis. An Geld herrschte niemals Mangel. Es war genug da für Annas Musik- und Ballettstunden und für Villes Hobby, den Fußball.

Vielleicht geriet Anna gerade deshalb in die Drogenszene. Alles war zu leicht, nirgends gab es eine Herausforderung. Nach dem Gymnasium hatte Anna gesagt, sie wolle ein Jahr pausieren, und die nachmittägliche Betreuung der Nachbarskinder übernommen. Vor Weihnachten gab sie den Job auf; sie fand ihn zu öde.

Trotzdem verstanden die Eltern noch nicht. Kinder aus wohlhabenden Familien ließen sich nicht auf kriminelle Machenschaften ein. Sie wussten nicht, dass Ville und Anna während der Schulzeit Drogen ausprobiert hatten. Ville hatte allerdings nur ein einziges Mal Haschisch geraucht. Das hatte ihn so aggressiv gemacht, dass er einen Schreck bekommen hatte. Ein zweites Mal gab es nicht.

Nach dem Militärdienst bewarb Ville sich an der medizinischen Fakultät und wurde zugelassen. Schon auf der Erstsemesterparty lernte er Johanna kennen und traf sie dann regelmäßig. Anna wollte Kommunikationswissenschaften studieren, wurde aber nicht angenommen. Ville hatte nicht begriffen, wie schwer der erste Misserfolg ihres Lebens seine Schwester angeschlagen hatte. Als er es verstand, war alles schon den Bach runtergegangen und Anna längst von Cannabisprodukten zu Heroin übergegangen. Ohne den Krieg in Afghanistan hätte sie noch am Leben sein können. Als der

Strom von qualitativ gutem Heroin nach Finnland versiegt war, hatte Anna sich alles mögliche Zeug gespritzt. Das schwarze Heroin war ihr zum Verhängnis geworden. Anna hatte mit Esa Dahlman oder anderen Mitgliedern der Gang kein eigentliches Verhältnis gehabt: Sie hatte allen gemeinsam gehört, den rangelassen, der ihr von seinem Stoff abgab.

Die Eltern hatten sich in Annas Angelegenheiten nicht einmal dann eingemischt, als die Schlüssel zur Praxis der Mutter verschwanden. Anna hatte unmittelbar davor ihre Eltern zu Hause besucht. Später fanden sich die Schlüssel in Mutters Handtasche, am selben Tag, als sie mit Anna in der Stadt Kaffee getrunken hatte. Sie saßen immer in der Konditorei Ekberg und aßen Kartoffelgebäck. Als Anna noch klein war, hatte es für sie nichts Leckereres gegeben als Kartoffelgebäck, aber jetzt musste die Mutter sie zwingen, wenigstens ein halbes Stück zu essen. Als die Mutter ein paar Tage später in ihre Praxis kam, bemerkte sie, dass nachts jemand in die Räume eingedrungen war. Und zwar mit einem Schlüssel, denn nach Angaben der Polizei gab es keine Einbruchsspuren. Nur ein Fenster war zur Irreführung eingeschlagen worden. Die Mutter erledigte ihren Zahlungsverkehr durch Rechnungen, in der Praxis befand sich kein Bargeld. Dafür war der Computer gestohlen worden sowie alles Mögliche, was als Rauschmittel gelten konnte. Die Familie Auvinen wusste, dass hinter all dem Anna und ihre Freunde steckten.

Ville verlangte, die Eltern sollten die Täter der Polizei melden.

«Würdest du deine eigene Schwester verraten?», hatte sein Vater entgeistert gefragt. «Das würde doch nur unangenehme öffentliche Aufmerksamkeit erregen. Vergessen wir's. Die Versicherung ersetzt uns den Schaden.»

Danach achteten die Eltern noch sorgfältiger darauf, dass es Anna nicht an Geld fehlte. Offenbar finanzierten sie außer

Anna auch der übrigen Clique den Stoff. Ville versuchte, bald Anna, bald die Eltern zur Vernunft zu bringen, aber das half nichts. Die Eltern fanden, Anna habe ihre Wahl getroffen. Vielleicht war es für sie einfach eine Erleichterung, dass Anna starb, bevor sie im Gefängnis enden konnte. Niemand wusste, ob die Überdosis ein bloßes Versehen war, wie die Eltern es glauben wollten.

Bald nach der Beerdigung trennte Johanna sich von Ville. «In deinem Leben ist für nichts anderes Platz als für Trauer. So als wäre Anna deine Freundin gewesen und nicht ich. Bedeuten diese drei Jahre dir überhaupt etwas?»

«Ja, aber Anna war viel länger meine Schwester», entgegnete Ville.

Nach Annas Tod ging äußerlich alles scheinbar so weiter wie zuvor. Ville wohnte bei seinen Eltern am Meer auf der Insel Kulosaari und studierte Medizin, die Eltern arbeiteten zwölf Stunden am Tag. Von seinem heimlichen Leben erzählte Ville niemandem. Er hatte angefangen, sich als Privatdetektiv zu betätigen. Freilich bearbeitete er nur einen einzigen Fall: Wer hatte seine Schwester umgebracht?

Er beobachtete die Gang und besonders ihren Anführer Esa Dahlman. Er wusste, dass die Angehörigen der Gang sich in der heruntergekommenen Gaststätte Salve am Ufer der Hietalahti-Bucht trafen und in den unruhigen Vororten im Osten von Helsinki wohnten. Er hatte das düstere Hafengebiet von Jätkäsaari kennen gelernt, wo die Bande ihre Drogengeschäfte abwickelte. Durch diese Nachforschungen eröffnete sich Ville ein ganz neues Helsinki, die Welt muffiger Kneipen und verzweifelter Menschen. Anfangs hegte er die Vorstellung, die Kenntnis dieser Welt würde aus ihm einen besseren Arzt machen, in Wirklichkeit fing sie an, ihn in einen Killer zu verwandeln.

Ein paar Mal überlegte Ville, ob er sein Wissen der Polizei

mitteilen sollte. Obwohl es lebensgefährlich war, eine Aussage zu machen, wäre es die Sache doch wert, wenn die Gang der Polizei ins Netz ginge. Zwei ihrer Mitglieder saßen schon jetzt im Gefängnis. Einer von Annas Kumpeln hatte sich um eine Entziehung bemüht, war aber erstochen im Cholerabecken des Hafens am Ufer des Marktplatzes aufgefunden worden. Sein Tod stand bei der Polizei immer noch auf der Liste der ungeklärten Fälle.

Die Kirchenglocken begannen zu läuten, bald würde Lucia die Treppen des Doms herabsteigen. Es klarte auf, und zwischen den Wolken konnte man einige Sterne erkennen. Sie glänzten schüchtern und fürchteten sich, mit den Lichtern der Stadt zu konkurrieren. Der Schnee leuchtete frisch und rein, die japanischen Touristen fotografierten die Kirche. Ville und Johanna hatten im Sommer oft auf der Treppe gesessen und Eis gegessen. Die Trauerfeier für Anna hatte in dieser Kirche stattgefunden, denn die Eltern hatten sich für den letzten Weg ihrer Tochter eine prachtvolle Kulisse gewünscht.

Ville fror, obwohl er eine dicke Lederjacke trug, die Erkältung hatte sich schon lange in ihm eingenistet. Manchmal verwandelte sie sich in Wut, die heißer war als eine Kerzenflamme. Als sie zehn Jahre alt waren, hatte Anna ihn angestachelt, mit dem Finger durch die Flamme zu fahren.

«Guck mal, das tut überhaupt nicht weh.» Anna hatte es ihm vorgemacht. Sie war zuerst zur Welt gekommen, war mutiger und entschiedener. Ville hatte den Finger in die Flamme geschoben, aber sie verbrannte ihn, und am Finger entstand eine große Brandblase. Anna hatte behauptet, er sei zu langsam gewesen. Jetzt kam es Ville so vor, als verlange Anna wieder von ihm, seinen Mut zu beweisen.

Es schien, dass sich die Stufen zur Domkirche mit Licht füllten, als die Lucia sie herabgestiegen kam. Ihr Haar unter der schweren Kerzenkrone glänzte golden. Der Wind blies von

Süd, und das Mädchen musste aufpassen, dass er ihre Haare nicht in die Flammen wehte. Ville wusste, dass jetzt die Zeit gekommen war. Die nötigen Gerätschaften waren bereit, die Spritze mit dem Betäubungsmittel und ein chirurgisches Messer. Esa Dahlman würde Annas Tod durch seinen eigenen sühnen.

Ville hatte lange an dem Plan gefeilt. Dahlman handelte mit Cannabisprodukten und Heroin. Er würde sich als ein Freund von Anna vorstellen, von dem er wusste, dass dieser nach München gezogen war, und mit Dahlman ein Treffen verabreden. Ville hatte sich eigens zu diesem Zweck sogar ein Handy auf denselben Namen angeschafft. Wahrscheinlich würde Dahlman die Identität des Anrufers prüfen. Seitdem die Polizei das Recht hatte, Scheinkäufe zu tätigen, waren die Drogenhändler noch misstrauischer geworden.

Lucia wandte sich zum letzten Mal dem Publikum auf dem Senatsplatz zu und winkte, dann stieg sie ins Auto. Bis Weihnachten würde Lucia mit ihren Gefährtinnen durch Altenheime, Schulen und Krankenhäuser ziehen und den Leidenden Licht und die Frohe Botschaft bringen. Ville hatte Anna bei ihren Lucia-Auftritten in den Altenheimen musikalisch begleitet. Die Omas und Opas hatten Annas Gesang mit dem eines Engels verglichen und ihr mit Tränen in den Augen zugehört.

Ville glaubte nicht mehr an Engel und Teufel. Nach Annas Tod hatte es nichts anderes gegeben als Leere ohne Licht oder Dunkel. In der Leere wartete niemand. Es war Esa Dahlman gewesen, der die Leere in Villes Leben gebracht hatte, und deshalb würde auch er dorthin reisen müssen.

Ville lenkte seine Schritte zu dem kleinen Park beim Ständehaus. Der Wind dämpfte den Verkehrslärm. Er hatte Dahlmans Handynummer über viele Umwege herausbekommen. Zum Glück hatte Karppanen, einer von Annas alten Bekannten, sich mit starken, nur auf Rezept erhältlichen Schmerzmitteln begnügt. Als Ville sie auf der Herrentoilette des Bahnhofs dem zitternden Karppanen übergab, hatte er das Gefühl gehabt, wie Dahlman zu sein, ein Mann, der mit Trugbildern und einem Augenblick der Erleichterung handelte.

Karppanen zeigte ihm seine linke Hand, an der sich anstelle des kleinen Fingers nur ein schlecht vernarbter Stumpf befand. Er behauptete, die Schmerztabletten gegen die von dem Fingerstumpf verursachten Schmerzen zu benötigen.

Im Treppenaufgang des Ständehauses fand Ville etwas Windschatten. Seine Finger plagten sich mit den Zahlen ab, denn er hatte Dahlmans Nummer nicht im Handy speichern wollen. Es läutete ungefähr zehnmal, bevor Dahlman antwortete.

«Ja?»

«Die Katze ist krank, ich brauch einen Termin beim Tierarzt», sagte Ville so, wie man ihn instruiert hatte. Katze bedeutete Haschisch, Hund Ecstasy und Pferd natürlich Heroin.

Das plumpe Rotwelsch von Dahlmans Gang widerte Ville an, obgleich es ja auch in seinem Beruf eine Sprache gab, die Außenstehenden verschlossen blieb und den Mitgliedern der Ärzteschaft ein Gefühl der Zusammengehörigkeit verlieh.

Jetzt würden die richtigen Antworten Ville ein Treffen mit Dahlman garantieren.

«Geht es der Katze sehr schlecht?»

«Ziemlich.»

«In einer Stunde am Verladekai B von Jätkäsaari.»

Als Dahlman auflegte, schoss bei Ville der Adrenalinpegel in die Höhe. So was hatte er noch nie gemacht. Er war immer ausgeglichen und gewissenhaft gewesen, hatte in der Schule Erfolg gehabt, war der Kapitän seiner Juniorfußballmannschaft und bei der Armee der Vorsitzende der Kameradschaft gewesen. Er hatte Arzt werden wollen, weil er den Menschen helfen wollte. Die Eltern hatten hinter seinem Rücken gelacht über das Weltverbesserertum ihres Sohnes und seinen Eifer, nach dem Examen in die Krisengebiete Afrikas zu gehen.

«Ville, mein vollkommener Bruder», hatte auch Anna ihn oft ihren Freunden mit einem fremden, schiefen Lächeln vorgestellt.

Wie Anna war auch Ville blond und blauäugig. Vom Fußballspielen war seine Figur schlank, aber muskulös. Er fand nicht, dass er gut aussah, hatte das aber von anderen oft gehört. Die Pubertät war problemlos gewesen, und vor Annas Tod hatte er sich für einen glücklichen jungen Mann gehalten.

Ville machte sich die Alexanderstraße entlang auf den Weg zur Metrostation am Bahnhof. In der Weihnachtsstraße herrschte Gedränge, aus den Geschäften klangen festliche Lieder. Als die Zwillinge noch klein gewesen waren, war die Mutter oft mit ihnen zur Eröffnung der Weihnachtsstraße gegangen. Es gab von ihnen ein süßes Foto, wo sie beim Weihnachtsmann auf den Armen sitzen. Zu jenem Weihnachtsfest hatte Ville einen Chemiebaukasten und Anna ein neues Puppenhaus bekommen.

Dahlman hatte natürlich eine Waffe bei sich. Auch Ville hatte überlegt, ob er sich eine zulegen sollte, aber das wäre zu riskant gewesen. Er wollte keine Spuren hinterlassen, deshalb war ein Messer besser. Das Handy hatte er bar bezahlt. Es war für ihn ungewohnt gewesen, in der Bank eine halbe Stunde Schlange zu stehen, aber es war die Mühe wert. Annas Tod musste gesühnt werden.

Die Metro war voller Menschen mit Einkaufstüten, die das Wochenende planten. Niemand von ihnen ahnt, dass ich unterwegs bin, um einen Mord zu begehen, dachte Ville. Das Wort schepperte ihm unangenehm im Kopf. Bisher hatte er seine Tat bei sich noch nicht als Mord bezeichnet, sondern als wohl begründete Bestrafung für Annas Tod.

Ruoholahti war die Endstation. Ville waren die neuen, mehrstöckigen Häuser fremd, die am Ufer aufragten und in deren Fenstern die Weihnachtslichter strahlten. Irgendwoher wehte Pfefferkuchenduft herüber. Anna hatte Pfefferkuchen mit Mandelschrot verabscheut, Ville wiederum mochte gerade die am liebsten. Es gab auch andere Dinge, über die sie unterschiedlicher Meinung gewesen waren. Annas Musik waren Balladen gewesen, Ville liebte Hard Rock und Punk. Anna konnte Sport und Hunde nicht leiden, Ville spielte Fußball und wünschte sich einen alten englischen Schäferhund.

Ville hatte Zwillingsstudien gelesen. Eineiige Zwillinge heirateten oft ähnliche Ehepartner und wählten ähnliche Berufe. Oft starben sie fast gleichzeitig, manchmal ohne voneinander zu wissen. Aber natürlich waren Anna und er nicht eineiig. Er könnte Anna um Jahrzehnte überleben.

Kälte und Wind hatten zugenommen, am Meer blies es eisig. Bis zu dem Treffen waren es noch fünfzehn Minuten. Ville begab sich in den Windschatten des Verladekais und wartete. Er zog in Gedanken die ihm vom Fußball her bekannte Konzentrationsübung durch, was er als Nächstes tun musste. Auf Armlänge an Dahlman herankommen. Das würde leicht sein, denn er musste das Haschisch nehmen und Dahlman das Geld geben. Dahlman die Betäubungsspritze in den Schenkel stechen. Ihm mit dem Chirurgenmesser die Kehle durchschneiden. Ville wusste genau, wo er schneiden musste, das hatte er von seinem Vater gelernt, noch bevor er an die medizinische Fakultät gekommen war.

Irgendetwas in ihm widersetzte sich. Er studierte, um zu heilen, nicht um zu töten. Würde er Dahlman liegen und verbluten lassen können? Und wenn er nun doch erwischt würde? Für Mord gab es zwölf Jahre Gefängnis, für Totschlag sieben.

Jedenfalls dürfte er nicht zugeben, dass er den Mord geplant hatte, er müsste behaupten, dass es Selbstverteidigung gewesen wäre. Und man würde ihn nicht überführen. Dahlman übte einen riskanten Beruf aus. Die Verdächtigungen würden sich gegen eine konkurrierende Rauschgiftbande richten.

Ville hatte Annas Leiche gefunden. Die letzten Monate hatte sie in einer von den Eltern angemieteten Einzimmerwohnung in der Punavuorenstraße gewohnt. Nach den Spuren zu urteilen, hatten dort auch etliche andere gehaust. Ville hatte nie erfahren, wer ihn an jenem nebligen Morgen Anfang Oktober angerufen hatte.

«Komm schnell. Anna geht es schlecht.»

Dann wurde aufgelegt. Das Auto der Mutter stand auf dem Hof, Ville raste mit über hundert Stundenkilometern in Richtung Zentrum und hoffte, dass kein Polizist ihn sah. Der Nebel kondensierte an seiner Windschutzscheibe zu Tropfen. Die Sicht betrug nur wenige Meter, aber trotzdem fuhr Ville, so schnell er sich nur traute. Als er bei der Wohnung ankam, bemerkte er, dass jemand die Tür offen gelassen hatte. Drinnen war niemand, denn aus Anna war schon ein Niemand geworden. Das Herz hatte aufgehört zu schlagen, und das Blut zirkulierte nicht mehr. Ville versuchte es vergeblich mit Mund-zu-Mund-Beatmung und Herzmassage, bevor er den Rettungswagen rief.

Er weinte damals nicht und auch nicht bei der Beerdigung. Am Abend der Beisetzung ging er in eine schmuddelige Kneipe, wo er noch nie gewesen war, und trank sich einen fürchterlichen Rausch an. Auch der brachte ihn nicht zum Weinen. Die Tränen in ihm waren versteinert.

Das Geräusch eines näher kommenden Autos riss Ville aus seinen Erinnerungen. Das Auto hielt, für Ville unsichtbar, hinter einer Wand aus Containern. Dann ein Türklappen und der Hall von Schritten. Eisenbeschlagene Stiefel wie Sporen.

«Miez, miez …», die Männerstimme war spöttisch.

«Hier», antwortete Ville. Die Spritze steckte in der Tasche seines Wintermantels, die Schutzkappe würde er mit einer raschen Handbewegung entfernen können.

Esa Dahlman wollte nicht verbergen, dass er gefährlich war. Er hatte schwarz gefärbtes Stoppelhaar, ein schmaler Bart umrahmte sein Kinn. Sein Kampfanzug erinnerte an einen schlechten Actionfilm. Ein amüsiertes Lachen stieg Ville in den Hals, und er trat aus dem Schatten der Lagercontainer hervor. Wie er Dahlman doch verachtete!

«Wie viel Arznei brauchst du?» Auch über dessen Gesicht huschte ein selbstsicheres Lächeln.

«Zwanzig Gramm.»

«Eine Katze, die mit wenig zufrieden ist. Zuerst das Geld, dann kriegst du deine Arznei. Dreißig Euro.»

Ville ging auf Dahlman zu. Er musste schnell handeln, zuerst die Spritze, dann das Messer. Aber er war kein Killer. Das fünfte Gebot, du sollst nicht töten. Der ärztliche Eid schrieb vor, das Leben zu achten. Nimm jetzt die Spritze. Dahlmans hässliches Gesicht lächelte, Ville sah nichts anderes als dieses Gesicht. Gleich wird es nicht mehr lachen. Du ruinierst dir dein Leben, und Anna kannst du nicht wieder lebendig machen. Nimm sie …

«Sieh da, sieh da», sagte Dahlman plötzlich. «Die Mieze von Anna Auvinens Bruder ist also krank. Jungs, seht nach, ob er eine Waffe hat.»

Ville war so auf Dahlman konzentriert gewesen, dass er die näher kommenden Schritte nicht gehört hatte. Es waren drei Männer. Einer attackierte ihn von hinten, die anderen von der Seite. Ville konnte noch die Spritze hervorziehen und sie dem von rechts kommenden Angreifer in den Schenkel stechen, bevor er sich der Übermacht ergeben musste.

«Scheiße, was war da denn drin?», heulte der Mann, der

die Spritze abbekommen hatte, und sank, sich die Einstichstelle haltend, zu Boden. Die anderen warfen Ville bäuchlings auf den mit Pulverschnee bedeckten Asphalt.

«Der HIV-Virus. Aids», log Ville.

«So was also. Demnach bist du gar nicht so naiv, wie ich dachte. Hast du geglaubt, Karppanen würde mir nicht erzählen, wer sich nach meiner Handynummer erkundigt? Du weißt doch noch: der kleine Finger? Karppanen möchte schrecklich gern seine restlichen Finger und sein Leben behalten, aber du bist offenbar nicht vorsichtig genug.»

Dahlman trat Ville in die Seite, aber der Tritt sollte eher demütigen als verletzen. Dann spürte Ville, wie wütende Hände seine Taschen durchwühlten und seinen Körper abtasteten, er hörte sein Messer und sein Handy klirrend auf den Asphalt fallen.

«Ein verdammt gutes Messer. Das befördert mit einem Schnitt vom Leben zum Tode. Nehmt es mit und werft das Handy ins Meer», befahl Dahlman. «Und stellt Auvinen auf die Beine!»

Als Dahlmans Gorillas von ihm abstiegen, versuchte er, sich loszureißen. Er hielt inne, als er sah, was Dahlman in der Hand hatte. Einen großkalibrigen Revolver. Aber was hatte das noch für eine Bedeutung. Alles war verloren, er war gescheitert.

«Schieß nur.»

«Du Holzkopf, doch nicht hier!» Das Wetter war schon so klar, dass die Lichter des Verkehrs auf der Lauttasaari-Brücke gut zu erkennen waren. Sie befanden sich allzu sehr in der Stadtmitte und in der Nähe möglicher Zeugen.

«Ratte, bist du ohnmächtig? So schnell bringt Aids einen nicht um.»

Der Mann, dem Ville die Betäubungsspritze in den Schenkel gerammt hatte, war bewusstlos geworden.

«Was war da nun wirklich drin?»

Ville antwortete nicht. Hätte er eine Chance, wenn er sich den Griffen der Gorillas entwand und wegrannte? Ob Dahlman ein guter Schütze war? Aus seiner Armeezeit wusste Ville noch, dass man mit so einem Revolver auch aus großer Entfernung einen Menschen töten konnte, aber nur wenn man die richtige Stelle traf.

«Wir müssen Ratte wohl ins warme Auto bringen», seufzte Dahlman. «Den Auvinen nehmen wir mit, der kommt in den Kofferraum. Wir suchen uns ein geeignetes Plätzchen, wo wir mit ihm spielen können.»

Die Männer packten Ville noch fester bei den Schultern und zerrten ihn hinter den Container. Ville erinnerte sich an Karppanens abgehackten Finger und die Leiche, die man im Cholerabecken gefunden hatte. Er brauchte sich nicht einzubilden, dass er lediglich mit einem geopferten Finger davonkommen würde.

Schon fühlte er sich nicht mehr wie ein kühner, einsamer Rächer, sondern wie ein kleiner Junge, der sich in die falsche Gesellschaft verirrt hatte, aber der Stolz hinderte ihn, seine Angst zu zeigen. Der Wagen war ein verbeulter Opel. In Villes Kopf begann das Lied von der Opel-Gang seiner Lieblingsband *Die Toten Hosen* zu klingen, und er klammerte sich an die Melodie wie an eine tröstende Hand. Das Summen half, er glaubte, sich dadurch der Dahlman-Bande entziehen, für sie unerreichbar werden zu können.

«Scheißkerl, halt die Schnauze», sagte einer der Dahlman-Männer und versetzte Ville einen Schlag auf den Mund. Der Blutgeschmack war ihm vertraut und immer gleich widerlich. Als kleiner Junge hatte er sich geekelt, wenn sich bei ihm ein Zahn löste, denn von dem dabei austretenden Blut hatte er sich übergeben müssen. Später hatte er sich daran gewöhnt, denn auf dem Fußballfeld blieben einem Verletzungen nicht erspart. Jetzt stieg wieder die Übelkeit in ihm auf. Um sie niederzukämpfen, summte er im Stillen weiter.

«In den Kofferraum», knurrte Dahlman. «Und fesselt ihn, damit er keine Dummheiten macht.»

Das Geräusch des Verkehrs auf der Lauttasaari-Brücke schien aus einer anderen Welt zu kommen. Jemand drehte Ville die Arme auf den Rücken, ein grober Strick schnitt ihm in die Handgelenke. Augenblicke später waren seine Hände taub. Die Heckklappe kreischte wütend auf, Ville wurde zwischen die nach Benzin stinkenden Putzlappen geschubst. Für einen Moment sah er noch die Sterne, bevor vollständige Dunkelheit ihn umgab.

Villes Hände waren gefesselt, aber die Beine waren frei. Als das Auto sich in Bewegung setzte, begann er, die Heckklappe mit Fußtritten zu bearbeiten. Der Wagen wirkte schon so verrostet, dass er das Blech vielleicht durchtreten konnte. Schreien würde nichts nützen, denn der Motor und der kaputte Auspuff machten einen Höllenlärm.

Die Tritte führten zu nichts, nach einer Weile gab Ville es auf. Zeit und Richtung existierten nicht länger, und es war schwer zu sagen, ob sie fünf oder fünfzig Minuten gefahren waren, als der Wagen plötzlich hielt. Das gelbe Licht der Taschenlampe schoss in Villes Augen wie eine Explosion. Ringsumher herrschte nur Dunkelheit, aber er unterschied das Rauschen des Windes in hohen Bäumen.

«Ratte pennt noch. Offenbar wolltest du mir das Betäubungsmittel spritzen und dann schneiden. Scheißfeigling, hast dich nicht getraut, auf einen wachen Mann loszugehen! Dir werden keine Betäubungsmittel gewährt. Zieht ihn raus und bindet ihm auch die Beine!»

In Dahlmans Stimme lag weder Lachen noch Spott, nur noch Hass. Ville wurde aus dem Kofferraum gezerrt und hart auf den steinigen Boden geworfen. Aus der Dunkelheit klang das Rauschen des Meeres, abgesehen von den Autoscheinwerfern herrschte überall Dunkelheit. Doch immerhin sah Ville die Sterne: Über ihm stand der Große Bär, weiter weg strahlte der Orion. Er hatte Anna die Namen der Sterne beibringen wollen, aber die interessierten sie nicht, nur wie schön sie am Himmel aussahen. Ville versuchte, sich zu vergegenwärtigen, wie die Kerzen an Annas Lucia-Krone wie Sterne gestrahlt hatten, fühlte aber nur, wie der Strick um seine Beine stramm gezogen wurde. In seinen Händen zirkulierte kein Blut mehr, es war, als endeten seine Arme im Nichts. Ich bin nicht hier. Ich bin irgendwo anders, wo Dahlman mich nicht erreichen kann, dachte Ville noch, bevor es anfing.

Nicht ein einziger, barmherziger Schnitt, sondern viele kleine, Dutzende von Schmerzstellen auf einmal. Das Blut würde langsam, aber unaufhaltsam aus seinem Körper herausfließen. Dahlman versetzte ihm noch einen Fußtritt, bevor die Männer gingen, aber diesmal mit der Absicht, ihn zu verletzen.

«Du wirst allein sterben, so wie deine Schwester. Hierher kommt niemand», sagte Dahlman zum Abschied. Dann rumpelte das Auto in die Dunkelheit.

Ville hatte nicht die Kraft, mit den Augen das Licht der Sterne zu suchen. Bald bin ich bei Anna. Anna ist nicht in der Hölle. Himmel und Hölle sind Erfindungen der Menschen. In der Hölle ist es heiß, aber ich friere. Denkt so ein Mensch, der allein an einem dunklen Ufer stirbt? Ville versuchte, eines seiner Lieblingslieder zu singen. «Ich will nicht ins Paradies, wenn der Weg dorthin so schwierig ist …» Und ich komme auch nicht ins Paradies, ich wollte einen Mord begehen und bin gescheitert.

Er war nicht mehr allein, Anna kam ihn schon holen. Eine Kerzenlaterne beleuchtete ein Gesicht und ließ ein weißes Kleid aus dem Dunkeln hervortreten. War da nur eine Kerze oder viele? Anna im weißen Kleid – vielleicht doch nicht, jemand anders, ein Engel oder Lucia? Eine weiche Berührung auf Villes Stirn, eine Stimme, die von irgendwo weit her kam. Ein warmes Lecken auf der Haut, der Geruch von nassem Fell.

«O Schreck, was hat man denn mit Ihnen gemacht?»

Auch andere bekannte Geräusche: ein angstvoller Anruf in der Notrufzentrale, sich lösende Stricke, ein weißes Tuch, das zum Abdecken der Wunde in Streifen gerissen wurde. Sanfte und beruhigende Worte einer Frau, die von der Sirene eines Krankenwagens unterbrochen wurden. Helles Licht vor langer Dunkelheit.

Die Frau war weder Anna noch Lucia, noch ein Engel, sondern ein gewöhnliches Mädchen, das mit seinem Hund am dunklen Ufer einen Abendspaziergang gemacht hatte. Der Hund hatte das Blut gerochen. Das Mädchen hieß Kristina, und der Hund Ronja war ein alter englischer Schäferhund. Nach seiner Entlassung aus dem Krankenhaus besuchte Ville Kristina und Ronja und dankte ihnen, und das Mädchen versprach, Ville – sobald er dazu bereit sein würde – das abgelegene Meerufer zu zeigen, wo er beinahe gestorben war.

Ville berichtete alles der Polizei, auch dass er vorgehabt hatte, Dahlman umzubringen. Er war bereit, für die Folgen einzustehen, aber noch war er nicht verhaftet worden. Wieder plante er, nach seinem Examen und nach dem Abschluss der Sache Dahlman als Arzt in Krisengebiete zu gehen. Er war froh, dass er noch am Leben war.

★★★

Unni Nielsen
Schmetterlinge im Dezember

Aus dem Norwegischen von
Gabriele Haefs

An diesem Heiligen Abend regnet es morgens Eis. Dünne Regenschleier gefrieren auf allen Glasoberflächen, die sie berühren. Schwarze Eiszweige spielen mit gekrümmten Fingern an den Apfelbäumen im Garten ihr Glasperlenspiel, spröde Klänge im Wind. Benjamin steht im Dunkeln und horcht auf das Glasperlenspiel, er weiß nicht, wie lange er schon hier steht, er spürt, dass die Kälte durch seine Kleidung dringt, bis zu den Knochen.

Und da bleibt sie für den restlichen Tag. Er ist steif vor Frost, kann einfach nicht wieder warm werden, kann auch nichts tun. Er müsste eigentlich vor dem Auftritt in der Kirche noch einmal Noten und Liedertexte büffeln, er weiß, dass die irgendwo auf seinem Zimmer in einem Papierhaufen liegen.

★

Die Zeit sickert Benjamin durch die Finger, und immer wieder schaudert er zusammen, weil die Kälte ihm noch immer in den Knochen steckt. Dann klingelt das Telefon, und plötzlich herrscht das Chaos, er hört die allerzielstrebigsten Schritte seiner Mutter auf der Treppe; Joffe hat angerufen, sie hatten eine Verabredung, wo in aller Welt bleibt Benjamin? Der Chor muss in zehn Minuten in der Kirche sein, das Konzert beginnt in einer Stunde. «Und du sitzt einfach hier wie vom Mond gefallen, und dabei hast du dich noch nicht einmal umgezogen. Was ist eigentlich los mit dir, Benjamin?»

«Nerv hier nicht rum, ich bin ja schon fast weg.»

★

Benjamin läuft hinaus in eine Welt aus Glas und wird von einer Haut überzogen, die nicht schmelzen will. Er steckt unter dem Eis, und sofort fühlt er sich angenehm betäubt vom Eis, wie in einer Glasglocke, Schmetterlinge im Kopf. Die Bäume verschwinden im grauen Nebel, der Umrisse, Farben und Geräusche dämpft. Es ist dunkel geworden. Das Licht war schon um fünf Uhr verschwunden. Der Tag ist eingekapselt unter durchsichtigen Eishäuten. Es knirscht und knackt unter seinen Füßen, er scheint über zerstoßenes Glas zu laufen, Lichtkreise umgeben alle Straßenlaternen, davor hängt grauer Nebel, der das Licht in sich aufsaugt. Der Frost kriecht unter seine Kleidung.

Benjamin läuft, kommt zu spät, läuft aber trotzdem. Joffe wartet vor der Friedhofsmauer.

«Du blöder Trottel! Jetzt kriegen wir beide Ärger.»

Sie hören Orgelklänge, laufen das letzte Stück, erreichen atemlos den Kirchenvorraum.

Plötzlicher Wechsel. Gelbes Licht, ein Raum aus kompaktem Klang und gelbem Licht hinter den Mauern, Musik, Widerhall an den hohen weißen Gewölben.

«Wieso habt ihr denn so rumgetrödelt?», kläfft Andersen total außer sich. «Nicht einmal am Heiligen Abend könnt ihr pünktlich sein!»

Sie werden die Treppen zur Empore hochgescheucht, schlüpfen in die Reihe hinter den Tenören, machen sich an den Notenblättern zu schaffen. Plötzlich ist es ganz still, sie hören nur den Nachhall in den Wänden, die Unruhe von unten, schon strömt das Publikum herein.

Benjamin steckt unter dem Eis, er ist in eine Welt aus Glas hinausgegangen und wurde von einer Haut überzogen, die auch hier drinnen nicht schmilzt, in der Wärme und dem gelben Licht. Er ist noch immer unter dem Eis, ist noch immer vom Frost betäubt, steckt in einer Glasglocke, wo die Orgeltöne seltsam und spröde klingen, ein Glasperlenspiel von weit weg. Auch der Augenblick erstarrt, er weiß nicht, ob für lange oder kurze Zeit, dann folgt ein einzelner Trompetenton. «Panis Angelicus.» Das Trompetensolo verklingt, und Cecilies Sopran übernimmt. Dann fällt der Chor ein. Benjamin singt: «Panis Angelicus, fit panis hominum ...»

Brot vom Himmel, das Er uns Menschen gegeben hat, steht als Übersetzung auf dem Notenblatt. Und das mag ja auch stimmen. Es ist Heiligabend, und vielleicht war auch das tägliche Brot ursprünglich als Menschenrecht gedacht? Hat Andersen deshalb für diesen Tag dieses Lied ausgewählt?

«Ores mirabilis, manducat Dominum ...»

Es ist ein friedliches Gefühl, gefroren zu sein, betäubt, unter einer Eisschicht. Die Trompete, Cecilies Stimme, dahinter die Chorstimmen, nichts kommt näher. Nichts kommt jetzt näher. Aus der hintersten Reihe sieht er die Decke des Kirchenschiffes, ein hohes weißes Steingewölbe, Kristallkronen, den obersten Rand der Altartafel und ganz oben Jesus mit dem Kreuz auf der Schulter. Benjamin sieht nur Jesus am Kreuz, er sieht nicht die Menschen dort unten, die jetzt applaudieren. Dort unten sind irgendwo seine Eltern und seine Tante Inga.

Die Eisschicht, die Benjamin umgibt, will nicht schmelzen. Alles ist ruhig und friedlich und fern und gefroren. Es ist der Heilige Abend, und der Pastor spricht über die Frohe Botschaft und über Solidarität und Nächstenliebe, als handele es sich bei beidem ungefähr um dasselbe. Jetzt wird Papa sauer, denkt Benjamin. Und wenn sie nachher zu Hause sitzen, wird er uns erklären, warum, noch einmal. Aber auch das ist nicht weiter wichtig, denn hier unter dem Eis wird auch dann alles friedlich sein.

★

«Was ist los mit dir?», flüstert Thale.

Sie ist einen Schritt zurückgetreten, sie lehnt sich an Benjamin, ist dicht an seinem Ohr. Ihre Seidenhaare streifen über seine Wange, fast wie ein Hauch, wie ein Spinngewebe, wie ein honigfarbener Lichtflimmer vor seinen Augen, eine Erinnerung an Wind und grüne Äpfel.

Die Glasglocke birst, ein knirschendes Geräusch. Ein Rauschen in den Ohren, das ist die Brandung, auf die er schon so lange wartet, er wusste nicht, dass es so sein würde, nur ein einsamer Ton, ein Trompetensolo, weiche Bögen, weiße Gewölbe. Benjamin packt das Geländer hinter sich mit beiden Händen, spannt den Rücken an und klammert sich fest, wie im Boot, bei hohem Seegang. Er begegnet Thales Blick, wäre fast darin verschwunden, klammert sich aber fest, schüttelt den Kopf, reißt sich los.

«Nichts», sagt er und bewegt seine Mundwinkel zu einem Lächeln. Sie glaubt ihm nicht, das kann er sehen, und sie steht viel zu dicht bei ihm. Er würde sie gern wegschieben, aber er darf jetzt nicht loslassen, er konzentriert sich wieder auf die Musik, die Orgelmusik kann das Rauschen in seinen Ohren mit Mühe übertönen. Die Orgel spielt «Schön ist's auf Erden.» Alle singen. Chorstimmen in Benjamins Umgebung, Stimmen unten im Kirchenschiff, sie alle heben das Lied zum weißen Gewölbe hoch. Benjamin krümmt sich zusammen, schlüpft unter dem Geländer hindurch, schleicht die Treppe hinunter und aus der Kirche.

★

Draußen ist das Wetter umgeschlagen. Es regnet nicht mehr, der Dunst ist dichter, weißer und viel kälter geworden. Der Frost hat weißen Reif über Treppenstufen und Säulen am Eingang gestreut, Eisblumen auf blauem Granit. Benjamin drückt Stirn und Hände gegen den Stein, doch die Kälte trifft ihn nicht mehr, sie schmilzt an seiner Haut, sie hinterlässt keinerlei Erinnerung an den Frost. Die Orgeltöne hängen in der Luft und im Stein, «Schön ist's auf Erden», seine Hände bringen die Eisblumen zum Schmelzen, Wassertropfen laufen die Säulen hinab und erstarren sofort zu blankem Stahleis. Blaue Granitkristalle, Schmetterlinge unter dem Eis, aus Stein, Schmetterlinge im Dezember. Im Stein zittern Orgelakkorde, Untertöne, sie schlagen mit den Flügeln, sie vibrieren leise tief im Granit.

★

Dann schlagen die Kirchenglocken zu, dicht über ihm. Benjamin fährt zurück, muss sich an die Mauer lehnen. Die Zeit gefriert, bleibt für einen Moment aus steinschwerem Klang stehen, Widerhall und blaue Schmetterlinge auf schwarzem Grund. Er steckt mitten dazwischen, im Klang, der über ihn hinwegrollt, in den Brandungen, in den Bewegungen, die im selben Augenblick aus und ein gehen, in dem Augenblick, der stehen geblieben ist.

Und dann ergießt sich plötzlich ein Wasserfall aus gelbem Licht über die Treppenstufen. Auch der Augenblick schmilzt, strömt über den Granit, ein Fluss aus Licht vor dem Fluss aus Menschen, aus der sich öffnenden Tür. Gesichter, seine Eltern, Tante Inga, die Benjamin ansieht und seinen Arm packt, die Benjamin losreißt.

«Die Kälte hat sich jetzt festgesetzt», sagt sie. «Das spüre ich am Atem. Kann Benjamin mich nach Hause bringen? Ich habe keine Lust, mir gerade am Heiligen Abend den Oberschenkelhals zu brechen.»

«Wir können doch alle vier in diese Richtung gehen», sagt Benjamins Mutter.

«Nein, stell dir vor, das finde ich total unnötig», sagt Tante Inga mit einer ganzen Ladung Kieselsteine in der Stimme. «Ich brauche keine Völkerwanderung, ich brauche nur Benjamin», fügt sie hinzu, ein wenig milder, aber nicht sehr viel.

Jetzt bricht kein Eis mehr unter den Füßen, bei jedem Schritt hören sie den Frost knacken und knirschen, es ist ein trockeneres, noch gefroreneres Geräusch. Aber Tante Inga hat seinen Arm gepackt, in einem festen warmen Griff, du brauchst dich nicht mehr so zusammenzureißen, sagt ihr Griff. Aber Benjamin weiß nicht, ob er es wagt, damit aufzuhören.

★★★

Henning Mankell und Håkan Nesser
Eine unwahrscheinliche Begegnung

Aus dem Schwedischen von
Gabriele Haefs

Plötzlich ging Wallander auf, dass er nicht mehr wusste, wo er war. Warum war sie nicht lieber nach Ystad gekommen?

Auf der Autobahn irgendwo im Norden von Kassel hatte er sich schon gefragt, ob er überhaupt noch weiterfahren sollte. Es hatte sehr heftig geschneit. Ihm war bereits klar, dass er zu dem Treffen mit seiner Tochter Linda zu spät kommen würde. Warum hatte sie eigentlich Weihnachten irgendwo mitten in Europa feiern wollen?

Er schaltete die Innenraumbeleuchtung seines Autos ein und nahm die Karte hervor. Vor ihm lag die Straße öde im Scheinwerferlicht. Hatte er sich verfahren? Um ihn herum war alles dunkel. Er fürchtete plötzlich, die Weihnachtsnacht im Auto verbringen zu müssen. Er würde über diese europäischen Straßen irren und Linda niemals finden.

Er suchte auf der Karte. War er überhaupt irgendwo? Oder hatte er eine unsichtbare Grenze überschritten und war in ein Land geraten, das es gar nicht gab? Er legte die Karte beiseite und fuhr weiter. Das Schneegestöber hatte sich ganz plötzlich gelegt. Nach zwanzig Kilometern hielt er an einer Kreuzung. Er las die Schilder und kramte wieder die Karte hervor. Nichts. Er würde jemanden nach dem Weg fragen müssen. Er bog in die Richtung ab, in der sich die nächstgelegene Siedlung befinden sollte.

Die Ortschaft war nicht größer, als er erwartet hatte. Aber die Straßen waren wie ausgestorben. Wallander hielt vor einem Restaurant, das offen zu sein schien. Er schloss den Wagen ab und merkte, dass er Hunger hatte. Er betrat ein dunkles Lokal und atmete ein Europa ein, das es kaum noch gab. Stillstehende Zeit, starker, schaler Zigarrengeruch. Hirschgeweihe und Wappen gaben sich an den braunen Wänden ein Stelldichein mit Bierreklamen. Ein Tresen, ebenfalls braun, ohne Gäste, dunkle Nischen, ungefähr wie Boxen in einem Kuhstall. An den Tischen Schatten, die sich über ihre Biergläser krümmten. Im Hintergrund war Musik zu hören. Weihnachtslieder. «Stille Nacht». Wallander schaute sich um, konnte aber keinen freien Tisch finden. Ein Glas Bier, dachte er. Und dann eine vernünftige Beschreibung, wie ich fahren soll. Danach Linda anrufen. Und sagen, ob ich heute Abend noch komme oder nicht.

In einer Nische saß ein einsamer Mann. Wallander zögerte. Dann fasste er einen Entschluss. Er trat vor und zeigte auf den freien Stuhl. Der Mann nickte.

Wallander setzte sich.

Sein Gegenüber hatte einen Teller vor sich stehen. Ein alter Kellner mit traurigem Gesicht trat an den Tisch. Gulasch? Wallander zeigte auf Teller und Bierglas. Dann wartete er. Der Mann ihm gegenüber aß mit langsamen Bewegungen. Wallander dachte, er könne ja immerhin den Versuch machen, ein Gespräch in die Wege zu leiten. Nach dem Weg fragen, danach, wo er hier überhaupt war. Als der Mann seinen Teller zurückschob, nutzte er die Gelegenheit.

«Ich möchte ja nicht stören», sagte Wallander. «Aber sprechen Sie Englisch?»

Der Mann nickte abwartend.

«Ich habe mich verfahren», sagte Wallander. «Ich bin Schwede, ich bin bei der Polizei, ich wollte mit meiner Tochter Weihnachten feiern. Aber ich habe mich verfahren. Ich weiß nicht einmal, wo ich hier bin.»

«Maardam», sagte der Mann.

Wallander erinnerte sich an die Straßenschilder. Aber er glaubte nicht, den Ort auf der Karte gesehen zu haben.

Er nannte sein Reiseziel. Der Mann schüttelte den Kopf.

«Das schaffen Sie heute Abend nicht mehr. Es ist weit. Sie haben sich wirklich verfahren.» Dann lächelte er. Das Lächeln kam unerwartet. Als erhellte sich sein Gesicht.

«Ich bin auch bei der Polizei», sagte er dann.

Wallander blickte ihn fragend an. Dann streckte er die Hand aus.

«Wallander», sagte er. «Kriminalpolizei. In einer schwedischen Stadt namens Ystad.»

«Van Veeteren», sagte der Mann. «Bei der Polizei hier in Maardam.»

«Zwei einsame Polizisten also», sagte Wallander. «Von denen der eine sich verfahren hat. Wirklich keine sonderlich lustige Situation.»

Van Veeteren lächelte noch einmal und nickte.

«Da haben Sie Recht», sagte er. «Da treffen sich zwei Polizisten, nur weil der eine einen Fehler begangen hat.»

«So ist es eben», erwiderte Wallander.

In diesem Moment wurde das Essen gebracht. Van Veeteren hob sein Glas und trank ihm zu.

«Essen Sie langsam», sagte er. «Sie haben Zeit.»

Wallander dachte an Linda. Daran, dass er sie anrufen musste. Aber ihm war schon klar, dass der Mann, der auch bei der Polizei war und diesen fremd klingenden Namen trug, Recht hatte.

Er würde den Heiligen Abend an diesem seltsamen Ort verbringen, der Maardam hieß und wohl nicht einmal auf der Karte vermerkt war.

So war es eben.

Und ließ sich nicht ändern.

Wie so vieles im Leben.

Wallander rief Linda an, die natürlich enttäuscht war. Aber sie sah die Lage auch ein.

Nach diesem Anruf blieb Wallander vor der Telefonzelle stehen.

Die Weihnachtslieder stimmten ihn wehmütig.

Er hielt nichts von Wehmut. Schon gar nicht am Heiligen Abend. Draußen fiel jetzt wieder Schnee.

★

Van Veeteren saß noch immer am Tisch und betrachtete zwei über Kreuz liegende Zahnstocher. Seltsam, dachte er. Hätte fast darauf geschworen, dass ich bis zum Weihnachtsmorgen mit niemandem auch nur zwei Worte wechseln muss ... aber dann taucht hier diese Gestalt auf.

Polizist aus Schweden? Im Schneegestöber verfahren?

Unwahrscheinlich wie das Leben an sich. Er selbst war allerdings auch nicht aufgrund irgendwelcher Pläne hier gelandet. Nach dem obligatorischen Heiligabendessen mit Renate und den nachmittäglichen Weihnachtsanrufen bei Erich, Jess und den Enkelkindern hatte er sich mit einem Dunkelbier in einem Schaumbad verkrochen und vorher Händel voll aufgedreht. Und dann auf den Abend gewartet.

Heiligabendschach mit Mahler in der *Gesellschaft*.

Genau wie letztes Jahr. Und wie vorletztes.

Mahler hatte dann um kurz vor sechs angerufen. Aus dem Krankenhaus oben in Aarlach, wo der alte Dichter mit seinem noch älteren Vater und einem frischen Oberschenkelhalsbruch saß.

Schade für einen vitalen Mann von neunzig. Schade um die Eröffnung, die er sich im Bad überlegt hatte. Schade um so vieles. Als er sich im Schneegestöber dann endlich zur *Gesellschaft* durchgekämpft hatte, war ihm aufgegangen, dass er dort ohne Mahler nichts zu suchen hatte. Er war einige

Blocks weiter in Richtung Zwille gegangen und hatte sich endlich auf gut Glück in dieses Restaurant hier gesetzt.

Essen musste er ja auf jeden Fall. Und vielleicht auch trinken.

Der schwedische Polizist kehrte mit düsterem Lächeln zurück.

«Haben Sie sie erreicht? Wie war noch gleich Ihr Name?»

«Wallander. Ja, kein Problem. Wir haben alles einfach um einen Tag verschoben.»

In seinem Blick lag plötzlich eine sanfte Wärme, und es konnte keinen Zweifel daran geben, woran das lag.

«Töchter zu haben ist manchmal gar nicht dumm», sagte van Veeteren. «Auch wenn man sie nicht findet. Wie viele haben Sie?»

«Nur eine», sagte Wallander. «Aber sie ist toll.»

«Bei mir genauso», sagte van Veeteren. «Ich habe auch noch einen Sohn, aber das ist etwas anderes.»

«Kann ich mir vorstellen.»

Der traurige Kellner tauchte auf und fragte, wie es weitergehen sollte.

«Ich persönlich trinke Bier am liebsten allein», sagte van Veeteren. «Und Wein in Gesellschaft.»

«Ich sollte mir ein Quartier für die Nacht suchen», sagte Wallander.

«Hab ich schon erledigt», erklärte van Veeteren. «Rot oder weiß?»

«Danke», sagte Wallander. «Dann lieber rot.»

Der Kellner verschwand wieder in den Schatten. Einige Augenblicke des Schweigens senkten sich über den Tisch, während aus den Lautsprechern zugleich ein «Ave Maria» unbekannten Ursprungs erscholl.

«Warum sind Sie zur Polizei gegangen?», fragte Wallander.

Van Veeteren musterte den Kollegen eine Weile, ehe er antwortete.

«Diese Frage habe ich mir schon so oft gestellt, dass ich mich an die Antwort nicht mehr erinnern kann», sagte er. «Aber Sie sind doch sicher zehn Jahre jünger, deshalb wissen Sie es vielleicht?»

Wallander verzog den Mund und ließ sich zurücksinken.

«Ja», sagte er. «Obwohl ich es mir bisweilen energisch in Erinnerung rufen muss. Es geht um dieses Übel; das will ich ausrotten. Das Problem ist nur, dass darauf offenbar eine ganze Zivilisation aufgebaut worden ist.»

«Ein Teil der tragenden Mauern jedenfalls», sagte van Veeteren und nickte. «Ich dachte ansonsten, Schweden sei von den ärgsten Auswüchsen so einigermaßen verschont geblieben ... das schwedische Modell, der Gemeinschaftsgeist ... das hat man ja alles gelesen.»

«Ich habe auch daran geglaubt», sagte Wallander. «Aber das ist nun schon einige Jahre her ...»

Der Kellner brachte mehr Rotwein und auf Kosten des Hauses einen Käseteller. Das «Ave Maria» verklang, und statt seiner war melancholische Geigenmusik zu hören. Wallander hob sein Glas, hielt dann aber inne und horchte.

«Kennen Sie das da?», fragte er.

Van Veeteren nickte.

«Villa-Lobos», sagte er. «Wie heißt es denn noch gleich?»

«Das weiß ich nicht», sagte Wallander. «Aber es sind acht Celli und ein Sopran. Es ist teuflisch schön. Hören Sie nur!»

Sie schwiegen eine Weile.

«Wir haben offenbar einige Gemeinsamkeiten», sagte Wallander.

Van Veeteren nickte zufrieden.

«Sieht so aus», sagte er. «Wenn Sie auch noch Schach spielen, sind Sie wirklich ein verdammter Glückstreffer!»

Wallander trank einen Schluck. Dann schüttelte er den Kopf. «Nur sehr schlecht», gab er zu. «Bridge geht schon besser, aber auch da bin ich kein Meister.»

«Bridge?», fragte van Veeteren und nahm sich ein Drittel des Camembert. «Das habe ich seit dreißig Jahren nicht mehr gespielt. Und zu meiner Zeit ging das immer zu viert.»

Wallander lächelte und machte eine vorsichtige Kopfbewegung.

«Da hinten sitzen zwei Männer mit einem Kartenspiel.»

Van Veeteren beugte sich aus der Nische und schaute hinüber. Es stimmte. Einige Meter von ihnen entfernt saßen zwei andere Herren und warfen mit müder Miene Karten auf den Tisch. Der eine war hoch gewachsen, mager und ein wenig gebeugt. Der andere war fast sein Gegenteil; klein, kräftig und verbissen. Beide Ende vierzig, soweit man nach Falten und Haaren gehen konnte.

Van Veeteren erhob sich.

«Na gut», sagte er. «Heiligabend ist schließlich nur einmal im Jahr. Also machen wir einen Versuch.»

Es dauerte keine zehn Minuten, bis die Partie begonnen hatte, und nach fünfundzwanzig hatte das Paar Wallander/van Veeteren vier doppelte Piks einkassiert.

«Purer Zufall», murmelte der kleinere Mann.

«Auch ein blindes Huhn findet mal ein Korn», erklärte der größere.

«Zwei», sagte van Veeteren. «Zwei blinde Hühner.»

Wallander mischte mit etwas ungewohnten Händen.

«Und was machen die Herren so im Alltag?», fragte van Veeteren und nahm die angebotene Zigarette.

«Bücher schreiben», sagte der Größere.

«Kriminalromane», sagte der Kleinere. «Wir sind durchaus nicht unbekannt. Zumindest zu Hause nicht. Zumindest ich nicht. Wir haben uns verfahren, deshalb sitzen wir hier.»

«Heute Abend verfährt sich wohl alle Welt», sagte van Veeteren.

«Kriminalschriftsteller verfahren sich oft», sagte Wallander und gab Karten. «Auch das ist wahrscheinlich eine ziemlich miese Branche.»

«Sicher», sagte van Veeteren.

Sie hatten die folgende Partie, bei der der nicht unbekannte Autor als Spielführer fungierte, ungefähr zur Hälfte hinter sich gebracht, als der Kellner ungebeten aus dem Schatten auftauchte. Er sah noch besorgter aus als zuvor.

«Darf ich darauf hinweisen», fragte er untertänig, «dass wir in zehn Minuten schließen? Heute ist schließlich der Heilige Abend.»

«Was zum Henker...», sagte Wallander.

«Was zum Teufel ...», sagte van Veeteren.

Der größere Kriminalautor hustete und schwenkte abweisend den Zeigefinger. Aber das Wort ergriff dann der kleine, nicht unbekannte:

«Darf ich meinerseits darauf hinweisen», sagte er ohne den geringsten Anflug von Untertänigkeit, «dass ein Autor doch immerhin einen Vorteil hat ...»

«... auch wenn er sich verfahren hat», warf der Größere dazwischen.

«... dass nämlich wir die Dialoge schreiben», vollendete der Kleinere den Satz. «Und jetzt haben Sie die verdammte Freundlichkeit und fangen noch einmal an.»

Der Kellner verbeugte sich. Verschwand und kehrte gleich darauf mit einem Schlüsselbund zurück. Verbeugte sich abermals und räusperte sich.

«Im Namen des Wirtes möchte ich Ihnen allen gesegnete Weihnachten wünschen», sagte er. «Sie können sich selber am Tresen bedienen, und im Kühlschrank gibt es kalten Aufschnitt. Schließen Sie hinter sich ab, wenn Sie gehen, und vergessen Sie nicht, die Schlüssel in den Briefkasten zu werfen.»

«Sehr gut», erklärte van Veeteren und blies einen Rauchring. «Es gibt also doch noch einen Rest gesunde Vernunft und Güte auf der Welt.»

Der Kellner zog sich zum letzten Mal zurück. Als er das Restaurant verließ, war für einen Moment das Heulen des Schneesturms zu hören, aber dann schloss sich die Winternacht um das kleine Restaurant in der Stadt, die es auf der Karte nicht gab.

Gesunde Vernunft?, dachte Kurt Wallander und stach mit dem König des Tisches, dem Buben, eine Drei. Güte?

Aber wenn überhaupt, dann am Heiligen Abend.

Und in Gesellschaft fiktiver Poeten.

Poeten, leck mich!, dachte er dann später. Acht Romane und nicht eine einzige verdammte Zeile Blankvers.

Am nächsten Tag würde er Linda sehen.

★★★

Steinunn Sigurðardóttir
Der lebende Freund

Aus dem Isländischen von
Coletta Bürling

Es waren einmal im 20. Jahrhundert fünf alte Freunde, die hoch und heilig gelobt hatten, sich am Heiligen Abend des Jahres 2002 im Botanischen Garten in Reykjavík zu treffen. Sie rechneten damit, dass sie vor diesem Termin das Zeitliche gesegnet haben würden, und sicherheitshalber hatten sie sich verabredet, da es passieren könnte, dass sie getrennt würden. Im jenseitigen Gewühl wäre es bestimmt nicht angenehm, jemanden ausfindig zu machen.

Als es so weit war, lebte Vernhard immer noch. Er war unschlüssig, ob er zu diesem Stelldichein gehen sollte, weil seine Freunde ihn wohl kaum erwarteten. Andererseits war er ein wenig gespannt, sie zu treffen, und dies war ja im Augenblick die einzige Gelegenheit. Vernhard entschied sich nach einigem Hin-und-her-Überlegen, in den Botanischen Garten zu trotten und abzuwarten, was geschehen würde. Er wohnte ja schließlich ganz in der Nähe auf dem Sunnuvegur, und es lag kein Schnee.

Er packte die Thermoskanne mit Kaffee und ein Brot mit geräuchertem Lammfleisch in seine Badetasche, die schon so betagt war, dass noch Loftleidir darauf stand. Falls er warten müsste. Es war unbedacht gewesen, keine genaue Zeit zu vereinbaren. Außerdem war es ja auch gar nicht sicher, ob die Freunde abkömmlich waren.

Der alte Mann machte die rote Lichterkette an, als er aus dem Haus ging. Er hatte sie wie alle Jahre wieder Mitte Dezember in die Eberesche gehängt. Schwer zu sagen, wie ein Mann, der so schwach auf den Beinen war, es schaffte, auf eine Leiter zu steigen. Er dachte auch nicht darüber nach, wie es zu bewerkstelligen war. Die dunklen Dezembertage waren ohne die rote Lichterkette vor dem Wohnzimmerfenster ganz einfach undenkbar. Undenkbar war es auch, jemanden um Hilfe zu bitten. Er war zu der Erkenntnis gekommen, dass es nicht der schlimmste Tod wäre, daneben zu treten und von der Leiter zu fallen.

Bei der Langholtschule tobten kleine Jungs mit einem Fußball herum, und ihr Rufen und Schreien hallte im ganzen Viertel wider. Plötzlich fingen Kirchglocken an zu läuten, aber es war unmöglich zu sagen, aus welcher Richtung die Klänge kamen. Ob es das Geläut aus der Langholtkirche, der Áskirche oder der Lauganeskirche war, welches kaputt war, denn am Heiligen Abend hatten keine Glocken kurz nach drei Uhr zu läuten. Vernhard war sich hundertprozentig sicher in Bezug auf die Zeit, er hatte gerade erst seine Uhr gestellt. Er musste nämlich spätestens um halb sieben wieder zurück sein, bevor Hekla kam, um ihn zum traditionellen Schneehuhnessen abzuholen. Das Dumme war nur, dass Vernhard nicht das Geringste für Schneehühner übrig hatte, und außerdem war er ganz und gar dagegen, Vögel zu schießen, besonders Schneehühner. Aber er würde seinen Liebling treffen, die kleine Urenkelin Magga, die ihn Vennopi nannte und krähte und lachte, wenn er Grimassen schnitt.

Seit Mitte Oktober hatte er sich nicht getraut, in den Botanischen Garten zu gehen. Er war aber jeden Tag aus dem Haus gegangen, wenn das Wetter passabel war, zumindest bis auf den Bürgersteig. Anfang Dezember war er eine ganze Woche wegen Glatteis und unablässigem Sturm ans Haus gefesselt gewesen. Er war durch das Haus geschlurft, hatte an allen Außentüren gehorcht, war aber nicht so weit gegangen, eine zu öffnen, nicht die Balkontür, nicht die Hintertür und erst recht nicht die Haustür, so stürmisch war es gewesen. Und noch weniger hatte er sich bei der Eisesglätte auf die Straße getraut, sondern trübseligen Gedanken nachgehangen. Als ob alles zu Ende sei und es noch nicht einmal mehr Sinn hätte, sich mit jemandem zu unterhalten. Wenn jemand angerufen hatte, hatte er vorgegeben, sich gerade hinlegen zu wollen, damit niemand erführe, wie es ihm ging. Er war so depressiv gewesen, dass er sogar die Putzfrau abbestellt hatte, deren Kommen ihm sonst immer Vergnügen bereitete.

Dann aber ging es aufwärts, als er wieder bis zum Lebensmittelladen kam. Zu essen war fast nichts mehr im Haus, in der Gefriertruhe waren nur noch Kabeljaufilets, Roggenbrot und zwei Eistorten. Außerdem achtete er immer darauf, genug Coca-Cola und Prins Póló im Haus zu haben, um nicht dem Hungertod preisgegeben zu sein, falls er viele Wochen von der Außenwelt abgeschnitten wäre. Er hatte es Hekla und der Putzfrau strengstens untersagt, sich in seine Einkäufe einzumischen. Sie schummelten aber beide regelmäßig, indem sie selbst gebackenes Brot, Fladenbrot und hausgemachte Leberwurst anschleppten. Sie begriffen überhaupt nicht, wie er mit dem Einkaufen zurande kam. Das war sein Geheimnis. Er ging nämlich bis zum Laden, ließ sich aber dann die Waren nach Haus bringen, denn der Weg dorthin fiel ihm schon schwer genug, da wollte er sich auf dem Rückweg nicht auch noch mit Tüten abschleppen. Sigrún aus dem Laden hatte ihm oft genug angeboten, dass er einfach anrufen und bestellen könnte, aber das kam nicht infrage. Er wollte an Ort und Stelle bar auf die Hand bezahlen. Außerdem bildete er sich ein, dann womöglich keinen Grund mehr zu haben, überhaupt noch das Haus zu verlassen, wenn er nicht mehr einkaufen ginge, ja, dass er vielleicht sogar froh sein würde, nicht mehr aus dem Haus gehen zu müssen.

Dieser alte Mann, von dem ich erzähle, tat sich also schwer mit dem Alter. Die lumpige staatliche Altersbeihilfe spülte er jeden Monat durchs Klo. Er flippte aus, wenn jemand ihm gegenüber ein Altersheim erwähnte oder auch nur eine unschuldige Seniorenwohnung. Bei der letzten Attacke dieser Art ging Hekla die Sache ganz vorsichtig an, aber auch das fruchtete nichts, ihr Vater geriet dermaßen in Wut, dass sie sich seitdem nie wieder getraut hatte, solche Institutionen zu erwähnen. Da er sich aber ein wenig für seine Unbeherrschtheit schämte, ließ er sich darauf ein, einem Notrufpieper und einer Putzfrau zuzustimmen. Das Wort Haushaltshilfe war ihm verhasst. Er achtete aber darauf, den Notrufpieper nicht eingeschaltet zu haben und die Putzfrau mit Geschwätzigkeit und Rauchen so aufzuhalten, dass sie überhaupt nichts zuwege brachte. Den Zigaretten sprachen sie aber derart ausgiebig zu, dass der Rauchdetektor zu schrillen anfing, und nach dem Putztag lag Vernhard regelmäßig am nächsten Tag hustend im Bett. Aber es war die Sache wert. Und am darauf folgenden Tag putzte er heimlich selbst. Das dauerte allerdings seine Zeit, und mit den Pausen ging der ganze Tag dabei drauf. Auf diese Weise verkürzte sich die Woche fast um die Hälfte, und das kam ihm jedenfalls gut zupass, da er nun einmal nicht besonders geschickt darin war, sich die Zeit zu vertreiben.

Der Botanische Garten umfing den alten Mann, und die lauwarmen, schräg einfallenden Strahlen der Wintersonne umspielten ihn wie das warme Wasser im Schwimmbad. Nicht weit vom Tor setzte er sich hin, auf die Bank, die er seine Loge nannte. Jetzt entspannte er die Glieder wie im heißen Pool neben dem Freibad, wie er es so oft zu jeder Jahreszeit mit seinen Freunden getan hatte. Hoffentlich waren sie schon in den Park gekommen. Ragnar war zwar nicht sonderlich aufs Schwimmen versessen, nein, er war ein genauso überzeugter Mensch der Innenräume, wie andere Outdoor-Freaks sind. Eigentlich unwahrscheinlich, dass er die Verabredung einhielte.

Vernhard trank einen Schluck Kaffee und dachte an Bensi, den Helden aus seinem Lieblingsbuch, den alten Mann der Berge, der im Advent Schafe im Hochgebirge suchte und sich im Schnee eingraben musste, um sich Kaffee zu kochen, während oben auf der Erde ein wilder Schneesturm tobte. Aber was war nun mit den Freunden, die er hier treffen wollte? Niemand war ihm über den Weg gelaufen, so wie er gehofft hatte. Nirgends hörte man das Gekichere von Baldur, die melodische Stimme von Sigga, das Husten von Ragnar.

Wenn das nur kein vergeblicher Gang war! Es fiel ihm so schwer. Er würde es nur mit knapper Not wieder nach Hause schaffen. Er hätte einen Zettel hinterlassen sollen, wohin er gegangen war. Den verdammten Notrufpieper hatte er zwar bei sich, aber eher würde er krepieren, als ihn zu betätigen. Wenigstens bestand nicht die Gefahr zu erfrieren, denn es war kein Frost. Er hatte eine lange Unterhose und ein Wollunterhemd an, die Schaffellmutze auf dem Kopf, fellgefütterte Galoschen. Es war, als ob man im Haus wäre. Er wurde ein bisschen schläfrig, wie er da auf der Bank saß. Ein frecher Tannenzweig zwängte sich ihm über die Schulter und duftete nach Leben und Farben.

Er musste eingenickt sein. Ein zartes Dämmerlicht lag über dem Park, und irgendwo in seiner Nähe saß ein Vogel, der eher wisperte als zwitscherte. Er schraubte den Becher auf die Thermoskanne und steckte sie wieder in die Loftleidir-Tasche. Und dann stützte er sich auf seinen Stock und kam auf die Beine. Weihnachtliche Lichterketten leuchteten mitten im Park, und er tappte dorthin. Jetzt war es schon so weit, dass sogar die federleichte Tasche ihm bleischwer vorkam. Bratenduft drang aus dem Haus des Parkwächters, und er verspürte Hunger, denn er hatte vergessen, das Brot mit dem Räucherfleisch zu essen.

Vernhard brauchte unglaublich lange, um bis zu seinem Lieblingsplatz mit der isländischen Flora zu kommen. Dort ließ er sich entkräftet auf einer Bank nieder. Es stand eigentlich so gut wie fest, dass die Freunde hier zusammenkommen würden. Immer hatten sie bei der isländischen Flora Halt gemacht, wenn sie nach dem Schwimmen durch den Botanischen Garten gebummelt waren. Jeder hatte seine Lieblingspflanze. Seine eigene war Silberwurz, Sigga schätzte den Prachtsteinbrech über alles, und Spaßmacher Baldur, der immer herumalberte, den Baldrian, was er damit kommentierte, dass sie beide Heilkräfte besäßen. Sogar Ragnar, der Indoor-Freak, der nur ganz selten mit durch den Garten ging, hatte eine Lieblingsblume. Das war der Frühlingsenzian, die kleinste und strahlendste Blume, die man sich vorstellen konnte. Ragnar war nämlich tief in seinem Herzen erstaunlich romantisch und zart besaitet, trotz seiner rauen Schale. Genau an diesem Ort hatten sie häufig über alte Zeiten gesprochen. Und dann wurde über nichts geredet, was nicht mindestens ein halbes Jahrhundert zurücklag. Es wurde kaum über Krankheiten gesprochen, von denen es genug gab, auch die Nachkommen wurden selten erwähnt, von denen es ebenfalls genug gab. Nein, Baldur erzählte Geschichten von Reittouren im Skagafjörður, und zwar mit Geräusch- und Rapeffekten, und Sigga sprach über ihre Heimat Skaftàrtunga und rezitierte Verse, wobei man argwöhnen konnte, sie hätte sie selbst verfasst.

Vernhard hörte keinerlei Geräusch, das darauf hindeuten konnte, dass die Freunde in der Nähe waren, aber irgendwie kam es ihm so vor, als läge der Geruch von Ragnars Zigarren in der Luft. Er ging dem Geruch nach, kam zu einem Treibhaus, wo das ganze Jahr über etwas blüht und man sich mit seinem Proviant hinsetzen und picknicken konnte. Bis vor zwei Jahren hatte er viele Tage dort verbracht. Aber in jenem Jahr begannen seine Beine nicht mehr mitzumachen, ja, und das war auch das Jahr, in dem Baldur gestorben war.

Baldur hatte immer Heiterkeit um sich verbreitet und immerfort Witze reißen müssen, ein Witzbold durch und durch, und manchmal kam stundenlang kein ernsthaftes Wort über seine Lippen. Das konnte gewiss ermüdend sein, aber darum geht es nicht in der Erinnerung. Baldur war eine Seele von Mensch. Bei ihm wusste man, woran man war. Das galt aber nicht für seine Witze. Es waren meistens irgendwelche komischen Anspielungen, mit denen man nichts Rechtes anfangen konnte.

Jetzt hörte er den Klang von Siggas Stimme, weich und melodisch, und ein Lachen schwang darin mit. Vernhards alte Pumpe lief schneller, und er versuchte nach Kräften, es ihr nachzutun. Die Tür zum Treibhaus öffnete sich, als er nur noch ein paar Meter entfernt war, und da standen sie im Eingang: Baldur, Ragnar, Sigga und Nonni.

Sigga breitete die Arme aus, um ihren Freund in Empfang zu nehmen, und er sank ihr entgegen.

Willkommen, sagte sie.

Willkommen, sagten die Männer.

Danke.

Sigga führte ihn zum nächsten Tisch. Sie setzten sich um ihn herum, schauten einander lächelnd und etwas verlegen an.

Ihr habt mich also doch erwartet, sagte Vernhard.

Ja, irgendwie, sagte Sigga schüchtern. Es ist ja nicht so weit von dir.

Was für ein Glück, dass ich euch gefunden habe, sagte Vernhard, und die Freunde lächelten.

Als er sich nach dem Kraftakt langsam wieder erholte, sah er seine Freunde klarer. Das Jenseits schien ihnen nicht weiter zugesetzt zu haben. Also waren sie da gut aufgehoben, und darüber war er erleichtert.

Was für ein herrlicher Ort für ein Wiedersehen unter guten Freunden, ein Treibhaus, wo selbst im tiefsten Winter das eine oder andere blühte. Es schien den Naturgesetzen zu widersprechen, dass die dunkelsten Tage rotgelbe Tulpen, tiefblaue Hyazinthen und kleine Blüten an einem Strauch hervorbringen konnten.

Schön, sagte Vernhard, indem er auf die hübschen Lichterketten blickte, die sich um das Gitterwerk der Holzbrücke über den kleinen Teich rankten. Sie flimmerten auf dem Wasser, und es kam ihm wie eine Miniaturausgabe himmlischer Lichter und des Meeres vor.

Ja, das ist schön, stimmte Sigga ihm zu. Vernhard hatte den Eindruck, dass es fast ein bisschen weinerlich klang, woran auch immer das lag. Konnte es sein, dass sie irgendetwas aus dem irdischen Leben vermisste, was sie und andere als Nichtigkeiten bezeichnet hatten, verglichen mit der Glückseligkeit, die einen erwartete? Sie fügte hinzu:

Ach, das Schwimmbad und der Botanische Garten gehen einem nicht aus dem Sinn.

Die anderen Freunde schwiegen, und Vernhard blickte sie fragend an.

Das lässt sich nicht leugnen, sagte Nonni.

Ach so, sagte Vernhard. Angeblich soll es doch so vollkommen bei euch sein?

Es ist schon ganz in Ordnung, entgegnete Ragnar und blies Rauch von sich oder auch Nicht-Rauch.

Und es gibt doch bestimmt jede Menge Dinge, die es mit dem Schwimmbad und dem Botanischen Garten aufnehmen können?

Sprechen wir lieber nicht darüber, sagte Baldur todernst.

Jetzt wurde Vernhard argwöhnisch. Baldur ernst? Sie verheimlichten ihm etwas, wollten ihm etwas vorenthalten.

Der Botanische Garten ist nun mal ein wunderschöner Ort. Ein ganz besonderer Ort, sagte Nonni.

Wird ja wohl kaum den paradiesischen Gefilden und dem Harfengeklimper gleichkommen, die einem in Aussicht gestellt worden sind, meinte Vernhard, obwohl ich eigentlich immer mehr für das Klavier gewesen bin. Ich finde die Harfe kitschig.

Mach dir keine Sorgen wegen Harfen, sagte Sigga, bei uns wird nichts gespielt.

Was, keine Musik?

Es gibt ziemlich viele Choraktivitäten.

Vernhard schwieg verblüfft, bis Sigga hinzufügte: Männer- und Frauenchöre.

Warum keine gemischten?

Das ist alles ziemlich separat.

Separat?

Es ist nicht alles so, wie man uns gesagt hat. Sei darauf vorbereitet, wenn du kommst. Aber lassen wir das beiseite. Das wird sich alles finden.

Es wäre aber ganz interessant zu wissen, warum alles so separat ist.

Darüber haben wir nichts erfahren. Es erinnert in vielerlei Hinsicht an ein Internat. Ein bisschen eng und so. Und Korridore.

Aber häng das mit dieser Organisation nicht an die große Glocke, sagte Nonni, der sehr vorsichtig war. Und nenn es bloß nicht Internat. Es würde bestimmt nicht gut aufgenommen und könnte ganz einfach missverstanden werden.

Na, das kann ja heiter werden, entgegnete Vernhard. Und das mir, wo ich doch an ein so großes Haus gewöhnt bin, dass ich jetzt mehr als eine halbe Stunde von einem Ende zum anderen brauche. Ich glaube, da bleibe ich doch lieber noch ein bisschen länger in meinem Privatinternat.

Vergiss nicht, dass es auch seine Vorteile hat. Wir haben uns zumindest gegenseitig, bemerkte Baldur positiv. Wir dürfen auch Witze reißen, so viel wir wollen. Bloß keine obszönen. Das wird nicht geduldet.

Und welches Presbyterium mischt sich da ein, was für Witze ihr erzählt?, fragte der Erdenbewohner Vernhard.

Die Aufseher achten darauf, dass alles ordentlich und gesittet zugeht, antwortete Ragnar und hustete. Man darf beispielsweise drinnen nicht rauchen.

Aufseher. Das wird ja immer schöner. Das muss ja schlimmer sein als Haushaltshilfe. Darf man fragen, an was für einem Ort ihr eigentlich seid.

Am zweitbesten.

Am zweitbesten? Bedeutet das ganz unten, durch die Blume gesagt?

Dazwischen liegen noch zwei Stockwerke. Es gibt nicht nur oben und unten, wie uns gesagt wurde. Aber das findest du schon noch früh genug heraus.

Tja, ich weiß nicht.

Findet ihr es richtig, ihm davon zu erzählen?, fragte Sigga besorgt und blickte Baldur, Ragnar und Nonni an.

Nein, sagte Ragnar, ich finde es nicht richtig, ich hätte es nicht vorab wissen mögen.

Was soll denn das, es ist doch besser, vorher klipp und klar Bescheid zu wissen, meinte Vernhard.

Am besten machst du das, Nonni, sagte Ragnar, du bist so objektiv und kannst so gut erzählen.

Na schön, willigte Nonni ein. Beginnen wir dann in der obersten Etage, da wimmelt es von Heiligen und solchen Leuten, die sich aufgeopfert haben, so wie Priester und Feuerwehrleute und allein stehende Mütter. Auf der ersten Etage sind einfach normale, anständige Leute wie wir, die sich nichts anderes haben zuschulden kommen lassen, als ganz einfach Mensch zu sein. Im Parterre sind ziemlich schlechte Leute, die einmal im Leben etwas Schlimmes verbrochen haben, und im Keller sind Massenmörder und anderes Gesocks, aber auch eine Reihe von Politikern, die ewig rumgebrüllt und sich über alles Mögliche aufgeregt haben. Aus irgendwelchen Gründen wird das schwer bestraft.

Du willst mich wohl verkohlen, fragte Vernhard.

Nein, nein, sagte Sigga, auf die man sich verlassen konnte. Und sie schauten Vernhard so an, als bemitleideten sie ihn irgendwie, weil er jetzt Bescheid wusste.

Ist es auf allen Etagen gleich langweilig?, fragte Vernhard.

Die Freunde verstummten und wandten ihre Blicke ab.

Dann erklärte Baldur, das sei genau der springende Punkt. Es hätte sich durch die Aufseher herumgesprochen, dass im Keller am meisten los sei. Da würden so viele Geschichten erzählt. Geschichten den lieben langen Tag, bis zum Schlafengehen. An diesem Ort wären natürlich nicht alle erbaulich, aber da sich die Leute nun einmal nicht ändern, wollen sie lieber schlimme Geschichten hören als gute. Und im Keller würde am allermeisten gelacht, sagen die Aufseher, und andererseits seien Güte und Edelmut im dritten Stock auf die Dauer eher trist. Die Aufseher seien froh, wenn sie eine Extraschicht im Keller bekämen.

Die Uhren schlugen sechs. Der Klang war so mannigfaltig, dass es ganz den Anschein hatte, als läuteten sämtliche Kirchenglocken von Reykjavík in das Treibhaus des Botanischen Gartens hinein. Jetzt waren alle im Land frisch gebadet, die Geschenke waren eingepackt, das Festessen war fertig oder so gut wie, Häuser und Wohnungen bis in den hintersten Winkel geschrubbt, alle Portemonnaies leer, Überziehungskredite bis zum Letzten ausgeschöpft, und der wochenlange Wettlauf auf Weihnachten war beendet. Die Einzigen, die nicht daran teilnahmen, waren unmündige Kinder, einige Kriminelle, Tippelbrüder und Greise. Aber genau zu dieser Stunde begann der alte Vernhard mit seinem Wettlauf, oder besser Wettgang, zurück zu seinem Haus am Sunnuvegur. Sonst würde man ihn suchen lassen.

Liebe Freunde, ich muss jetzt los, sagte er zu Sigga, Baldur, Nonni und Ragnar. Ich werde zum Schneehuhnessen abgeholt, und das, wo ich diese Vögel überhaupt nicht mag und es schrecklich finde, sie abzuknallen.

Aber du bekommst bestimmt gute Beilagen, meinte Sigga.

Ja, ich sollte mich eigentlich schämen, erwiderte Vernhard, und danach selbst gemachtes Eis. Und was gibt's bei euch?

Pah, darüber reden wir lieber nicht, sagte Ragnar und inhalierte die Rauchkugel wieder, die er zuvor wie einen Kaugummi aufgeblasen hatte.

Doch, ich möchte gern wissen, was ihr bekommt.

Wir bekommen gar nichts, entgegnete Ragnar bissig. Wenn wir zurückkommen, werden wir sofort aufs Zimmer geschickt und kriegen erst am nächsten Abend was zu fressen. Und zwar Reste.

Aber da ist einer von den Aufsehern, der uns eventuell etwas zuschmuggeln könnte, falls er Wache hat, denn es ist ja Heiligabend. Er ist gegen diese Regeln, dass man nicht zwischendurch mal abhauen darf, um alte Freunde zu treffen.

Das tut mir aber Leid, dass ihr darben müsst, sagte Vernhard.

Pah, uns ist es völlig wurscht, gab Baldur zurück. Und ich habe größte Lust, im nächsten Jahr wieder hierher zu kommen.

Die Freunde waren alle dafür. In der Stunde des Abschieds fehlte nicht viel, und alte Augen wären feucht geworden. Bei

Vernhard war es allerdings nach kurzer Zeit mit der Rührung vorbei, denn er hatte große Mühe, den Rückweg zu bewältigen. Außerdem ging es ihm durch den Kopf, wo er wohl landete, wenn es so weit war. Es war ausgeschlossen, dass er ein so unglaublich guter Mensch gewesen war, dass er zu den opferbereiten Müttern und Feuerwehrleuten in die oberste Etage käme. Parterre war auch nicht wahrscheinlich, denn er hatte sich keine einzelne größere Übeltat zuschulden kommen lassen, sondern eher viele kleinere Dinge. Deswegen wäre es wohl die stinklangweilige erste Etage, die ihn erwartete. Vielleicht wäre es dann besser, sich in den Keller hinunterzulavieren, solange er noch die Chance hatte, die entsprechenden Maßnahmen zu ergreifen. Allerdings stand es nicht sonderlich um seine Kräfte für ausgesuchte Gemeinheiten, gar nicht zu reden von Massenmorden, um an den schlimmsten Ort zu kommen. Er könnte natürlich anfangen, andere anzubrüllen. Aber wen denn? Die Putzfrau? Sigrún im Lebensmittelgeschäft? Und weswegen? Wegen Rosinen, bei denen das Verfallsdatum abgelaufen war? Das Dumme war auch, dass das gar nicht seine Art war. Aber selbst wenn es ihm gelänge, könnte trotzdem alles für die Katz sein. Wahrscheinlich würde es überhaupt nicht registriert, wenn er erst in den letzten Jahren oder Monaten seines Lebens anfinge loszubrüllen. Deswegen würde es nur Scherereien in dieser Welt und keine Belohnung im Jenseits geben.

Er hörte die kleine Magga rufen, als er sich dem Sunnuvegur näherte: Vennopi, Vennopi, komm zum Heiligen Abend!

Sie erreichte den alten Mann vor ihrer Oma und umklammerte sein Bein. Er streichelte ihr über den Kopf und sagte, sie sei sein kleiner Liebling.

Wo treibst du dich denn herum, Papa?, fragte Hekla. Ich habe einen fürchterlichen Schreck bekommen, als du nicht aufgemacht hast.

Völlig überflüssig.

Wo warst du denn eigentlich?

Ich war fertig mit allen Vorbereitungen und bin ein bisschen in den Botanischen Garten gegangen.

Auf was für Einfälle du kommst, ausgerechnet Heiligabend. Musst du dich nicht umziehen?

Ist schon in Ordnung, ich kann gleich so mitkommen. Ich weiß, die Schneehühner dulden keinen Aufschub.

Wir können aber wirklich warten, bis du dich festlich angezogen hast, lieber Papa.

Ich bin immer festlich angezogen. Also beeilen wir uns.

Beilen wir uns, beilen wir uns, echote Magga.

Und damit fuhren sie los zu den Schneehühnern, die Vernhard nicht mochte. Jedes Jahr erklärte er am Heiligen Abend, dass er dagegen sei, diesen schönen und intelligenten Vogel abzuschießen. Aber die Beilagen schmeckten diesmal ungewöhnlich gut. Waldorfsalat, Rotkohl, Johannesbeergelee und glasierte Kartoffeln. Und er sprach Heklas selbst gemachtem Eis ordentlich zu, während er an seine armen Freunde dachte, die ohne etwas zu essen auf der ersten Etage eines ungewissen Ortes hungrig auf der Strafbank saßen.

Am Tag nach Weihnachten lag eine leichte Schneedecke über der Stadt. Als es hell geworden war, machte der Parkwächter eine Runde und bewunderte die weiße Pracht, mit der Bäume und Erde überzuckert waren. Als er den Türknauf des Treibhauses ergriff, stellte er fest, dass es nicht verschlossen war. Er bemerkte Zigarrengeruch und sah die Stummel auf dem Boden neben einer verschlissenen Loftleidir-Tasche. In ihr befanden sich eine karierte Thermoskanne und ein Brot mit geräuchertem Lammfleisch.

Der alte Vernhard vom Sunnuvegur rief am gleichen Tag beim Parkwächter an und erklärte, er sei so vergesslich geworden, dass ihm seine Tasche abhanden gekommen wäre, wahrscheinlich im Botanischen Garten. Der Parkwächter fragte, wann das gewesen sei, aber Vernhard gab vor, so verkalkt zu sein, dass er sich unmöglich daran erinnern könnte, wann er zuletzt dort unterwegs gewesen war, er sei in dem Stadium angelangt, wo es zwischen Weihnachten und Ostern ohne weiteres einen Kurzschluss geben könnte. Aber er sei froh, dass die Tasche gefunden war. Sie wären so lange prima miteinander ausgekommen, und er vermisste sie.

Der Parkwächter fragte höflich nach den Zigarrenstummeln im Treibhaus. Vernhard hatte natürlich keine Ahnung, wo die herkamen, und sagte wahrheitsgemäß, dass er nur zu Hause rauchte, um der Putzfrau Gesellschaft zu leisten, und dann auch nur Zigaretten.

★★★

Willy Josefsson Wie Eis auf dem Wasser

Aus dem Schwedischen von
Gabriele Haefs

Das Auge verfolgte ihn den ganzen Weg lang.

Es saß hinter seinem eigenen Augenlid, und nichts konnte es zum Verschwinden bringen.

Er hielt an und aß eine Pizza. Es war schon dunkel, und das Schneegestöber zwang ihn, langsam zu fahren. Er betrachtete die lange Schlange von Autoscheinwerfern, die sich den Hang hochzog, immer wieder bewegte sie sich so sorglos, als werde sie von einer unsichtbaren Hand gelenkt. Routinemäßig. Alltäglich.

Bald würden einzelne Lichtpunkte aus der Schlange ausscheren und ihre Ziele ansteuern: Vorortvillen, Wohnungen, wartende Familien. Und andere Lichter würden ihren Platz einnehmen, die Leere füllen. Auch das wäre normal, alltäglich. Als sei nichts passiert.

Noch vor ganz kurzer Zeit hatte er selbst dieser anonymen Gemeinschaft angehört. Er versuchte, sich seinen eigenen Wagen in dieser Kette vorzustellen, aber es gelang ihm nicht. Sogar sein Auto hatte die Normalität verlassen. Er würde es waschen und staubsaugen müssen.

Er merkte, dass er auf einem Stück Pizza herumkaute, und sah zu seiner Überraschung, dass er fast die gesamte tomatenrote Füllung verzehrt hatte, ohne auch nur einmal daran zu denken. Die harte Kruste hatte er wie immer am Tellerrand liegen lassen. Aber er konnte sich nicht daran erinnern, wie das passiert war.

Er lehnte sich an die Fensterscheibe, die den hell beleuchteten Fenstertisch von Dunkelheit und Schneegestöber trennte, es war kühl unter seiner Stirn, und er blieb eine Weile so sitzen, als finde er Trost in dieser Kühle.

Für einen Moment stellte er sich vor, dass diese Fensterscheibe ihn von der Welt trennte. Seit er die aufgehackte Stelle auf dem Eis verlassen hatte, umgab ihn ein unwirkliches Gefühl, so als hindere etwas ihn daran, die Dinge in seiner Umgebung zu erreichen. Dann entdeckte er sein Spiegelbild. Er saß so dicht vor dem Fenster, dass seine beiden Augen zu einem einzigen zu verschwimmen schienen, und wieder wurde er von Entsetzen überwältigt.

Das Auge. Er hatte gesehen, wie es gebrochen war, und dabei war ihm aufgegangen, dass dieser Anblick ihn für den Rest seines Lebens verfolgen würde.

Er stand auf und bezahlte. Er hatte den Eindruck, dass die Frau hinter dem Tresen ihn argwöhnisch musterte, aber das war vielleicht nur Einbildung.

Er zwang sich dazu, sich nicht umzudrehen, und versuchte, sich so natürlich wie möglich zu bewegen, als er durch das Lokal und durch die Tür in die Außenwelt ging. Auch diese Tür war aus Glas.

Noch immer trennte ein dünner Film ihn von der Wirklichkeit, als er sich ins Auto setzte. Aber seine Hände wussten, was sie zu tun hatten, sie kannten Routine, Zündschlüssel, Gangschaltung, Lenkrad. Auf irgendeine Weise kam ihm das beruhigend vor, obwohl es beim Eisloch ja auch so gewesen war. Seine Hände hatten gearbeitet, er selbst hatte zugesehen.

Dem Axthieb, der ein singendes Geräusch durch den ganzen Teich geschickt hatte. Dem Wasser, das hochgestiegen war und die Farbe der weißen Adern im Eis verwandelt hatte, von Puderzucker in durchsichtiges Glas.

Die Adern, ja. An die wollte er nicht denken. Jetzt nicht.

Er lauschte den Bewegungen der Scheibenwischer. Sie

mühten sich vergeblich ab, kaum hatten sie die Schneeflocken von der Windschutzscheibe entfernt, schon legte sich eine neue, weiche Flockenschicht darauf und verstärkte sein Gefühl, von der Außenwelt abgeschieden zu sein. Von der Normalität.

Und in diese Lage hatte er sich selbst gebracht. Auf irgendeine unklare Weise war ihm bewusst, dass er das nicht vergessen durfte. Er hatte eine Wahl gehabt.

★

Die Straße ging abwärts, und die Sicht wurde besser. Es schneite nicht mehr, und vor ihm breitete sich plötzlich die Ebene aus; die Lichter der kleinen Dörfer am Ufer funkelten wie die Lampen einer Landebahn. Für einen Moment kam er sich schwerelos vor, und er zuckte vor etwas Unbekanntem zurück, vielleicht vor der neuen Freiheit. Aber dieser Moment war fast sofort wieder verstrichen.

Der Asphalt änderte seine Farbe, er wurde schwarz und stahl ihm das Licht. Er hatte immer noch ein Stück Weg vor sich, er hatte sich die Stelle sorgfältig ausgesucht, und streng genommen war dieses Wetter nur gut für ihn. Es zwang ihn dazu, sich zu konzentrieren und nicht daran zu denken, was draußen im Wald geschehen war. Er hatte die Axt mit in die Tiefe sinken lassen, das war das Einfachste gewesen.

Nur das Auge ließ sich nicht verdrängen. Er wusste, er hätte nicht hinschauen dürfen, aber er hatte nicht widerstehen können. Etwas hatte ihn zum Hinsehen gezwungen. Und genau in dem Augenblick, in dem das Auge gebrochen war, hatte er die wortlose Frage wahrgenommen.

Nur wahrgenommen, nicht gehört.

Oder hatte er sich das vielleicht nur eingebildet? Er riss sich zusammen und wischte sich die Handflächen nacheinander an den Hosenbeinen ab. Der Schweiß schien sich eingefressen zu haben und sich nicht entfernen lassen zu wollen, aber vielleicht war auch das Einbildung. Er fasste das Lenkrad mit neuer Kraft. Jetzt war er frei, und darum war es im Grunde doch die ganze Zeit gegangen.

Der Verkehr wurde dichter, als er sich der Stadt näherte. Die ersten Straßenlaternen tauchten auf und verjagten sein Gefühl von Unwirklichkeit. Ein Bremslicht schrie vor ihm rot auf, als ein Volkswagen weiter vorn die Spur wechselte, aber er war in den Rhythmus hineingeglitten und brauchte nicht einmal nachzudenken. Das war sicher die Lösung, nicht zu denken.

Er lotste sich durch das Gedränge auf den beiden ersten Kreuzungen und durch den Kreisverkehr. Danach hatte er sein Wohnviertel erreicht. Er stellte das Auto an der üblichen Stelle ab und ging dann das kleine Stück zu dem Haus, in dem er wohnte.

Ehe er die Tür erreicht hatte, blieb er wie immer einen Moment stehen und schaute nach oben. Die Balkons hingen wie kleine Badewannen vor den Fassaden, und von hier unten sahen sie umso kleiner aus, je höher er seinen Blick wandern ließ. Aber er brauchte die Stockwerke nicht mehr zu zählen, um zu wissen, in welchem er wohnte. Mit den Jahren hatte er die Proportionen des Hauses kennen gelernt.

Er fuhr mit dem Fahrstuhl nach oben und spürte zum ersten Mal, dass er nun endlich allein war. Am nächsten Morgen würde er den Wagen waschen, und danach könnte sein neues Leben beginnen. Er würde nicht zurückblicken.

Er schloss die Wohnungstür hinter sich ab und trat ans Fenster. Unten im Park sah er den angestrahlten Weiher, der ihn zuerst auf die Idee gebracht hatte. Das vereiste Oval warf einen matten Glanz über das es umgebende Dunkel. In der Mitte des Weihers bewegten einige Graugänse sich unaufhörlich, um das Wasser über einem langsam schrumpfenden Loch offen zu halten. Trotz ihrer Anstrengungen war nur noch ein kreisrunder dunkler Fleck in der weißen Ellipse zu sehen.

Lange blieb er stehen und schaute auf diese Figur hinunter. Sie hatte etwas Vages, was er nicht definieren konnte, was ihn an etwas erinnerte, woran er nicht erinnert werden wollte.

Erst als er die Lampe gelöscht hatte und unter der Bettdecke lag, gewann das Bild an Bedeutung. Er ging zum Fenster und schaute hinaus, aber die Laternen dort unten waren inzwischen gelöscht, und er konnte nur eine diffuse weißliche Rundung zwischen den Parkbäumen erkennen.

★

Das schrille Signal traf mit dem trüben Morgenlicht zusammen. Er begriff nicht, wer in dieser Frühe an der Tür klingeln mochte, und sein Magen war plötzlich eiskalt. Er staunte darüber, dass die Angst ihm wie Eis vorkam und ihn nicht wie sonst in Schweiß ausbrechen ließ.

Aber es wurde nicht noch einmal geschellt. Er hielt den Atem an und spürte, wie die Kälte in seinem Magen langsam schmolz, dann stand er auf und ging ans Fenster.

Unten war kein Mensch zu sehen, nur die Enten bewegten sich weiterhin in der Pupille des großen Auges, das zu ihm hochschaute. Er wartete eine ganze Weile und versuchte, nicht in ihre Richtung zu sehen. Als nichts passierte, ging er zögernd in die Diele.

Die Morgenzeitung lag vor der Tür, zusammen mit der Mitteilung, dass sie leider zu spät geliefert worden war. Er blieb stehen und betrachtete den schwarzen Namenszug der Zeitung, und die Kälte stellte sich wieder ein.

Jemand wusste Bescheid. Vielleicht stand es ja schon in der Zeitung.

Er ließ sie auf dem Boden liegen und ging zurück ins Bett. Er versuchte nachzudenken, aber seine Erinnerung wollte ihm nicht gehorchen. Es hatte geschneit, das wusste er. Er wusste noch, dass er das zufrieden registriert hatte, nun würden seine Spuren verwischt werden.

Er versuchte, alles Schritt für Schritt durchzugehen, sah aber nicht klar. Er hatte sich die Sache schon so oft vorgestellt, dass die verschiedenen Versionen – die erdachten und die tatsächliche – ineinander übergingen. Die Autofahrt, der Vorwand, warum er über den Waldweg fuhr. Der Grund, den er sich ausgedacht hatte, damit sie am See in die Hocke ging.

Er hatte sich sogar mehrere Varianten für alles vorgestellt, was schief gehen konnte. Nur mit dem dünnen Eisfilm über der Pupille und der darunter befindlichen Tiefe hatte er nicht gerechnet.

Er wusste, dass alle Fehler begehen, und das war seiner gewesen: ihr ins Auge zu schauen.

Und was war danach passiert?

Das wusste er nicht. Vielleicht war er gesehen worden.

Er war plötzlich unsicher. Es gab irgendwo in der Handlungskette eine leere Stelle, einen weißen Fleck, den er nicht füllen konnte.

Er hatte seinen klaren Blick verloren, hatte sich die Sache zu nahe gehen lassen. Vielleicht hatte er auch noch andere Fehler begangen.

Die Unruhe trieb ihn wieder ans Fenster, aber sein Blick wollte nur an dem fast zugefrorenen Weiher haften bleiben.

Abrupt kehrte er diesem Anblick den Rücken zu. Aber er schien seine Gedanken an sich zu ziehen und ihn daran zu hindern, diese selbst zu lenken.

Er ging ins Nachbarzimmer und machte das Radio an, schaltete es aber fast sofort wieder aus.

Er blieb mitten im Zimmer stehen und horchte auf die Stille, sie kam ihm anders vor, jetzt, wo sonst niemand in der Wohnung war, unbeweglich und Geborgenheit schenkend.

Wie Eis auf dem Wasser, dachte er, ohne wirklich zu wissen, warum.

Er blieb vielleicht eine halbe Stunde so stehen, dann riss er sich zusammen. Der Wagen musste gesaugt und gewaschen werden. Das war als Allererstes zu erledigen.

Während er sich anzog, ging er alles noch einmal durch, aber der weiße Fleck war noch immer vorhanden. Vielleicht hatte er am Eisloch etwas getan, woran er sich nicht erinnern konnte. Vielleicht aber auch nicht.

Er ging die Treppe hinunter, konnte sich aber von seiner bohrenden Unruhe nicht befreien. Und nun war er auch unsicher, was den restlichen Handlungsverlauf betraf, den er doch so gut unter Kontrolle geglaubt hatte.

War an dem Waldsee überhaupt etwas passiert? War er denn wirklich dort gewesen?

Die Angst stellte sich wie ein Sog wieder ein. Für einen Moment hatte er das Gefühl, zwischen zwei Wirklichkeiten zu schweben und jederzeit dazwischen in ein Vakuum stürzen zu können.

Er versuchte, dieses erstickende Gefühl abzuschütteln, und atmete in der kalten Luft tief ein, sowie er vor der Tür stand. Sein Atem wurde zu Rauch, als er ihn wieder ausstieß, und er lief mit raschen, ängstlichen Schritten zum Parkplatz.

Der Wagen stand immerhin an der Stelle, wo er ihn abgestellt zu haben glaubte. Für eine Sekunde war er erleichtert, dann ging ihm auf, dass das nun wirklich kein Beweis für irgendetwas sein konnte.

★

Eine neue Glaswand trennte ihn vom Wagen, während die rotierenden Bürsten ihr ruckartiges Programm durchliefen. Er hatte sich für das teuerste entschieden, mit Unterspülung und Wachs, und die Frau, die die kleine Plastikmarke für den Waschautomaten herausgesucht hatte, hatte ihn wie einen

Bekannten angelächelt; zu spät war ihm aufgegangen, dass sie ihm am Vorabend die Pizza serviert hatte.

Er wusste nicht, warum er zu der Raststätte oben auf der Anhöhe zurückgefahren war. Die während der Nacht zugeschneiten Reifenspuren und die weiße Schneedecke auf dem Wagendach hatten den Wagen aussehen lassen, als stände er seit Tagen auf dem Parkplatz, und wieder war dieses Gefühl von Unwirklichkeit über ihn gekommen. Etwas anderes als sein Wille hatte ihn aus der Stadt und auf die kurvenreiche Landstraße hinausgetrieben.

Vielleicht hatte er die Vorstellung gehabt, seine Erinnerung werde sich klären, wenn er denselben Weg nähme wie am Vortag. Aber die leere Stelle gab nicht nach, er hatte eher das Gefühl, dass sie noch wuchs. Sosehr er sich auch anstrengte, er konnte sich nicht am See sehen oder das Gewicht der Axt in den Händen spüren; die Bilder in seiner Erinnerung schienen immer unzuverlässiger zu werden und sich mehr und mehr mit seiner Einbildung zu vermischen, je näher er der Abzweigung im Wald kam.

Aber an die Frau von der Tankstelle konnte er sich erinnern. Sie hatte ihn argwöhnisch angeschaut, das wusste er jetzt wieder, aber er wusste nicht, was er selbst gesagt oder getan hatte. Auf irgendeine Weise musste er ihre Aufmerksamkeit erregt haben, er wusste nur nicht, wie.

Er starrte die schmutzige Glaswand an, und wieder meldete die Angst sich zu Wort; war seine Tat ihm vielleicht anzusehen?

Er fuhr zusammen, als die durchsichtige Wand plötzlich zusammengefaltet und von einer Stahlkonstruktion hochgehoben wurde, die unter der Decke der Waschanlage verlief. Das Auto stand blank und sauber vor ihm, und Feuchtigkeitsperlen glitzerten auf dem frisch gewaschenen Lack, aber seltsamerweise fühlte er sich bei diesem Anblick noch viel weniger wohl in seiner Haut.

Er fuhr den Wagen aus der Halle und setzte dann in den nächsten Raum zurück. Ein dicker grauer Schlauch, der ihn an einen Elefantenrüssel erinnerte, war an der einen Querwand an einem Stativ befestigt. Für den Staubsauger brauchte er ganz besondere Marken, und für einen Moment spielte er mit dem Gedanken, auf alles zu pfeifen. Aber dann dachte er an seinen Plan, den er einfach befolgen musste, und deshalb zwang er sich dazu, wieder zu der Frau zurückzugehen.

Als er das Geld auf den Tresen legte, lächelte sie ihn zum zweiten Mal an.

«Und sonst haben Sie nichts vergessen?»

Sie hatte kurz geschnittene, blonde Haare und eine Lücke zwischen den Schneidezähnen. Er wusste nicht, warum, aber das stürzte ihn in Verlegenheit, und deshalb fiel ihm einfach keine Antwort ein.

★

Der graue Schlauch hatte kein Mundstück und hinterließ auf dem Wagenpolster breite Ränder. Das Saugen verursachte ein gurgelndes Geräusch, und plötzlich stellte er sich vor, wie der Staubsauger mit jeder Spur, die er tilgte, auch ein Stück Wirklichkeit wegnahm.

Er machte einen weiteren Versuch, sich zu erinnern, aber das gelang ihm nicht, nicht einmal wenn er die Augen zusammenkniff, sah er ein anderes Bild als ein Auge, das mit einem ovalen Weiher verschwamm, auf dem einige Enten sich ruhelos in etwas bewegten, was ihn an eine brechende Pupille erinnerte.

Er wusste nicht, wie lange er mit geschlossenen Augen dagestanden hatte, als er plötzlich das sichere Gefühl hatte, beobachtet zu werden. Er riss die Augen auf, wobei er noch immer das Bild des Weihers vor sich sah. Für einen Moment schaute er zu seiner Verwirrung in eine glasige Pupille, die zurückstarrte, als hätte die Kraft seiner Gedanken sie an die graue Zementmauer projiziert.

Dann ging ihm plötzlich auf, dass es sich bei dem runden Glasauge an der gegenüberliegenden Wand um die Linse einer Überwachungskamera handelte, und nun stellte sich das eisige Gefühl im Magen wieder ein.

Jemand sah ihn. Vielleicht die Frau; vielleicht hatte sie sogar erraten, was er hier wegzuwaschen versuchte.

Er bemühte sich zu erinnern, wie er sich verhalten hatte, aber das war ebenso unmöglich, wie noch zu wissen, was am Vortag im Wald wirklich passiert war. Er kam sich vor, als teile er sich auf seltsame Weise zwischen zwei Wirklichkeiten, und wenn er versuchte, die eine auszuwischen, dann verschwand er auch aus der anderen.

Die Kälte in seinem Bauch saugte alles Blut aus seinem Kopf. Das Denken fiel ihm schwer, aber ihm war plötzlich klar, dass er keine Wahl hatte. Er musste sich Klarheit verschaffen, alles andere konnte warten.

Er hängte den grauen Elefantenrüssel zurück, die Marke war noch nicht aufgebraucht, und der Schlauch saugte noch immer Luft in sich hinein, aber ihm war das egal. Das Gefühl, von etwas anderem gelenkt zu werden als von seinem Willen, überkam ihn ein weiteres Mal. Er kam sich vor wie zum gedankenlosen Handeln programmiert. Oder genauer gesagt, seine Angst schien ihm keine andere Möglichkeit zu lassen.

Er versuchte, nicht zum Auge an der Wand hinüberzusehen, als er sich hinter das Lenkrad setzte und den Wagen anließ. Doch erst als er die Straße erreicht hatte und auf der anderen Seite den Hang hinunterfuhr, fühlte er sich nach und nach wieder normal.

Aber was war eigentlich normal? Die Abzweigung tauchte auf wie eine Kerbe im Waldrand; als er abbog, sah er sofort, dass seit dem Vortag niemand mehr hier gewesen war. Der

Schnee lag unberührt vor ihm, und die Tannen standen dunkel und starr da und drängten sich immer dichter zusammen, je weiter der Weg sich verengte.

Auch den nächsten Weg zu finden war kein Problem. Bisher waren seine Wirklichkeiten noch nicht voneinander getrennt. Die Geographie war in seiner Einbildung dieselbe wie in der Realität. Er ließ den Wagen am Ende des Forstweges stehen und trat auf die kleine Lichtung hinaus. Diese war nur wenige Meter breit, doch jemand, der noch nie dort gewesen war, konnte nichts von dem schwarzen See wissen, der sich hinter der flachen Steinkuppe am Ende des offenen Geländes verbarg.

Er bog um die dicht stehenden Tannen, die den Weg zum Wasser versteckten. Jetzt befand er sich in der Wirklichkeit. Gelbe, verwelkte Grashalme ragten wie eine brüchige Barriere vor ihm auf. Als er diese Sperre durchbrach, knisterten sie wie vertrocknetes Papier, und er kniff angesichts der weiten Eisöde auf dem anderen Ufer die Augen zusammen, obwohl die frühe Dämmerung die Umrisse der drüben stehenden Bäume bereits verwischte.

Er blieb einen Moment stehen, um sich zu orientieren, doch ein kleiner dunkler Fleck in der weißen Weite sagte ihm alles, was er wissen musste. Eine eigentümliche Mischung aus Angst und Eile überkam ihn. Dieses Gefühl wuchs, als er durch den Neuschnee lief, aber etwas zwang ihn weiter, obwohl etwas anderes ihn zurückhalten wollte.

Als er nur noch einige Schritte von der dunklen Stelle entfernt war, blieb er stehen, um Atem zu holen; er erkannte die Form des Loches, das er gehackt hatte, und begriff, dass es erst nach dem Schneefall zugefroren war. Das neue Eis war schwarz wie das Wasser des Sees, doch an einem Rand leuchtete etwas Weißes, und noch ehe er sich vorgebeugt und nachgesehen hatte, wusste er, was es war. Danach übergab er sich.

Ihr Gesicht war in dem durchscheinenden Eis festgefroren

und schimmerte ihm entgegen wie eine groteske Ikone. Die Augen waren halb aus ihren Höhlen gequollen und schauten unnatürlich vergrößert ins Nichts. Die Lippen hatten sich zu einem Wolfsgrinsen mit gebleckten scharfen Zähnen geöffnet, und um die eingesunkenen Wangen schwebten die weißen Haare wie ein gefrorener Heiligenschein.

Er blieb stehen und wusste nicht, wie viele Minuten verstrichen, vielleicht waren es ja Stunden. Dann senkte sich die Dunkelheit, und plötzlich hatte er es eilig. Er fühlte in seinen Taschen nach. Dort fand er zwar nur das Schlüsselbund, aber das war gut genug. Er zwang sich niederzuknien und zerkratzte das blanke Eis, bis das Gesicht durch die weißen Risse nicht mehr zu sehen war. Dann sammelte er sein Erbrochenes zu einem großen Schneeball, den er mitnahm, damit die Vögel keine Aufmerksamkeit auf das jetzt unsichtbare Eisloch lenken konnten. Mit langsamen Schritten folgte er seinen Fußspuren, die als gerade Linie in die Richtung führten, aus der er gekommen war.

Er dachte an die Axt und begriff, dass diese sich von den Kleidern gelöst haben musste, sodass der Leichnam nach oben getrieben war. Aber diesmal wollte er ganz sorgfältig vorgehen und keine weiteren Fehler machen.

Als er sich des Balls aus Erbrochenem entledigt hatte, brach er einen kräftigen Tannenzweig ab und verwischte damit seine Spuren. Bei dem gespenstischen Grab blieb er stehen und überzeugte sich ein letztes Mal davon, dass er das neue Eis ebenso weiß zerkratzt hatte wie das alte drum herum und dass von der Toten nichts mehr zu sehen war. Dann ging er langsam rückwärts zum Ufer zurück und verwischte seine Spuren. Dabei musste er sich bücken; das war anstrengend, und er musste mehrere Ruhepausen einlegen.

Er setzte seinen Krebsgang auch über die kleine Lichtung hinweg fort, bis er sein Auto erreicht hatte. An den Reifenspuren konnte er nicht viel ändern, aber solange niemand das Eisloch entdeckte, brauchte er sich keine Sorgen zu machen, bald würden sie entweder verschneit oder weggetaut sein. Er stieg ins Auto und wischte seine letzten Fußabdrücke weg, dann warf er den Tannenzweig in den Schnee.

Eine seltsame Ruhe erfüllte ihn; die Anstrengung schien all seine Unruhe vertrieben zu haben. Aber vielleicht war es ja auch die Bestätigung, dass das, was in seinen Gedanken herumspukte, auch wirklich geschehen war.

Jetzt stand nur noch eines aus. Die Frau in der Raststätte hatte ihn angelächelt, und er wusste noch genau, wie sie ihn gefragt hatte, ob er nichts vergessen habe.

Und da hatte er begriffen, was sie damit andeuten wollte. Nur war er zu dem Zeitpunkt verwirrt gewesen, jetzt aber war er wieder klar im Kopf. Jetzt wusste er, was sie gemeint hatte.

★

Er ließ den Wagen an und legte im Schnee eine Rallyedrehung hin. Die Reifen hinterließen einen deutlichen Kreis, aber das spielte keine Rolle; es sah nur aus, als sei jemand bis zum Ende des Weges gefahren und habe dann in der Erkenntnis kehrtgemacht, dass es hier nicht weiterging.

Es war dunkel, genau wie beim ersten Mal, aber er fuhr trotzdem schnell. Er konnte nur hoffen, dass die Frau noch immer da war, er hatte keine Ahnung, welcher Dienstplan in einer Tankstelle mit Imbiss gelten mochte.

Er hielt genau hinter der Einfahrt und legte den Weg zum Hauptgebäude zu Fuß zurück. Dort trat er in den Schatten, um nicht gesehen zu werden, und schaute zum hell erleuchteten Tresen hinüber. Sofort sah er ihre blonden Haare, aber sie war mit einem Kunden beschäftigt, und er beschloss zu warten, bis sie wieder allein war.

Er ging zurück und setzte sich ins Auto. Es konnte dauern, aber er hatte es nicht eilig: jetzt nicht mehr.

Er kniff die Augen zusammen und sah das Auge nicht mehr. Er sah das Lächeln der Frau und den Mund, der die Frage formte, ob er nichts vergessen habe, wieder und wieder.

Er wusste nicht, wie lange er schon hier saß. Er dachte an die Freiheit, um die es doch im Grunde immer ging. Er dachte an die anderen, die es auf ihn abgesehen hatten.

Das hatte er gehört und verstanden, und er hatte nicht vor, auch nur das Geringste zu vergessen.

★

Als er die Augen öffnete, sah er sie. Sie ging über den verschneiten Rasen, und ihre hellen, kurz geschnittenen Haare glänzten im Schein der Lampen.

Er hatte Glück, sie kam in seine Richtung und steuerte den kaum sichtbaren Fußweg an, der sich an der einen Seite des Hangs hinunterschlängelte. Er blieb bewegungslos sitzen und wartete, bis sie von der Dunkelheit verschluckt worden war, dann stieg er aus dem Wagen. Er wusste, was er zu tun hatte.

Er nahm den Hammer aus dem Handschuhfach und folgte ihr in die Schatten.

★★★

Karen Fastrup Wintersonnenwende

Aus dem Dänischen von
Gabriele Haefs

Marie hatte die Geschichte schon gehört, ehe sie eingezogen waren. Edith und Ruth hatten allerlei Bruchstücke gebracht, und als Marie sich im Haus an den Umzugskartons zu schaffen machte, setzte sie sich, um die ganze Geschichte zu erfahren. Die Geschichte von Willum draußen im Wald.

Marie hockte vor dem Wohnzimmerregal vor einem Karton. Sie nahm die Bücher heraus, blies darauf, sodass der Staub aufstob, und öffnete eins nach dem anderen. Dann roch sie daran. Ovids Metamorphosen dufteten fast nach frisch gehacktem Holz, während das kleine rote Hamsun-Buch muffig roch, wie Wäsche, die zu lange in einem feuchten Kleiderschrank gelegen hat.

Sie hörte Fahrräder, die draußen durch den Knies fuhren, und erhob sich, um zu sehen, wer da kam. Es waren Mads und Kirstine. Mads fuhr zu schnell, und sein Rad wäre draußen im Schlamm fast umgekippt. Marie rückte Laus Gewehr gerade. Er hatte es im Windfang aufgehängt. Genau dort, wo Willums gehangen hatte.

Dann wurde die Tür aufgerissen, und Mads kam hereingestürzt. Seine struppigen blonden Haare waren unter der umgedrehten Schirmmütze fast versteckt.

«Hallo, Mutter», sagte er und ließ seine Tasche auf den Boden fallen. «Wir haben Hunger.»

«Hallo, Marie», sagte Kirstine.

Ihre langen dunklen Haare fielen in nassen Bahnen über ihre Schultern.

«Seid ihr nass geworden?», fragte Marie.

Mads war schon in die Küche gelaufen. Er stand vor dem offenen Kühlschrank und suchte sich etwas zu essen.

«Nur hungrig», rief er.

Kirstine lächelte.

«Hat er immer schon solchen Hunger gehabt?», fragte sie.

«Damit hat er erst mit zwölf Jahren angefangen.»

★

Die Wolken schoben sich zusammen, und ehe die Dunkelheit den Wald ganz und gar umschlingen könnte, würde es schneien. Es war schon viel Schnee gefallen, wie glitzernder Puder bedeckte er den ganzen Waldboden. Er lastete auf den Tannen und legte sich als weiße Glasur auf die Buchenzweige.

Weiter hinten am Waldweg lag das Forsthaus. Vor dem Haus zogen die Wiesen sich als weiße Flächen dahin, nur von Holunder- und Weißdornbüschen durchbrochen, die die Flurgrenzen aufzeigten. Unten an einem Hang lag unter einem Eisschild ein See. Das Wasser funkelte schwarz in einer offenen Rinne mitten auf dem See.

Das Strohdach war vom Schnee bedeckt, und unter der Dachtraufe hingen Eiszapfen. Sie reichten bis zu den Fenstern, die dermaßen von Eisblumen überwuchert waren, dass man fast nicht ins Wohnzimmer hineinschauen konnte, man ahnte nur das Licht, das sich durch die Eiskristalle an der Fensterscheibe drängte.

In der Küche hatte Ena den Teig für die Weihnachtsbäckerei angerührt. Sie zog das Tuch vom Teigtrog und warf es über den Brennholzkasten, dann verteilte sie mit geübten Händen den Teig auf dem Tisch. Sie knetete die Luft heraus und teilte ihn in kleine und große Kugeln. Manche wurden platt gepresst, andere zu Würsten gerollt, die sie flechten und als Beine für den Weihnachtsbock nehmen konnte. Als sie fünf ansehnliche Böcke geformt hatte, streute sie Mehl auf das Backblech und hob den größten Bock darauf.

Willum war noch nicht aus dem Wald zurückgekommen.

★

Marie schob die Tastatur fort und ließ sich im Sessel zurücksinken. Ihr Nacken tat weh. Und ihre Schultern. Sie erhob sich und ging ins Badezimmer. Hier knöpfte sie ihre Hose auf und setzte sich auf die Toilette, schaffte es aber doch nicht zu pissen. Um die Sache in Gang zu bringen, streckte sie die Hand über das Waschbecken aus und drehte den Wasserhahn auf. Dabei stieß sie die Büchse mit dem Rasierschaum und den Rasierer um. Sie fluchte und ärgerte sich noch einmal darüber, dass Mads und Lau sich nicht darauf einigen konnten, was sie benutzen wollten, Rasierapparat oder Nassrasierer. Lau nahm den Rasierapparat, weil das leichter war. Mads zog Nassrasur vor, das fand er männlicher.

Als Marie aufgeräumt hatte, setzte sie sich wieder an ihren Computer.

★

Ena hob den Deckel ab, und der Geruch von Huhn und Suppenkräutern schlug ihr entgegen. Der Dampf legte sich wie eine feuchte Haut über ihr Gesicht.

Als sie hörte, wie Schnee von Stiefeln geschlagen wurde, richtete sie sich eilig auf und horchte. Sie kratzte ein Loch in die Eisblumen auf der Fensterscheibe und starrte hinaus in die Dunkelheit. Aber sie sah zwischen den Eiskristallen nur einen flüchtigen Eindruck ihrer selbst.

Also war Willum noch immer draußen.

★

Der Regen schlug gegen die Scheiben. Es regnete schon seit fünf Tagen, und der Boden war zu einer einzigen Schlammpfütze geworden. Sie fuhren mit ihren großen Grabmaschinen hin und her, und die Reifen zerpflügten den Weg. Ein Gelände im Norden des Moores Sortemosen sollte umgebrochen werden. Lau war hingegangen. Obwohl es ihn ärgerte, wenn so viel Wald auf einmal gefällt wurde. Der Wald jammere, behauptete er.

★

Ena ging ins Wohnzimmer und legte noch ein Birkenscheit ins Feuer. Der Tisch war gedeckt. Für sie und Willum. Und das Wohnzimmer war geschmückt mit Äpfeln an einer Schnur, mit mit Nelken besteckten Apfelsinen, mit aufgehängten Kringeln und Tüten aus dickem buntem Papier.

Noch immer konnte sie Willum nicht hören. Sie hörte nur den Wind, der vom Wald her zum Haus hinüberwehte. Und als es acht Uhr geworden, als die Hühnersuppe gekocht und alle Weihnachtsböcke fertig waren, aß Ena.

★

Mads und Kirstine hatten Lasagne gemacht. Marie hatte Brot gebacken. Sie saßen alle vier in der Küche. Die Kerze, die als Adventskalender eingeteilt war, brannte. Sie hatten drei Tage lang vergessen, sie anzuzünden.

«Dieser Regen», sagte Mads und schaute aus dem Fenster.

Er rutschte auf seinem Stuhl hin und her. Sein Körper war fast ausgewachsen und hatte Ähnlichkeit mit dem von Lau. Nur war er viel rastloser.

Kirstine lächelte über diese Unruhe. Ihr Körper war fast wie der einer Schlafenden.

«Ja», sagte sie kurz danach. «Zu Weihnachten sollte es nicht regnen.»

Lau streichelte ihre Haare. Marie lächelte ihn an. Sie hatten nie ein Mädchen bekommen, und Marie wusste, dass Kirstine für Lau wie eine Tochter war.

«Mutter, warum vergeudest du so viel Zeit mit diesem Willum?», fragte Mads.

Lau lachte.

«Mutter ist insgeheim besessen von dem alten Förster», sagte er.

Auch Marie lachte.

«Aber Lau ist doch auch Förster», sagte Kirstine.

«Von ihm bin ich ja auch besessen», sagte Marie. «Aber sie haben auch Ähnlichkeit miteinander, Lau und Willum.»

Lau schaute auf

«Beide sind vom Wald besessen», sagte Marie.

«Ich dachte, du seist hier die Besessene», sagte Lau.

★

Am nächsten Tag tauchte Willum auf. Unrasiert und mit vom Wind zerzausten Haaren. Er hängte den Fasan, den er an einer Schnur über der Schulter getragen hatte, an den Haken unter dem Giebel. Er schlug sich am Stein vor der Tür den Schnee von den Stiefeln, während Äsop bellend seine Beine umsprang.

Willum stellte Jagdtasche und Gewehr im Windfang ab und setzte sich auf den Hocker, der in die Ecke hinter der Tür geklemmt war. Ena fiel vor ihm auf die Knie, um ihm die Lederstiefel auszuziehen. Er lehnte an der Wand und betrachtete ihre Bewegungen und ihr von der Anstrengung gerötetes Gesicht. Enas Hände waren breit und stark, aber die Stiefel waren nass und klebten an Willums Waden. Er beugte sich vor und ließ seine Finger unter ihr Kinn gleiten, dann schob er ihre Hände beiseite und befreite sich selber von den Stiefeln.

Ena machte für Willum Wasser heiß, damit er sich den Wald abwaschen konnte. Er zog sich aus und legte seine Kleidung auf den Küchenboden. Ena hob das Kleiderbündel auf und goss das kochend heiße Wasser in die Waschschüssel. Als der Eimer leer war, ging sie nach draußen, um mehr zu holen. Willum beugte sich in den Dampf über der Schüssel, zog die Wasserpartikel tief in seine Lunge und spürte, wie die Wärme sich in seinem Körper ausbreitete. Während er die Unterarme mit Schaum vom Seifenblock einrieb, ließ Ena draußen den Eimer in den Brunnen hinab. Als er voll war und sie ihn wieder hochgezogen hatte, bückte sie sich durch die Luke über den Brunnen, um ihn herauszunehmen. Willum sah sie an. Ihre Hüften wurden breiter, wenn sie sich vornüberbeugte. Ena nahm den Eimer vom Haken. Ihre Wangen glühten. Sie sah Willum an. Durch das Fenster. Er beugte sich über das heiße Wasser und wusch sich das Gesicht.

★

Ruth stellte ihre Puch Maxi mit dem grünen Milchkasten auf dem Gepäckträger ab und klopfte an. Marie fluchte und bat sie herein.

Ruth hatte Brüste, die sich bewegen konnten. Obwohl sie aus jeder Brust den Gegenwert von zwei Pfund Butter hatte entfernen lassen, waren sie doch immer noch so groß, dass ihr Gewicht ihren Nacken verspannte.

Ruth erzählte, wie das Haus früher ausgesehen hatte. Mit der kleinen Küche, in der der Backofen in den Schornstein eingebaut gewesen war, dem kleinen Windfang und dem Nebenhaus, in dem die Förster früher Schweine und Ziegen untergebracht hatten. Jetzt gab es dort nur noch Fahrräder.

Ab und zu schloss sie die Augen und hob die Brauen, als versuche sie, damit ihre Augenlider hochzuziehen. In den langen Pausen, die sie in ihrem Wortschwall einlegte, vor allem dann, wenn er auf einen Höhepunkt zuging, zog sie mit einem Ruck die eine Brust hoch.

Sie erzählte von Willum, der im Wald unterwegs gewesen war. Und von Ena und von Linka. Inzwischen kochte Marie Kaffee.

«Warum war er so viel im Wald?», fragte sie.

Ruth hob ihre eine Brust.

«Na ja, das ist eben eine Geschichte», sagte sie.

★

Willum ging durch den Wald. Der Geruch von Wurzeln und Moos war verschwunden, jetzt, wo der Schnee alles umhüllte, und der Frost setzte sich bei jedem Atemzug in seiner Nase fest und klebte seine Nasenlöcher zusammen. Die Wolken, die viele Tage hindurch den Himmel verdeckt hatten, waren fortgezogen, und an ihrer Stelle erhob sich der Himmel frostblau über ihm.

Äsop blieb stehen und witterte. Willum kniete neben dem Hund nieder.

«Was witterst du da, Äsop?», flüsterte er ins Ohr des Hundes.

Äsop fiepte.

«Rehe?», flüsterte Willum und stand auf.

Er verließ den Wildwechsel und ging durch das Unterholz weiter, wobei Äsops angespannter Körper sein Bein streifte. Starre Brombeerranken streckten sich über den Boden, packten das Fell des Hundes und zerkratzten die Stiefel des Mannes. Nach einem Windstoß ließ eine Tanne ihre Schneehaut auf sie herabrieseln.

Plötzlich hielt Äsop inne. Willum sah sich um. Auf dem Hügelkamm vor ihnen stand eine Hirschkuh. Mann und Hund bewegten sich lautlos vorwärts. Als sie endlich auf Schussweite herangekommen waren, strich Willum Äsop ganz leicht über den Rücken, und das Tier stand still. Willum legte das Gewehr an die Wange, zielte und schoss.

Als sie die Hirschkuh erreichten, lag sie still im Schnee. Das Blut sickerte aus dem Einschussloch in ihrem Hals. Es strömte über das Fell, das dunkel und klebrig wurde, und tropfte dann in den Schnee, der die rote Farbe aufsaugte wie Baumwollstoff in einer Färberwanne.

Willum zog sein Messer aus der Scheide und schnitt die Bauchhöhle so weit auf, dass er einen Arm hineinstecken konnte. Dann nahm er abwechselnd das Messer und die bloße Hand, um das Herz aus dem dampfenden Tier zu reißen. Das Herz glitzerte in seiner Hand, als er es vor Äsop in den Schnee gleiten ließ, und Äsop fiepte aufgeregt, streckte sich aus, legte beide Pfoten auf den roten Muskel und riss Fleischfetzen heraus, die er dann in ruckhaften Bewegungen hinunterschlang. Willum band derweil ein Seil um Vorder- und Hinterläufe und warf sich das Tier über die Schultern.

Gefolgt von Äsop und mit dem schweren Tier auf Schultern und Nacken, stieg er dann den Hang hinunter. Bald fand er einen Wildwechsel, dem er durch den dichten Wald folgen konnte. Nachdem sie einige Zeit durch den Wald gegangen waren, wo es so still war, als gingen sie unter Wasser, knurrte Äsop leise, und eine Schnepfe jagte verängstigt aus ihrem Schlupfwinkel unter einer Tanne hervor.

«Äsop!», rief Willum.

Sofort hielt der Hund inne.

«Wir haben genug!»

Als Willum bald darauf den Weg erreichte, hörte er auf dem gefrorenen Boden die dumpfen Schläge von Pferdehufen. Und bereits nach kurzer Zeit galoppierte ein Pferd, schweißglänzend und mit irren Augen, an ihm vorbei. Sein weißer Atem ragte wie zwei Kegel aus seinen Nüstern.

Sein Sattel war leer.

Äsop bellte. Willum ging weiter über den Weg in Richtung Forsthaus. In die Richtung, aus der das Pferd gekommen war. Als er ein Stück weit gegangen war, sah er eine Frau. Sie hinkte. Ihre Kleidung war schwarz und zerfetzt, ihre Haare hingen in dunklen Bahnen über ihre Brust und Schultern.

Äsop zitterte.

«Ruhig», flüsterte Willum.

Die Frau blieb stehen. Willlum aber ging weiter auf sie zu, mit der Hirschkuh über dem Nacken und dem neben ihm herspringenden Äsop.

«War das Ihr Pferd?», fragte er.

Die Frau nickte.

«Haben Sie sich verletzt?»

«Am Fuß», sagte sie.

Willum kniete nieder. Noch immer mit der Hirschkuh auf den Schultern. Und hob den Saum ihres Reitkleides. Die Frau wich zurück. Willum schaute verärgert zu ihr hoch.

«Lassen Sie mich Ihren Fuß sehen», sagte er.

Die Frau stellte den Fuß vor ihm auf den Boden. Willum bewegte ihn hin und her und drückte darauf herum wie auf einer von Äsops Pfoten. Sie stöhnte auf.

«Kommen Sie mit», sagte Willum und erhob sich unter seiner Last.

Er ging weiter über den Weg, der zum Forsthaus führte, und Äsop folgte ihm. Die Frau aber blieb stehen. Willum sagte nichts mehr. Und langsam wuchs die Entfernung zwischen ihnen.

Doch als er das Haus fast erreicht hatte, setzte die Frau sich humpelnd in Bewegung.

Willum hängte die Hirschkuh neben den Fasan an den Jagdhaken, setzte sich auf den Hocker im Windfang und wartete auf Ena. Als die ihn von dem einen Stiefel befreit hatte, wurde an die Tür geklopft.

Die Frau stammte aus einer Landfahrerfamilie. Sie hieß Linka. Und ihre Kleidung stank nach Feuchtigkeit und Tieren. Ena half ihr beim Ausziehen, um sie zu waschen. Linka lag derweil hinten im Wohnzimmer in Willums Alkoven. Willum hatte sich den Fuß angesehen, und Ena hatte ihn mit langen Streifen aus Baumwollstoff umwickelt. Auf Willums Anweisung hin.

Der Gestank hing nicht nur in der Kleidung. Also machte Ena noch mehr Wasser heiß und seifte Linka ein. Willum wanderte derweil im Wohnzimmer hin und her.

Als die Tür sich öffnete und die Frauen eintraten, blieb er stehen. Linkas Haare glänzten schwarz und nass. Ena hatte ihr eines ihrer eigenen Leinenkleider gegeben. Es spannte über Brust und Hüften.

Willum ging hinaus und holte den Fasan. Ena rupfte ihn und briet ihn dann. Aber sie wollte nicht in der Stube essen. Sie konnte eine Landfahrerin zwar waschen, aber nicht mit ihr zusammen essen.

Willum schaute sie an.

«Ihre Arme waren mit dem Blut von krepierten Pferden besudelt», rief Ena.

Willum sah sie an.

«Und sie tanzen nachts. Vor dem Feuer!»

«Dann iss in der Küche, Ena», sagte Willum.

Er schob Linka einen Stuhl hin, damit die ihren Fuß darauf ausruhen konnte, und setzte sich ihr gegenüber. Ihre Haare waren jetzt trocken und ein wenig heller. Ihre Lippen waren breit, ihr Mund schwer.

Willum und Linka verzehrten den gebratenen Fasan und tranken Bier aus der Tonne, die Ena und Willum im Keller stehen hatten. Linkas Wangen färbten sich, Willums Augen brannten. Wie bei einem Tier, dachte Ena, als sie vorüberging, um den Alkoven für die Nacht bereitzumachen. Sie legte für Linka Decken vor die Feuerstätte, ehe sie die Tür zur Küche hinter sich zuzog und dann weiter in die dahinter liegende Kammer ging.

Willum zog Linka aus. Stück für Stück. Ihre Brüste wogten schwer, als er ihr Mieder aufhakte.

Er wickelte ihre schwarzen Haare um seinen Unterarm, als sie auf den Decken vor dem Feuer auf ihm ritt. Vorsichtig zog er den Arm zurück, und sie warf den Kopf in den Nacken, und er konnte das Blut unter ihrer Haut pochen sehen.

Später schlang sie die Beine um seinen Hals und zog ihn

über sich. Sie presste ihren Unterleib gegen seinen und schob zwei Finger hinter seine Zähne. Ihre Augen waren offen, und sie hielt seinen Blick mit ihrem fest, bis ihr Körper erbebte, worauf Willum ihre Oberarme packte und sich mit seinem ganzen Gewicht über sie legte.

★

«Ist er nie zurückgekehrt?», fragte Marie im Lebensmittelladen.

«Die Meinungen darüber, wie alles geendet ist, gehen auseinander», sagte Edith.

«Wie das?», fragte Marie.

Edith wickelte Eier und Milch ein.

«Die einen sagen, er sei im Wald geblieben. Und habe Bocksbeine bekommen.»

«Bocksbeine?»

«Ja», sagte Edith. «Da siehst du's. Es herrscht sehr große Unklarheit.»

Marie nickte und steckte ihre Waren in eine Tüte.

Der alte Volvo-Kastenwagen stand auf dem Parkplatz vor dem Laden. Die Motorsäge lag hinten, zusammen mit zwei zersägten Birkenklötzen. Marie stieg ein und stellte die Tüte neben sich auf den Sitz. Beim dritten Versuch sprang der Wagen an, und sie fuhr hinaus auf die Straße. Hinter dem Wasserwerk verließ sie die asphaltierte Straße und folgte dem Kiesweg durch den Wald.

Johnnys niedriges Haus lag gleich zu Anfang auf der linken Seite. Er reparierte Autos und kaufte Autowracks auf, um Reserveteile zu bekommen. Jetzt standen an die dreißig oder vierzig verrostete, reifenlose Wagen vor seinem Haus. Das Fenster oben im Giebel war im letzten Winter zerbrochen und noch immer nur mit einem großen Müllsack abgedichtet. Unter dem Dach war eine riesige Satellitenschüssel angebracht. Das Wohnzimmerfenster war zum Teil davon verdeckt.

Der Wagen geriet im fetten Schlamm vor dem Haus ins Schlingern, und Johnnys Retriever bellte und rannte los, bis die Kette ihn zurückriss und ihn dazu zwang, sich auf die Hinterbeine zu stellen. Marie konnte den Wagen wieder in den Griff bekommen und fuhr weiter durch den Wald.

★

Der nächste Tag war der Heilige Abend, und als der Tisch mit Schweinebraten, Blutwurst und Wildkeule und Enas Weihnachtsböcken gedeckt war, hörten sie jemanden an der Tür.

Es war ein Mann, sicher zwanzig Jahre älter als Willum. Er war hoch gewachsen und trug einen kuttenartigen Mantel mit einer weiten Kapuze, die seine rötlichen Haare bedeckte. Abgesehen von einem Wanderstab, den er mit einer Hand umklammerte, hatte er nichts bei sich.

«Es ist kalt heute Abend», sagte er.

Willum schwieg. «Ob ihr wohl für eine einzige Nacht einen Wandersmann beherbergen könntet?» Willum nickte langsam und öffnete die Tür ganz, damit der Mann an ihm vorbei ins Haus gehen konnte. Ena nahm ihm den Mantel ab und hängte ihn vor die Feuerstätte, damit die Eisklumpen unten am Saum auftauen konnten.

Willum bot dem Mann den Stuhl neben Ena an. Er selbst setzte sich den beiden gegenüber. Neben Linka. Ena zerbrach die Weihnachtsböcke und reichte allen ein Stück. Sie warf auch Äsop, der neben dem Feuer lag, eins zu. Der hatte das Gebäck sofort verschlungen.

Willum schnitt Scheiben von der Hirschkeule, und Linka zerteilte den Schweinebraten. Sie aßen und tranken. Ena holte derweil eine Kanne Bier nach der anderen. Ihre Wangen röteten sich immer mehr, und ihre Röte wanderte zu ihrem Hals und zu ihren Brüsten weiter. Willums Blick folgte dieser Farbzeichnung und glitt mit ihr zusammen in den Spalt zwischen den Brüsten, deren oberster Schatten über dem Ausschnitt zu ahnen war. Sein Geschlecht bewegte sich, und ihre Augen leuchteten – nur nicht dann, wenn sie Linka ansah, die sich lässig auf ihrem Stuhl zurücksinken ließ und eine Hand auf dem Tisch liegen hatte. Neben Willums.

«Ena ist heute Abend schön», sagte Willum plötzlich. «Auf Enas Schönheit!»

Der Wandersmann griff zu seinem Bierkrug und prostete Willum zu. Linka berührte ihr Glas nicht. Sie saß nur schwer auf ihrem Stuhl.

«Du stößt nicht mit an, Linka», sagte Willum herausfordernd.

Linka starrte ihn an.

«Ich stoße nicht auf alles und jedes an», sagte sie ruhig.

Ena machte sich an ihrem Rock zu schaffen, und Willum rutschte unruhig hin und her. Sein Gesicht glühte.

«Stoß auf Ena an, Linka», sagte er mit schriller Stimme.

«Lasst uns auf Linka anstoßen», rief der Wandersmann. «Lasst uns mit Linka auf Weihnachten trinken!»

Sie lächelte.

Plötzlich packte Willum den Schal, der um ihre Schultern gelegen hatte, und warf ihn ins Feuer. Der Wandersmann sprang auf und zog den Schal mit dem Schürhaken aus dem Feuer, doch der Schal war nicht mehr zu retten, und er ließ ihn auf die Steine vor dem Feuer fallen.

Alle schwiegen. Willums Wangen aber färbten sich noch tiefer rot, und seine Blicke irrten durch das Zimmer.

«Was sollte das denn, Willum?», fragte Linka mit ruhiger Stimme.

Willum sah sie an und griff nach ihren Händen.

«Verzeih mir», sagte er. «Das war entsetzlich kindisch von mir.»

Linka zog ihre Hände zurück. Willum schlug die Augen nieder. Sein Gesicht sah gequält aus.

«Denken wir nicht mehr daran», sagte der Wandersmann und lachte. «Spielen wir Weihnachtsbock.»

Willum schaute ihn dankbar an und sprang auf.

«Ich bin der Bock», rief er fröhlich.

«Dann raus mit dir», sagte der Wandersmann und versteckte sich in der Ecke hinter der Truhe. Ena kroch zu ihm in die Nische.

«Sind dir auf dem Weg durch den Wald die Unterirdischen begegnet?», flüsterte sie ängstlich. Der Mann lächelte sie an. «Das wollte ich dich schon den ganzen Abend fragen, aber Willum will nicht, dass ich über solche Dinge rede.»

«Heute Abend war alles ruhig», sagte der Mann.

«Und was ist mit dem Weihnachtsaufzug?»

Er schüttelte den Kopf.

«Nein, aber hier gibt es ja auch nicht viel zu holen», flüsterte er. «Die halten sich sicher mehr an die großen Höfe.»

Plötzlich wurde die Tür aufgerissen, und Willum stand im Zimmer, er hatte sich ein Ziegenfell über die Schultern geworfen. Er brüllte und jagte die anderen durch den Raum, bis er Linka eingefangen hatte und sich über sie hermachte. Sie konnte sich losreißen und auf den Schoß des Wandersmannes setzen, der beschützend einen Arm um sie legte. Willum machte ein enttäuschtes Gesicht. Er ließ das Ziegenfell fallen, setzte sich auf seinen Stuhl und schenkte Bier nach.

Linka dagegen fuhr mit ihrem Finger durch die roten Locken des Mannes, während Willum ihn fragte, wo er herkam und wer er sei.

«Ich bin weit gegangen», sagte der Mann.

«Und wohin bist du unterwegs?»

«Zu Willum Zachariassen, dem Förster des Drejbækwaldes.»

«Dann hast du dein Ziel erreicht», sagte Willum.

Der Mann nickte.

«Und was willst du von mir?»

«Dir das hier geben», sagte der Mann und nahm eine Kette von seinem Hals. Er reichte sie Willum, und der nahm sie zögernd entgegen.

An der Kette hing ein Medaillon, und Willum nahm es und legte es auf seine Handfläche.

Der Wandersmann nickte.

«Mach es auf», sagte er.

Willum öffnete das Medaillon. Eine Frau starrte ihn durch das zerkratzte Papier an. Auf ihrem Schoß saß ein Kind, hinter ihr stand ein Mann.

«Das ist deine Mutter», sagte der Wanderer. «Sie hat mich gebeten, es dir nach ihrem Tod zu überreichen.»

Willum streichelte mit seinen Fingern über das Medaillon. «Und dieses Kind bin ich?», fragte Willum und schaute den Mann gespannt an.

Der nickte.

«Und der Mann?», fragte Willum zögernd.

Der Wandersmann nickte noch einmal.

★

Lau kam ins Wohnzimmer. Er roch nach Wald. Marie saß am Computer.

«Bist du das, Lau?», fragte sie.

Marie schaltete den Computer aus und erhob sich.

«Geht es noch immer um Willum?», fragte er.

«Ich habe jetzt fast die ganze Geschichte», sagte sie.

«Bist du in ihn verliebt?»

Marie lachte.

«Ich habe doch meinen eigenen Förster», sagte sie und zauste seine grauen Haare.

Er war schon mit fünfunddreißig ergraut.

Lau nickte.

«Ich gehe ins Bad», sagte er und ging zum Badezimmer, das neben der Waschküche lag.

Seine Stiefel standen draußen in der Waschküche. Von Schlamm verklebt. Marie ging hinter ihm her. Er ließ seine Kleidung zu Boden fallen und trat ins Duschkabinett. Der Dampf ließ das Glas milchig beschlagen, und Marie konnte nur noch seine Umrisse sehen. Sie setzte sich auf den Klodeckel. Der Dampf drang in ihre Lunge ein und erschwerte das Atmen. Sie sprang auf und wischte im beschlagenen Spiegel eine kreisrunde Stelle glatt. Marie betrachtete ihr Spiegelbild. Sie beugte den Kopf ein wenig vor, um die grauen Haare zu sehen, die sich seit neuestem durchdrängten. Ansonsten war sie aschblond.

«Der Drejbækhof fällt zu viel von seinem Wald», sagte Lau aus dem Dampf heraus.

Marie betrachtete ihren Mund.

«Damit stirbt der Wald in gewisser Weise. Das Moos trocknet aus. Und die Pilze und der Farn und der Sauerampfer. Es geht nicht nur um die Bäume.»

Sie fuhr sich mit einem Finger über die Unterlippe. Mein Mund hat Ähnlichkeit mit Linkas, dachte sie. Er ist breit wie ihrer.

Eine heiße Welle spülte durch ihren Schoß. Sie hatte Lust.

«Ich muss sie dazu bringen, damit aufzuhören», sagte er.

«Es ist doch nicht dein Wald!»

«Doch!»

«Du bist doch nur für den Teil zuständig, der zum Staatsforst gehört.»

«Dem Wald geht es besser, wenn ich mich darum kümmere, egal, ob er dem Drejbækhof oder dem Staat gehört», sagte er und kam unter der Dusche hervor.

Auf seiner Brust und seinem Bauch wuchsen dichte

schwarze Haare. Wie ein Kreuz über seinem Geschlecht, das unter seinem Blick zum Leben erwachte. Lau kam auf sie zu und packte ihre Schultern.

«Pan», sagte sie und lachte. «Du hütest den Wald wie ein zweiter Pan.»

«Komm her», sagte er und zog sie an sich.

Sie befreite sich aus seinem Zugriff, bückte sich, hob seine Kleidung auf und verließ das Badezimmer.

★

Nachts machten sie für Linka und den Wanderer ein Bett, an gegenüberliegenden Seiten der Stube. Willum hatte Linka mit in den Alkoven nehmen wollen, aber sie war müde und wollte schlafen. Auch Willum war müde. Er hatte viel getrunken und konnte sich kaum noch wach halten. Doch ehe er einschlief, hörte er, wie Linka tief seufzte und wie der Wandersmann schwer und zitternd Atem holte.

Willum sprang aus dem Bett und stürzte aus der Stube. Er zog sich eilig an, nahm das Gewehr vom Haken und hängte sich die Jagdtasche über die Schulter. Dann rief er Äsop, der sofort neben ihm hersprang.

Unter dem schwarzen Himmelsgewölbe konnte er wieder atmen. Zwei Raben saßen auf der Linde vor dem Haus und schrien. Willum lief eilig über den Weg. Der Schnee knirschte unter seinen Stiefeln, und Äsop bellte verwundert. Sie waren nicht oft in Winternächten unterwegs.

Beim Sortemosen bog Willum vom Weg ab und ging in den Wald. Tief im Tannenwald im Norden des Moores warf er Gewehr und Tasche zu Boden und hob sein Gesicht zum Mond.

★

Die Haustür wurde geöffnet. Marie schaute auf die Uhr.

«Bist du's, Mads?»

Sie hatten ihn erst viel später erwartet.

«Hallo, Mutter», rief er, dann rannte er die Treppe hoch. Immer drei Stufen auf einmal.

Marie stellte sich vor, wie sie von Lau zu Laus Vater ging. Wie sie Hände spürte, die Laus so ähnlich und die doch so anders waren. Ihr schauderte. Sie rieb sich die Augen so heftig, dass es wehtat. Und als sie sie wieder öffnete, konnte sie nicht mehr klar sehen.

Der Unterschied wäre nicht viel größer als der zwischen Lau und Mads. Marie wurde es schlecht.

Plötzlich kam jemand die Treppe heruntergestürzt. Es war Mads. Er riss die Wohnzimmertür auf.

«Neeeiinn!», schrie er.

Er war bleich, und sie hätte sein Gesicht fast nicht erkannt.

Marie sprang auf. Ihr Stuhl kippte um.

«Mads», flüsterte sie.

Das war das Einzige, was sie konnte. Flüstern.

«Neeeeinn!», schrie er noch einmal.

Mit einer Stimme, die Marie bei ihrem Sohn niemals für möglich gehalten hätte.

Sie lief zu ihm hin, aber er stieß sie weg und rannte aus dem Haus.

Marie bebte am ganzen Leib.

«Lau?», rief sie und lief im Haus hin und her.

Alles war still.

«Lau?», rief sie.

Sie riss die Badezimmertür auf, dann die Tür zur Waschküche.

Sie rannte die Treppe hoch. Das Licht aus Mads' Zimmer strömte auf den Gang.

«Lau!»

Sie blieb still sehen.

«Bist du da, Lau?»

Marie ging in das Zimmer.

Lau saß auf dem Bett. Sein Glied stand halb steif zwischen seinen Oberschenkeln. Seine Haare waren noch immer nass von der Dusche, sein Bademantel lag auf dem Boden. Er wiegte seinen Kopf zwischen seinen Händen immer wieder hin und her. Kirstine bückte sich nach ihrer Unterhose, die auf dem Boden lag. Die Hose hatte sich zu einem kleinen Bündel verschlungen. Sie schlug mit dem Bündel in die Luft, um es zu öffnen. Die Knöpfe an ihrem Hemd steckten allesamt in den falschen Löchern.

Marie wich zurück. Langsam. Dann drehte sie sich um und stürzte davon. Die Treppe hinunter, aus dem Haus, zum Volvo. Der wollte nicht anspringen. Sie riss den Choke heraus, worauf der Motor fast abgesoffen wäre. Aber endlich ging es dann doch, und sie setzte auf den Weg zurück. Viel zu schnell, weshalb sie fast mit dem Massey Ferguson des Drejbækhofes kollidiert wäre. Sie riss an der Gangschaltung, und der Wagen machte einen Sprung nach vorn.

★

Zwei Tage vergingen, und noch immer hatten sie Mads nicht gefunden.

Marie schlug Lau ins Gesicht. Er stand bewegungslos vor ihr und senkte den Kopf. Sie schlug ihm auf die Brust. Einen Schlag nach dem anderen. Bis sie vor ihm auf dem Boden in sich zusammensackte.

Er bückte sich, um sie aufzuheben, aber sie stieß ihn weg.

«Mads!», schrie sie.

★

Als fünf Tage vergangen waren und Maries Gesicht geschwollen und von Tränen verschmutzt war, wusste sie, dass sie Mads nur finden könnte, wenn sie das Ende von Willums Geschichte in Erfahrung brächte.

Sie setzte sich ins Auto und fuhr zu Ruth hinüber.

«Ich muss den Schluss wissen», sagte sie.

Ruth sah sie an.

«Es ist nicht immer gut, alles zu wissen», sagte sie.

«Ich muss das Ende wissen, Ruth», sagte Marie.

Schließlich nickte Ruth.

«Ich weiß es nicht», sagte sie.

Marie seufzte und ließ den Kopf auf den Tisch sinken.

«Aber ich weiß, wer ihn dir erzählen kann.»

Marie richtete sich auf.

«Die Schmiede-Asta kennt sie.»

«Die Schmiede-Asta?», fragte Marie.

«Sie ist die Einzige hier, die sie kennt», sagte Ruth.

«Wo wohnt sie?»

«Sie ist vor vielen Jahren fortgezogen. Jetzt lebt sie bei Tjem in der Heide. Sie ist sehr alt.»

Marie nickte.

«Und sie sucht sich genau aus, wem sie ihre Geschichte erzählt. Sie braucht immer einen guten Grund.»

Marie stand auf.

★

Nachmittags verließ sie Astas Haus. Das Wetter war umgeschlagen.

Es regnete nicht mehr, und die wenigen Wolken, die noch zu sehen waren, jagten über den Himmel. Vielleicht würde es bald frieren.

Marie war es schlecht. Ihre Haut war eiskalt, doch trotzdem ließen ihre schweißnassen Handflächen das Lenkrad feucht werden.

Sie kannte jetzt das Ende.

Linka und der Wandersmann waren im Haus geblieben, Willum im Wald.

Er lebte wie die Tiere, die er erlegte, und baute sich eine schlichte Hütte aus Zweigen und Moos, die er unter dem Schnee hervorgegraben hatte. Äsop schlief neben ihm, bis der

Hund eines Tages tot im Wald aufgefunden wurde. Getötet durch einen Kopfschuss.

Marie fuhr schneller und schneller. Es war jetzt dunkel, und die Temperatur war sicher unter null gesunken. Die Straße war glatt. Sie bog in den Drejbækwald ab. Der Wagen geriet in der Kurve vor Johnnys Haus ins Schlingern. Alles hing jetzt davon ab, ob sie rechtzeitig eintraf.

«Mads darf nicht sterben.»

«Mads darf nicht sterben», sagte sie immer wieder mit monotoner Stimme.

Wieder und wieder.

Ab und zu war Willum tief im Wald gesichtet worden. Eingehüllt in Wildfelle und mit so starken und geschmeidigen Bewegungen wie ein Kronhirsch. Als der Sommer kam, näherte er sich dem Haus, und als Ena und Linka ihn einige Male im Dickicht hinter dem Nebenhaus gesehen hatten, begab der Wandersmann sich in den Wald hinaus.

Als er zurückkehrte, trug er Willums Leiche in den Armen. Er schwankte unter dem Gewicht. Ena und Linka stürzten herbei. Sie halfen, Willum ins Haus zu bringen. Und ihn auf den Wohnzimmertisch zu legen.

«Das wollte ich nicht», sagte der Mann. «Er hat mich angegriffen, und dabei hat sich ein Schuss aus meinem Gewehr gelöst.»

Er senkte den Kopf. «Er hätte mich umgebracht.»

«Und jetzt hast du ihn umgebracht», sagte Linka.

Vor dem Försterhaus konnte sie in der Dunkelheit eine Gestalt ahnen. Es war ein Mann. Er kam aus dem Wald. Mit dem Gewehr in der einen Hand. Er schwankte weiter. Wie ein Schlafwandler. Marie bremste und öffnete die Tür. Der Motor ging im Leerlauf weiter.

Er war noch immer ein Stück von ihr entfernt. Und stand außerhalb des Scheinwerferlichts. Marie ging auf ihn zu.

«Hast du ihn umgebracht, Lau?»

Er sank ins Licht hinein. Auf die Knie. Mit dem Gewehr, das seine eine Hand umklammerte.

Marie blieb abrupt stehen.

Die struppigen, blonden Haare klebten an seiner Stirn.

★★★

Liza Marklund Der Holzdieb

Aus dem Schwedischen von
Susanne Dahmann

Die dunkle Frau glitt wie ein Schatten zwischen den Bäumen hindurch, lautlos, atemlos, wachsam. Das Mondlicht durchflutete den Wald bläulich und kalt und verriet jede Bewegung. Sie sah sich vorsichtig um, während sie weitereilte, sie fror. Bis zur Wärme war es noch weit.

Als sie zur Lichtung kam, blieb sie hinter einem Baum stehen. Alles war still. Die Schornsteine wiesen kalt und stumm in den Nachthimmel. Kein Rauch stieg zu den Sternen auf. Es muss verdammt kalt sein für den Alten, dachte sie. Sie konzentrierte sich lange auf das Küchenfenster, sah den Mond in dem unregelmäßigen, handgearbeiteten Glas schimmern. Keine Bewegung.

Also fasste sie einen Entschluss, holte den Sack hervor und ging ruhig zum Schuppen hinüber.

★

Der alte Mann erwachte von der Kälte. Sie war durch die Decke gekrochen und in seine Lungen hinein, feucht und schwer. Langsam spürte er den Schmerz zum Gehirn vordringen, stöhnte, hustete gepresst. Danach atmete er schwer und tief ein paar Mal durch, lag still auf dem Küchensofa und horchte auf die Uhr. Das Licht der Sterne draußen vor dem Fenster zersplitterte die Dunkelheit in unzählige grauschwarze, manchmal fast blaue Nuancen. Er hob den Kopf und schaute angestrengt zur Holzkiste hinüber, die Kacheln über dem Eisenherd leuchteten auf.

«Schwarzer», sagte er.

Die Katze löste sich aus den Schatten vor dem Herd, machte zwei weite Sätze über den Küchenfußboden und landete auf dem Brustkorb des Mannes. Er lachte.

«Du wirst immer dicker, du Kater.»

Das Tier vollführte ein paar Runden auf der Decke und legte sich dann mit der Nase in der Halsgrube des Mannes zurecht. Er spürte, wie die Wärme des kleinen Körpers durch die Decke strömte und den Schmerz in der Brust linderte. So lagen sie eine Weile, der Alte und die Katze.

Die Blase drückte, bald würde er aufstehen müssen.

Da raschelte es hinten bei der Holzkiste, und die Katze jagte hoch. Mit einem riesigen Satz war das Tier auf dem Boden und raste hinter der Maus her. Die Teppiche fuhren durcheinander, der Alte lag mucksmäuschenstill und verfolgte die Jagd mit konzentriertem Gehör. Dann kam das erschrockene Piepsen von Schmerz und Tod, das triumphierende Jaulen der Katze und schließlich das Knacken von brechenden Mäuseknochen. Er gluckste zufrieden.

«Gut gemacht, Schwarzer.»

Dann gab es keinen Aufschub mehr. Er nahm die Decke beiseite, schob vorsichtig die Beine über die Kante und stützte sich dabei mit der rechten Hand ab. Er stieg direkt in seine Hosen, die lange Unterhose und die Wollsocken hatte er im Bett schon angehabt. Mit einem kräftigen Ruck stieß er sich ab und kam auf die Beine, der Rücken schmerzte. Jetzt musste er sich beeilen. Er stolperte zur Veranda, zog sich den Helly-Hansen-Pullover über, die Kappe auf und die Stiefel an und ging auf die Treppe hinaus.

Es war eiskalt, der Raureif hatte die Stufen glatt gemacht. Er rutschte fast auf dem steinernen Mühlrad aus, das als letzte Treppenstufe diente. Mit der rechten Hand an der Fassade abgestützt, schob er sich um die Ecke und ließ den Urin in einem schrägen Strahl Richtung Wald ab. Er schloss die

Augen und genoss die Erleichterung. Nachdem er abgeschüttelt und ihn wieder reingestopft hatte, nahm er ein paar tiefe Atemzüge und ließ den Blick über die Landschaft schweifen. Nach Norden hin stand der Wald dicht, doch nach Osten öffnete er sich zu dem Sumpf hin, wo einmal das Sägewerk gestanden hatte. Der Mond und die Sterne ließen den Frost aufblitzen, er konnte das Licht und die Farben erkennen.

Dann drang die Kälte wieder in seine Lungen ein, und er musste husten. Er wandte den Blick von der Landschaft ab und begab sich zurück ins Haus. Jetzt machte er die Lampe auf der Veranda an und die Leuchtstoffröhre in der Küchenecke, die plötzliche Helligkeit ließ ihn blinzeln. Die Katze saß hinten bei der Speisekammer und leckte sich das Maul, ein paar Haarbüschel und Knochenreste lagen um den Schlachtplatz herum.

Der Alte ging zum Spülbecken hinüber und griff nach dem Wasserschöpfer. Er nahm einen Schluck, und die Katze sprang ebenfalls hinauf und schlabberte aus dem Eimer.

«Das tut gut», sagte der Alte und schmatzte.

Nun war es Zeit, Holz zu holen.

Der Gedanke daran verursachte ihm Bauchschmerzen.

Zunächst zündete er den Herd mit den Scheiten an, die er gestern Abend hereingeholt hatte, das Eisen des Herddeckels war kalt unter seinen Händen. Als er das Streichholz anzündete, merkte er, wie er zitterte. Er wusste, was jetzt anstand. Mühsam erhob er sich und nahm den Korb und die Taschenlampe.

Die linke Hand gerade ausgestreckt, um das Gleichgewicht nicht zu verlieren, humpelte er zum Holzschuppen hinüber, die Taschenlampe rollte im Korb hin und her. Auf der anderen Seite des Grabens blieb er stehen und machte die Lampe an, richtete den Lichtstrahl auf den Boden. Er blinzelte angestrengt. Verdammte Augen. Selbst wenn es da noch Spuren im Raureif gab, vermochte er sie nicht zu erkennen.

Als er den Haken umlegte und die Tür öffnete, wusste er sofort Bescheid. Er konnte nicht beschreiben, warum, vielleicht war es der Geruch eines anderen Menschen, der noch in der Luft hing, vielleicht war da die Ahnung einer höheren Temperatur, aber er war sicher. Hier war vor ganz kurzer Zeit jemand gewesen.

Er ließ den Lichtkegel über die Reihen von Holz gleiten, die gewissenhaft gesägten, gehackten, getrockneten, gestapelten, sortierten und geordneten Scheite, alle exakt gleich lang, damit sie in den Küchenherd passten, in unterschiedlicher Dicke gehackt, die man brauchte, um schnell ein Feuer anzünden und es dann am Brennen halten zu können. Erle, Espe, Birke, Fichte und Kiefer, er hatte unterschiedliche Stapel für die verschiedenen Holzarten und Kisten mit Birkenrinde und Borke.

Als der Lichtkegel das Birkenholz erreichte, zuckte er zusammen. Heute Nacht hatte es also die Birke erwischt. Er stolperte zum Holzstoß hinüber und strich mit der Hand über die Scheite, ja, es stimmte. Was die Augen nicht sehen konnten, wussten seine Hände, hier fehlten Kloben. Wut und Jähzorn krampften sich in seinem Unterleib zusammen, er stöhnte laut, ballte die Faust so stark, dass sich seine Nägel in die Handfläche bohrten und der Schmerz seine Gefühle überdeckte. Sein Holz! Die Birke, mit der er im Frühjahr so verdammt viel Arbeit gehabt hatte. Teile des Stammes, den er vom Windbruch hinten am Gorgsjö hergeschleppt hatte. Es war ein stattlicher Baum gewesen, direkt am Ufer, mit rauschenden Blättern und vielen dicken Ästen. Er hatte sie alle genutzt, den Baum in Stücke gesägt und bis hin zu den allerkleinsten Bestandteilen verarbeitet. Sein ganzer Frühling lag in diesen Holzstücken. Er seufzte schwer, Tränen liefen ihm aus den Augen. Teufel nochmal! Der Teufel hole den verdammten Menschen, der sein Holz stahl! Der Teufel hole den elenden Holzdieb!

Er sank auf den Hackklotz und weinte.

★

Annika Bengtzon küsste ihre Großmutter aufs Haar.

«Ich werde nicht lange fort sein.»

Großmutter lächelte und strich ihr über die Wange.

Annika hängte sich ihre Tasche über die Schulter und nahm die Plastiktüte in die Hand. Draußen auf der Treppe blieb sie stehen, blinzelte in das helle Winterlicht und atmete einige Male tief ein. Der Hosjö unterhalb von Lyckebo war gefroren. Wenn sich die Kälte hielt, würde sie später in den Weihnachtstagen noch Schlittschuh laufen können.

Der Raureif knirschte unter ihren Füßen, als sie zur Wegkreuzung ging, an ihrem Leihwagen aus Stockhohn vorbei. Der alte Gustav wohnte in dem Gebiet jenseits der Straße, auf einem kleinen Hof bei der Sägerei, der Lillsjötorp hieß. Solange sie denken konnte, hatte sie ihn am Weihnachtstag besucht. Schon als sie noch ein Kind war, hatte er uralt gewirkt.

Annika ging schnell und zielstrebig den Waldweg entlang, der ihr wohl vertraut war. Sie war in diesen södermanländischen Wäldern um Hälleforsnäs aufgewachsen, bis zu diesem Herbst hatte sie ihr ganzes Leben lang hier gelebt. Seit ungefähr zwei Monaten arbeitete sie in Nachtschicht beim *Abendblatt* in Stockholm. Die Ereignisse des Herbstes (siehe «Studio 6») hatten dazu geführt, dass sie mehrere Monate lang nicht zu Hause gewesen war. In ihrem Leben war eine Leere entstanden, die nur durch ganz feste Traditionen, wie zum Beispiel Weihnachten auf dem Hof von Großmutter am Ufer des Hosjö, ausgefüllt werden konnte.

★

Der kleine Hof Lillsjötorp funkelte wie ein Juwel im Dunkel des Waldes, der Frost glitzerte auf der Fassade, alles wirkte geradezu betörend pittoresk. Weiß und Falunrot, Sprossenfenster, doppelte Holzplanken, die blaue Tür, bemooste Apfelbäume. Doch je näher Annika kam, desto deutlicher wurde der Verfall. Das Grundstück war von Lupinen überwuchert, die schwarzen Samenkapseln standen rund ums Haus wie verrottete Ausrufezeichen auf Stängeln. Die seltsamen Spuren im Schnee rührten von dem hinkenden Gang und der schlechten Hüfte des alten Gustav her, eine führte zum Pinkelplatz um die Ecke, eine zum Plumpsklo, und die am meisten ausgetretene natürlich zum Holzschuppen und dem dazugehörigen Boden. Die Fassade musste dringend abgeschliffen und gestrichen werden. Der Kitt war teilweise aus den Fenstern gefallen, und es schien, als habe Gustav die schadhaften Stellen mit Zement ausgebessert. Zum Wald hin türmte sich ein Berg von Konservendosen und leeren Branntweinflaschen auf.

Annika seufzte und klopfte an. Es geschah nichts. Sie klopfte fester.

«Onkel Gustav!»

Eine rabenschwarze Katze kam aus dem Wald gelaufen, sprang auf die Treppe und strich ihr um die Beine.

«Hallo, Schwarzer, ist Herrchen nicht zu Hause?»

Sie drückte die Klinke herunter, die Tür war nicht verschlossen.

«Hallo ...!»

Sie betrat die Veranda, blinzelte ins Dunkel und starrte direkt in einen doppelten Gewehrlauf. Ihr Schrei dröhnte ihr selbst in den Ohren und ließ den Gewehrlauf zurückzucken.

«Um Himmels willen, Gustav, was machst du denn?»

Der alte Mann ließ die Schrotflinte sinken und glotzte sie verwirrt an. Er war schmutzig und unrasiert, sie konnte die Ausdünstungen seines Körpers aus einem Meter Entfernung riechen. Seine Haare waren fettig, der Blick wirr. Das Gesicht wirkte ein wenig geschwollen.

«Aber lieber Gustav, was ist denn bloß los?»

Das Herz schlug ihr laut in der Brust, sie hatte sich richtig erschrocken. Die Katze schlich an ihnen vorbei in die Küche, Annika zog die Außentür zu. Die Veranda lag wieder im Dunkeln, und sie sah die Silhouette des alten Mannes gegen die Türöffnung zur Küche.

«Marias Annika ...?», fragte er und ließ das Gewehr noch ein wenig tiefer sinken.

«Ja, allerdings!», antwortete sie und klang ärgerlicher, als sie beabsichtigt hatte. «Warum um Himmels willen stehst du denn hier mit der Büchse im Anschlag auf der Veranda?»

Der Alte drehte sich abrupt um und humpelte in die Küche, Annika folgte ihm mit ihrer Tasche und der Tüte mit Essen. Drinnen war es drückend warm, jene Art Hitze, die von einem glühend heißen alten Eisenherd ausgeht. Die Katze hatte sich auf dem gekachelten Streifen zwischen Herd und Wand zusammengerollt, und Annika fragte sich, wie sie es schaffte, nicht gegrillt zu werden. Der Mann setzte sich auf einen Holzstuhl am Küchentisch und legte die Büchse übers Knie.

Annika stellte die Tasche und die Tüte mit dem Weihnachtsessen vor das ausgezogene Küchensofa – Gustav hatte sein Bett heute nicht gemacht. Resolut ging sie hinüber und nahm dem Mann das Gewehr weg. Er protestierte nicht. Sie klappte die Waffe auseinander, aber sie war nicht geladen. Mit einem Seufzer schob sie sie unter das Sofa.

«Komm, Gustav», sagte sie und setzte sich auf einen Stuhl ihm gegenüber, «jetzt erzähl mal, was hier vorgeht.»

Der Alte fing an zu weinen. Seine Schultern sanken zitternd herab, er verbarg das Gesicht in den Händen.

«Aber mein Guter», sagte Annika und klopfte ihm unbeholfen auf den Arm, «bester Onkel Gustav, jetzt sag doch, was passiert ist!»

«Der Holzdieb», sagte der Alte leise, «es ist der Holzdieb.»

Er schnäuzte sich und wischte den Rotz an der Hose ab.

«Heißt das, jemand stiehlt dein Holz?», fragte Annika.

Er nickte. Annika schaute den kleinen Mann an. Gustav war ein alter Waldarbeiter. Sein ganzes Erwachsenenleben hatte er auf diesem alten Hof verbracht, zunächst mit seiner Mutter und nach ihrem Tod dann allein. Es gab Elektrizität und kaltes Wasser, das er in einem Wassereimer auf dem Spültisch aufbewahrte und mit der Katze teilte.

Gustav bekam eine kleine Rente, und darüber hinaus durfte er sich am Windbruch im Gutswald, in dem der Hof stand, bedienen. Sein ganzes Leben galt diesen Bäumen. Der Holzschuppen beinhaltete für ihn einen Schatz an Erinnerungen, Gedanken, Natur und Arbeit. Sie dachte an all die Sommer, in denen sie Gustav mit dem Holz geholfen hatte. Er hatte ihr gezeigt, wie man die Scheite hoch auf dem linken Arm stapelte, mit dem rechten Arm die Balance hielt und so einen großen Berg auftürmte. Schon im Alter von sieben Jahren hatte sie gelernt, wie man große Kloben mit einem einzigen Schlag zerhackte, und einen kleinen Hackklotz neben Gustavs großem gehabt.

Während der Kaffeepause, wenn jeder der beiden auf seinem Holzstapel saß, hatte Gustav von den erstaunlichen Dingen erzählt, die die Bäume gesehen hatten. Er hatte ihr die Jahresringe gezeigt und den Baum mit unterschiedlichen historischen Ereignissen, sowohl globalen als auch lokalen, charakterisiert.

«Schau mal, als er so groß war wie ein Weihnachtsbaum, haben die Bolschewisten in Russland die Macht übernommen. Diese Birke hier war nur ein kleiner Strauch, als sich die armen Bauernkinder oben in Löfberga zu Tode husteten. Hier wurde ich geboren, da wurdest du geboren. Der Baum hat alles gesehen, weiß alles, war immer dabei, jajaja.»

«Sollen wir rübergehen und in den Holzschuppen schauen?», fragte Annika.

Sie bemerkte, dass Gustav sehr schlecht gehen konnte.

«Drei Wochen ist es her», brummte der Alte. «Ich habe es sofort gemerkt. Erst war es die Fichte vom Weißen Berg, dann die Kiefer von der anderen Seite des Sägewerks. Diesmal ist es die Birke vom Gorgsjö.»

Er legte den Haken um und stieß die Tür auf. Drinnen lagen die Holzscheite bis zum Dach aufgestapelt, Lage auf Lage, unglaublich viel Holz. Für Annika und alle anderen Menschen auf der Welt waren das einfach nur irgendwelche Holzkloben.

«Hier», sagte Gustav und schlug mit der Hand auf einen der Stapel, «die Birke. Die hat der Holzdieb heute Nacht geholt.»

Annika sah sich um. Vor dem Holzschuppen gab es viele Spuren, sowohl von Menschen als auch von Tieren.

«Hast du heute Nacht etwas gesehen oder gehört? Ein Auto? Ein Motorrad?», fragte sie.

Der Alte schüttelte den Kopf. Er konnte nur schlecht sehen, aber mit seinem Gehör war alles in Ordnung. Annika schaute sich den Boden genau an.

«Hier sind auch keine Fahrradspuren. Der Holzdieb muss zu Fuß gekommen sein. Du weißt ja wohl, was das heißt, oder, Gustav?»

Der Mann antwortete nicht.

«Niemand schafft es, Holz weiter als ein paar hundert Meter zu schleppen», sagte Annika. «Also muss es jemand aus Hedberga unten gewesen sein.»

Beide schauten den Waldweg entlang, der zum Dorf hinunterführte.

★

Nachdem Annika den alten Gustav mit Schinken, Stockfisch und geräuchertem Lachs allein gelassen und ihm recht schöne Weihnachten gewünscht hatte – trotz des Holzdiebes –, nahm sie den Weg zwischen den Bäumen hindurch. Leichte Schneeflocken fielen zu Boden, unendlich langsam, als hielten sie in der Luft immer wieder inne. Annika fing einige mit der Zunge auf.

Nach ein paar Minuten erreichte sie die ersten Holzhäuser von Hedberga. Das Dorf war eine uralte Ansammlung von Holzbalken, die sich vor dem Hintergrund des großen Waldes zusammenkauerten. Nur die ein oder andere Parabolantenne durchbrach die gepflegte Postkartenidylle.

Sie ging langsam den Weg entlang und schaute die weihnachtlich geschmückten Häuser an. Die elektrischen Kerzenbögen sandten einen warmen Lichtschein aus den Fenstern. Zu jedem Menschen in diesem Dorf stand sie in irgendeiner Verbindung.

Dort in dem größten Haus wohnten Åke und Inga Karlsson, er war in der Mittelstufe ihr Lehrer gewesen.

Auf dem benachbarten Hof wohnten Asta und Folke Nykander und ihr Sohn Petter, der etwas zurückgeblieben war. Petter war ein paar Jahre älter als Annika, als Kind hatte sie sich vor ihm gefürchtet.

Weiter hinten sah man die Gebäude des Hofes von Hjalmar Petterson, dem Pastor der Freikirche, der dort mit seiner scheinheiligen Frau Elsa wohnte. Hjalmar hatte Annikas Mutter nach ihrer Scheidung einmal öffentlich verdammt.

Auf dem Bauernhof hinten am Waldrand wohnten Karin und Anders Bergström mit ihren drei Kindern. Karin und sie waren Klassenkameradinnen gewesen. Anders galt im Ort als faul. Er schafft es nicht einmal, sich ein Kondom überzuziehen, dachte Annika bei sich, als sie an den auf dem Hof verstreuten Spielsachen vorbeiging.

Ingela Jönsson, die «Spermatopf» genannt wurde, weil sie so leicht herumzukriegen war, wohnte in einer kleinen Kate, die sie von ihrer Mutter geerbt hatte. Diese sah still, dunkel und unbewohnt aus.

Annika schaute abschätzig zu der Hütte hinüber – ihr Freund hatte sie mit Spermatopf betrogen.

Um die Ecke wohnte der Bauer Axelsson mit seinen fünf Kindern, die alle immer nach Kuhstall rochen. Annika hatte als Schülerin manchmal auf sie aufgepasst.

Einer von diesen Leuten hat das Holz des alten Gustav gestohlen, dachte Annika.

Mit einem Seufzer bog sie nach Lyckebo ab.

★

Die Christmette in der Kirche von Floda begann um sechs Uhr. Annika und Großmutter waren schon zwanzig Minuten früher da. Axelssons trampelten mit fast allen Kindern herein, da saßen der hochfahrende Hjalmar und seine Elsa ebenso wie Asta und Folke Nykander, aber ihr Sohn fehlte. Åke und Inga Karlsson kamen kurz nach dem Läuten, Åke sah stockbesoffen aus.

Die große Kirche strahlte Frieden aus in der Winternacht. Annika schloss die Augen und lauschte dem Eingangslied. Brich an, du schönes Morgenlicht, von den södermanländischen Bauern aus rauen Kehlen vorgetragen. Die klassischen Weihnachtstexte flogen an ihr vorbei, ein Kind ist uns geboren, ein Sohn gegeben, es begab sich aber zu der Zeit, dass ein Gebot von dem Kaiser Augustus ausging, dass alle Welt geschätzet würde.

Sie döste ein und wurde mit einem Schlag geweckt, als die Glocken wieder zu läuten begannen und der Gottesdienst vorbei war. Etwas verwirrt ließ sie sich zusammen mit Großmutter zum Eingang schieben. Sie setzten sich ins Auto und fuhren den Schotterweg zurück nach Lyckebo. Im Laufe des Abends hatte es aufgehört zu schneien, und die Landschaft war in eine dicke Lage Watte gehüllt. Sie kamen an Granhed vorbei und hatten Hedberga oben zur Linken liegen, als Annika plötzlich zusammenzuckte.

«Hast du das gesehen?», fragte sie.

«Was?», fragte Großmutter, die in der Wärme des Autos eingenickt war.

«Da stand jemand im Wald.»

«Niemals», sagte Großmutter, «das war sicher ein Reh.»

«Mit Kapuze?», fragte Annika skeptisch.

Den Rest des Weges schwiegen sie, doch als Annika der alten Frau wieder ins Haus geholfen hatte, sagte sie:

«Ich drehe noch eine Runde.»

«Um diese Uhrzeit?»

«Ich möchte nur nochmal nach Gustav sehen», sagte Annika und nahm eine große Taschenlampe aus ihrer Tasche. Draußen auf der Treppe schob sie prüfend den Lichtschalter vor, ja, sie funktionierte. Der Mond leuchtete wie ein kreisrunder Scheinwerfer über dem Wald, man brauchte keine Lampe. Sie ging schnell zwischen den Bäumen hindurch und dachte an einen Herbst, in dem sie hier handtellergroße Pfifferlinge gepflückt hatte. Jetzt bedeckte der Schnee den Boden, sie stolperte über ein paar Äste.

Der Holzdieb musste aus Hedberga kommen, deshalb nahm sie den Umweg über das Dorf.

Sie musste nicht lange suchen.

Die Spuren waren ganz deutlich, sie leuchteten bläulich in dem kreideweißen Neuschnee. Sie waren recht groß, schlängelten sich ein wenig durch den Wald, doch führten sie allmählich direkt zum Holzschuppen des alten Gustav. Annika folgte ihnen die ganze Strecke entlang, und erst als sie zehn, zwanzig Meter von dem Haus entfernt war, wurde ihr klar: Die Spuren verliefen nur in eine Richtung. Der Holzdieb war immer noch da drin. Ihre Gedanken flogen hin und her. Wenn es nun der riesige und zurückgebliebene Petter war, der konnte sie zusammenschlagen, oder vielleicht Anders Bergström, der faule Mann von Karin.

Annika schlich die letzten Meter zur Tür und hatte ein Gefühl, als würde sie den Boden gar nicht berühren. Sie zog die Tür auf, jemand stand da drin, groß und dunkel, schwarz gekleidet, und fuhr herum. Annika schob den Schalter vor und leuchtete der Person direkt ins Gesicht.

«Du», sagte Annika.

Es war Ingela Jönsson, Spermatopf. Die Frau warf die Arme hoch, um sich vor dem Lichtstrahl zu schützen.

«Nimm die Lampe weg!», schrie sie.

Annika ging in den Schuppen hinein, ohne den Lichtkegel vom Gesicht der Frau abzuwenden.

«Was machst du denn hier, verdammt nochmal?», sagte Annika, und ihre Stimme zitterte vor Anspannung und Zorn. «Wie kann man nur einen alten Mann bestehlen, der kaum mehr laufen kann? Ist dir klar, wie er für dieses Holz geschuftet hat?»

Sie trat einen Schritt näher an die Holzdiebin heran. Im nächsten Moment flog ihr die Lampe aus der Hand, ein schwerer Schlag in den Magen presste ihr die Luft mit einem Gurgeln aus dem Hals. Sie stolperte in einen Stapel Fichtenholz, fiel hin und landete unsanft auf dem Hintern.

Die Frau beeilte sich, zur Tür zu kommen, stieß sie mit einem Schlag auf und wollte in den Wald rennen. Im selben Moment donnerte der Knall über die Lichtung, rollte, blieb zwischen den Stämmen hängen, und dann wurde der Türrahmen neben Annika von tausend Bleikörnern zersplittert. Sie schrie, Ingela Jönsson jammerte und fiel rückwärts wieder in den Holzschuppen zurück.

«Der verdammte Alte schießt auf uns», jaulte sie.

Der nächste Schuss traf die Tür, das Holz wurde zerfetzt. Annika schrie wieder auf und kroch auf allen vieren zu dem

Stapel Birkenholz. Sie zwängte sich zwischen zwei Stapel, zog die Knie unters Kinn und machte sich so klein wie möglich.

Die Stille nach den Schüssen war ebenso ohrenbetäubend wie die Schüsse selbst. Nach einer Weile wurde Annika ihre eigene panische Atmung bewusst, und die unregelmäßigen Schluchzer und das Stöhnen von Ingela Jönsson.

«Bist du … getroffen worden?», fragte Annika.

Die Frau wimmerte irgendwo im Dunkeln, gleich neben ihr.

«Ich glaube, ja», sagte Ingela. «Im Gesicht.»

Annika strich sich mit zitternden Händen das Haar aus der Stirn. Die Mütze hatte sie verloren.

«Ich muss mit ihm reden», sagte sie.

Sie erhob sich vorsichtig in der Dunkelheit und stieß sich den Kopf an einem herausragenden Holzkloben. Die zerschossene Tür war wieder zugefallen, und im Schuppen war es dunkel. Sie tastete sich mit den Händen bis zur Tür vor.

«Gustav», rief sie durch die Türöffnung in den Wintermorgen hinaus, «Gustav, ich bin's, Annika. Maria Hällströms Annika. Ich bin hier drin mit dem Holzdieb. Können wir miteinander reden?»

Sie wartete still auf eine Antwort. Nichts kam.

«Gustav!», rief sie, noch etwas lauter. «Ich bin's, Annika. Ich komme jetzt raus.»

Keine Antwort.

«Nun geh schon, ehe ich verblute», meckerte Spermatopf.

Annika holte tief Atem und stieß die Tür auf. Die Schüsse kamen unmittelbar hintereinander, die zerschossenen Holzstücke tanzten in der Luft. Annika stolperte rückwärts und fiel auf die Holzdiebin.

«Au verdammt, du fette Kuh», sagte Ingela Jönsson.

«Halt die Schnauze, du alte Hure», kreischte Annika.

Die Stille kehrte nach dem anhaltenden Dröhnen des

Schusses langsam zurück. Ingela boxte Annika von ihrem Schoß herunter.

«Schäm dich», sagte Ingela Jönsson weinerlich, «wie kann man nur einen anderen Menschen Hure nennen. Oder Spermatopf. Ich weiß, dass ihr das sagt. Hast du dir schon mal überlegt, wie widerlich das ist?»

Annika atmete schwer, mit offenem Mund.

«In meinen Augen bist du ein Luder. Du hast versucht, mir meinen Freund wegzunehmen.»

Ingela Jönsson kroch nach hinten zu einem anderen Holzstapel.

«Ich habe Sven geliebt», sagte sie, «und er hat mich geliebt. Wenn du nicht gewesen wärst, wären wir jetzt verlobt.»

«Blödsinn», sagte Annika.

Die Holzdiebin begann zu weinen. Annika saß schweigend da und hörte ihr eine Zeit lang zu. Es fing an, richtig kalt zu werden, ihre Finger wurden langsam taub.

«Ich blute», schniefte Spermatopf. «Ich bin im Gesicht getroffen.»

Im selben Moment spürte Annika das kalte Metall ihrer Taschenlampe unter der einen Hand. Sie betätigte den Schalter mit steifen Fingern. Sie funktionierte noch.

«Lass mich mal sehen», sagte sie und leuchtete der anderen Frau ins Gesicht.

Ingela Jönsson kniff die Augen zusammen. Sie blutete wirklich aus einer Wunde an der linken Wange. Annika beugte sich etwas tiefer.

«Bin ich angeschossen?»

Annika drückte ein wenig auf die Wunde, die Frau zuckte zusammen.

«Nein», sagte Annika, «aber du hast einen großen Splitter unter dem Auge. Warte mal, ich ziehe ihn raus …»

«Aua!»

Mit einem schnellen Ruck hatte Annika das Holzstückchen entfernt und hielt es jetzt triumphierend in den Lichtkegel der Taschenlampe. Ingela drückte ihre Hand auf die Wunde.

«Ich werde Wundstarrkrampf bekommen», sagte sie.

«Du wirst ganz sicher überleben», sagte Annika.

«Wenn der alte Bock uns nicht beide erschießt.»

Annika tastete in der Dunkelheit herum und fand, wonach sie gesucht hatte: einen langen Stock, den sie benutzte, um die kaputte Tür damit aufzustoßen. Sekunden später knallte der Schuss. Die Frauen kauerten sich zusammen und vergruben die Köpfe zwischen den Armen.

«Wir werden hier wohl noch eine Weile sitzen bleiben müssen», meinte Annika.

★

Das Tageslicht bahnte sich langsam einen Weg zwischen die Holzstapel.

Annika und Ingela hatten es sich mit dem Rücken an jeweils einem Holzstapel bequem gemacht. In unregelmäßigen Abständen stießen sie an die Reste der Tür, jedes Mal donnerte ein Schuss. Einige Bretter in der Schuppenwand fingen an nachzugeben.

«Warum?», fragte Annika.

Ingela antwortete nicht.

«Wie kann man nur einen alten Mann bestehlen?», fragte Annika etwas lauter und schaute die Frau vor dem Holzstapel gegenüber an.

«Ich habe gefroren», sagte Ingela und drehte den Kopf weg.

Annika blinzelte.

«Aha», sagte sie, «und die Lösung war, Holz zu stehlen, oder was?»

«Das wirst du nie begreifen», sagte Ingela hitzig, «du hast es ja immer so verdammt gut gehabt.»

Annika lachte laut und grob, und der alte Gustav antwortete mit zwei weiteren Schüssen.

«Ja, lach du nur», sagte Ingela leise, nachdem sich das Dröhnen gelegt hatte, «du hattest ja alles, hast den besten Job gekriegt, den besten Typen und konntest noch nach Stockholm ziehen.»

Annika schluckte schwer.

«Du hast ja keine Ahnung», erwiderte sie. «Du weißt ja überhaupt nichts davon, wie es mir ging.»

Ingela Jönsson antwortete nicht. Sie saßen lange schweigend da.

Annikas Füße waren vor Kälte gefühllos.

«Sie haben den Strom abgestellt», sagte Ingela schließlich, «und das Telefon. Ich bin aus der Kasse rausgeflogen, habe keinen Pfennig mehr.»

«Und? Hast du mal in Erwägung gezogen, arbeiten zu gehen?», fragte Annika ironisch.

«Jetzt sei mal nicht so superschlau», sagte Ingela. «Was glaubst denn du, was es in Hedberga für Jobs gibt?»

«Ja, verdammt, dann musst du halt wegziehen», erwiderte Annika.

«Und wo soll ich wohnen? Mein Haus steht schließlich hier!»

«Dann verkauf es.»

«Für die alte Holzhütte krieg ich doch nichts mehr.»

Annika stöhnte.

«Dann bleib eben da hocken und jammere. Du willst ja, dass es dir schlecht geht.»

Ingela stieß die Tür auf, zwei Schüsse krachten.

«Alter Scheißkerl!», kreischte sie.

Gustav lud neu und schoss noch zweimal.

«Hast du nie gearbeitet?», fragte Annika.

Ingela seufzte und spielte zerstreut mit den Sägespänen auf dem Boden.

«Doch», sagte sie, «bei der Hauspflege in Hälleforsnäs. Aber das war vor den Kürzungen. Vor drei Jahren bin ich wegrationalisiert worden.»

«Schon mal daran gedacht, woanders wieder anzufangen?»

«Dazu brauche ich ein Auto, und das ist zu teuer.»

«Wo wir gerade von Autos reden», meinte Annika, «hörst du, was ich höre?»

Das Geräusch eines Volvo-Motors breitete sich zwischen den Bäumen aus, wurde abwechselnd lauter und leiser.

«Meinst du, der könnte auf dem Weg hierher sein?», fragte Ingela.

Annika lauschte noch ein wenig länger.

«Sieht so aus», sagte sie. «Er wird gleich hier sein.»

Die Frauen krochen zur Ecke des Schuppens, und jede spähte durch eine Ritze in der Wand.

Ein blauweißer Kombi wurde hinter den Ästen sichtbar.

«Ein Polizeiauto!», flüsterte Annika.

«Ja!», wisperte Spermatopf.

Das Auto blieb vor der Eingangstreppe des Hauses stehen. Ein Mann und eine Frau in der Uniform der Streifenpolizei stiegen aus.

«Das sind Hansson und Pettersson aus Katrineholm», sagte Annika leise. «Ich bin schon mal mit ihnen unterwegs gewesen, als ich eine Reportage gemacht habe.»

Annika sah, wie die Polizisten langsam auf das Haus zugingen, und hörte, wie die Frau mit lauter Stimme «Frohe Weihnachten» sagte und darauf: «Wie geht's denn so?»

Dann hörte sie Gustav eine Antwort murmeln.

Schnell eilte sie zu der zerschossenen Tür und schaute vorsichtig hinaus. Sie sah, wie der Polizist auf den alten Mann zuging und ihm die Büchse aus der Hand nahm. Schnell stieß sie die Tür auf und trat ins Licht hinaus. Ingela Jönsson kam brüllend und schreiend hinter ihr hergerast.

«Der ist ja nicht ganz dicht, der verdammte Kerl, er wollte uns erschießen!»

Die Polizisten schauten erstaunt zum Holzschuppen. Der alte Gustav versuchte, das Gewehr zurückzuerobern, und fing auch an zu kreischen.

«Verdammte Holzdiebe, Ausbunde der Teufels! Blei im Arsch sollt ihr haben, verdammte Bande ...»

Die Polizisten umfassten den alten Mann mit festem Griff und trugen ihn auf den Rücksitz des Polizeiautos. Der Alte protestierte den ganzen Weg über laut, während Ingela hysterisch kreischte, wie blutrünstig und mordlüstern er sei. Annika merkte, wie ihr die Luft ausging, plötzlich wurde ihr vor Kälte und Erschöpfung schwindelig.

«Ich gehe jetzt rein», sagte sie.

★

Die Küche war ausgekühlt, wahrscheinlich waren die Wände schlecht isoliert. Annika schob ein Paket schmaler Holzscheite in den Herd, stopfte etwas Rinde darunter und zündete sie an. Schon bald brannte ein Feuer. Schnell zog sie sich einen Stuhl heran und setzte sich an den Herd. Langsam tauten ihre Glieder auf, sie legte Holz nach. Hansson, die Polizistin, kam in die Küche.

«Meine Güte, Bengtzon», sagte sie und nahm sich auch einen Stuhl, «was ist denn hier los gewesen?»

Annika seufzte.

«Ingela Jönsson stiehlt schon seit geraumer Zeit von Gustavs Holz, er drehte durch und fing an, auf den Holzschuppen zu schießen.»

«Wir haben einen Anruf von unten aus Hedberga bekommen, dass hier im Wald wie verrückt geschossen würde», sagte die Polizistin. Sie beugte sich vor und schaute Annika mit durchdringendem Blick an.

«Glauben Sie, dass er geschossen hat, um zu treffen?»

Annika erwiderte den Blick.

«Ganz sicher nicht», sagte sie. «Wenn er uns hätte schaden wollen, dann hätte er nur die Tür öffnen und uns erschießen müssen. Er wollte nur drohen.»

Hansson seufzte, lehnte sich zurück und legte die Handflächen auf den Küchentisch.

«Was für ein verdammter Mist», sagte sie. «Fräulein Jönsson da draußen schreit von Mordversuch und Terror.»

«Die wird sich auch wieder beruhigen», meinte Annika und legte Holz nach.

Die Polizistin sah sich in der Küche um.

«Wohnt der Alte hier?», fragte sie ungläubig.

«Allerdings», erwiderte Annika. «Er schläft auf dem Küchensofa und feuert wie verrückt den Herd an.»

«Was für ein Elend», sagte Hansson voller Abscheu. «Schauen Sie mal, die Mäusekötel auf dem Fußboden. Er hat auch nicht gerade frisch gerochen.»

«Gustav hält sich sehr sauber», widersprach Annika. «Einmal in der Woche badet er in einem großen Zuber, hier vor dem Herd. Die Sache mit dem Holzdieb hat ihn nur ganz schön mitgenommen, müssen Sie wissen.»

Die Polizistin erhob sich.

«Ich gehe jetzt und rufe die Sozialstation an», sagte sie.

Ingela und die Katze kamen herein, als die Beamtin hinausging. Schwarzer hüpfte auf Annikas Schoß, drehte ein paar Runden und legte sich dann mit der Schwanzspitze unterm Kinn hin. Die beiden Frauen saßen schweigend nebeneinander, wärmten sich, ließen den Adrenalinspiegel sinken.

«Er ist ja nicht ganz richtig im Kopf, oder?», sagte die Frau.

Annika antwortete nicht, sie streichelte die Katze, die auf ihrem Schoß eingeschlafen war.

«Na ja, jetzt muss er auf jeden Fall weg», fuhr die Holzdiebin zufrieden fort. «Und es ist die Frage, ob er jemals wieder rauskommt. Der alte Sack stirbt sowieso bald.»

«Eins sage ich dir», sagte Annika, «Gustav ist der einzige Mensch, der jemals so etwas wie ein Großvater für mich war. Ich liebe ihn.»

Erst nachdem sie das gesagt hatte, erkannte sie, dass es die Wahrheit war.

Ingela biss die Zähne zusammen, ohne zu antworten, ein paar Minuten saß sie still da.

«Ich habe einen Typen kennen gelernt», sagte sie dann.

Annika hob die Augenbrauen.

«Und?»

Spermatopf schaute zu Boden.

«Er mag mich. Er weiß nichts von dem … ja, dem Wort da. Kommt aus Eskilstuna, lebt da in einer Wohnung. Er findet Hedberga ganz toll und mein Haus total charmant. Vor allem den offenen Kamin …»

Das Holz knackte, Birkenholz.

«Ist es seinetwegen?», fragte Annika.

Ingela antwortete nicht.

«Dass du gestohlen hast?»

Die Frau schloss die Augen.

«Vielleicht», sagte sie. «Wir lieben uns immer vor dem offenen Feuer. Anfangs habe ich Holz gekauft, aber wer kann sich das schon leisten, fünfundvierzig Kronen pro Sack? Dann haben sie den Strom abgestellt, und ich hatte keine andere Wahl.»

Annika spürte die Wut wieder in sich aufsteigen.

«Und du hast nicht daran gedacht, deinen Radius mal ein wenig zu erweitern?»

Die Frau zuckte mit den Schultern.

«Ich dachte, dem Alten würde es nichts ausmachen. Er hat doch so viel Holz, und außerdem sieht er ja so schlecht. Ich dachte, er würde nichts merken. Und Holz ist ganz schön schwer! Ich hätte es ja nicht unendlich weit tragen können, ich musste es von jemandem aus der Nähe nehmen.»

Annika antwortete nicht und dachte abschätzig an Spermatopf und ihren offenen Kamin, in dem als Kulisse fürs Vögeln Gustavs Holz brannte.

Dann hörte man plötzlich schwere Schritte auf der Treppe.

«Hallo, allerseits!», sagte eine derbe Stimme von draußen.

«Marja!», rief Ingela und stand auf.

Eine kräftige Frau in Wollumhang und Mütze füllte die Türöffnung zur Küche fast aus, hinter ihr konnte man die Polizistin sehen.

«Aber hallo, Ingela», sagte die Dicke, «lange nicht gesehen. Wie geht's dir?»

Die Frauen begrüßten einander herzlich.

«Marja war früher die Leiterin der Hauspflege in Hälleforsnäs», erklärte Ingela, als Annika der Frau die Hand geschüttelt hatte.

«Ich weiß, wir kennen uns», sagte Annika.

Marja, die inzwischen der Sozialstation vorstand, sah sich in der Küche um.

«Aha», sagte sie, «so also sieht es bei dem aus. Jaja, jaja …»

«Er heißt Gustav», sagte Annika.

«Jaja, ich weiß», sagte Marja und ging und öffnete die Speisekammer.

«Ich wusste nicht, dass es hier oben noch Leute gibt, die nach wie vor so leben.»

Sie beugte sich herab und studierte die Reste einer halb gefressenen Maus.

«Hm», sagte sie, «so kann das nicht weitergehen.»

«Das ist auch meine Meinung», sagte Hansson.

Marja öffnete den Geschirrschrank und hielt ein Glas prüfend gegen das Licht.

«Wir sollten ihm einen Heimplatz besorgen», meinte sie.

Annika spürte, wie sie wütend wurde.

«Jetzt aber mal langsam», unterbrach sie das Gespräch. «Haben Sie schon mit Gustav gesprochen? Er ist sein ganzes Leben lang hier prima klargekommen, aber jetzt wird er einfach etwas alt. Wäre es nicht besser, wenn er hier draußen ab und zu ein wenig Hilfe bekäme?»

Marja breitete die Hände abwehrend aus und lächelte leicht.

«Jeder hat das Recht auf ein menschenwürdiges Leben», sagte sie.

«Richtig. Gustav braucht Unterstützung und Fürsorge.»

«Alle haben das Recht auf einen angemessenen Lebensstandard. Das hier ist kein annehmbares Umfeld.»

«Und es ist also an Ihnen, das zu beurteilen, auf Gustavs Kosten?», fragte Annika ruhig.

Die Frau sah Annika eine Weile aus klugen Augen an.

«Ab und zu ein wenig Hilfe», wiederholte sie nachdenklich. «Ja, das ist natürlich eine Möglichkeit. Man könnte es damit erst einmal versuchen. Es muss natürlich jemand aus der Umgebung sein, jemand, der jeden Tag kommen und nach Gustav sehen kann. Wenn wir eine solche Person finden könnten, die Erfahrung hat und gleich in der Nähe wohnt …»

Im selben Moment kam Petterson, der Polizist, ins Haus, hinter ihm der alte Mann.

«Hauen Sie mit dem verrückten Schießwütigen ab!», kreischte Ingela Jönsson.

Gustav erstarrte in der Tür, als er die Frau in seiner Küche stehen sah.

«Schmeißen Sie den Holzdieb raus!», brüllte er. «Ich will keine verdammten Holzdiebe in meinem Haus!»

«Schluss jetzt!», rief Annika wütend. «Hört auf! Jetzt gebraucht mal euren Verstand!»

Es wurde totenstill in der Küche, fünf Paar Augen starrten sie an, man konnte nur das Birkenholz im Ofen knacken und die Uhr ticken hören.

«Es ist Weihnachten», sagte sie. «Es ist mir scheißegal, ob ihr an Gott glaubt, aber ihr solltet das als ein Zeichen nehmen. Wenn ihr ein bisschen Klugheit und Toleranz beweist, dann werdet ihr klarkommen, wenn nicht, dann sieht es für euch beide schlecht aus.»

«Was soll das heißen?», fragte Spermatopf dümmlich.

«Ihr zwei seid die Lösung eurer Probleme», sagte Annika.

Schnell drängte sie sich an Ingela Jönsson und dem alten Gustav vorbei. An der Außentür blieb sie stehen und begegnete ihren erstaunten Blicken.

«Jetzt seid ihr dran», sagte sie, schloss die Tür und ging in den Schnee hinaus.

★★★

Arto Paasilinna
Unterwegs als Weihnachtsmann

Aus dem Finnischen von
Angela Plöger

Wer ist der international bekannteste Finne? Zu dieser Jahreszeit ist die Antwort klar. Es nicht Väinämöinen, nicht Sibelius und auch nicht Mannerheim. Es ist der Weihnachtsmann.

Manchmal wird der finnische Ursprung des Weihnachtsmannes infrage gestellt. Es wird behauptet, der Weihnachtsmann sei Schwede, und manche halten ihn für einen Isländer, wenn nicht gar für einen Grönländer. Sogar im fernen Japan sind einheimische Weihnachtsmänner gesehen worden, aber wir können uns sicherlich darauf einigen, dass der Weihnachtsmann aus Finnland stammt und die anderen, als Weihnachtsmann verkleidet, ihn nur nachahmen.

Die Frage ist genauso unmöglich wie der Gedanke, Lenin oder Stalin wären vielleicht keine Russen gewesen. Na ja, Stalin war ja Georgier, und Lenin stammte wohl aus dem fernen Simbirsk, aber zu ihren Lebzeiten hat niemand ihren bewegenden Patriotismus infrage gestellt. Ideologisch sind Lenin, Stalin und der Weihnachtsmann insofern Drillinge, als alle drei für die Güterverteilung ohne Entschädigung eintreten, der Weihnachtsmann jedoch sogar an die Reichen Geschenke verteilt und an sie eigentlich sogar mehr als an die Armen. Bei den Methoden gibt es freilich gravierende Unterschiede. Die rote Farbe haben alle drei gemein, freilich mit dem Unterschied, dass in der Sowjetunion die roten Fahnen flatterten und in Finnland zur Winterszeit die roten Zipfelmützen des Weihnachtsmannes und der Weihnachtswichtel. Lenin und Stalin sind tot, aber der Weihnachtsmann lebt.

Ich selbst habe im Lauf meines Lebens mehrmals den Weihnachtsmann gemimt, zuletzt vor zwei Tagen bei einer Betriebsweihnachtsfeier im Café Bemböle in Espoo. Das Gebäude ist eine Poststation aus dem 18. Jahrhundert, die aus einem unerklärlichen Grund der Abrisswut der Bauunternehmer entgangen ist und immer noch ein Café beherbergt. Zusammen mit einem Freund wurde ich also zur Weihnachtsfeier eines kleinen Unternehmens als Weihnachtsmann gebeten. Als Geschenke hatte man Romane von mir gekauft, in die ich dann den Namen eines jeden Empfängers schrieb. Wir aßen Schinken und sangen Weihnachtslieder, und die Stimmung war genauso rührend, wie sie nur zur Weihnachtszeit in einer alten Poststation sein kann. Im Verlauf des Abends wurden wir so ausgelassen, dass wir auch einige Weihnachtslieder der Sternensinger grölten. Das ist eine uralte Tradition aus Oulu, wo die Schuljungen von Haus zu Haus gehen, die Legende vom Jesuskind darstellen und in der Jackentasche die notwendigen Geldmittel sammeln. Ich war Herodes.

Das finnische Ministerium für Handel und Industrie hat sich selbst übertroffen, indem es seinen offiziellen Standpunkt zum Weihnachtsmann publizierte. Ein Beamter, oder vielleicht sogar eine ganze Gruppe von Beamten, hat sich an die Arbeit von Literaten und Geschichtsforschern gemacht, sich in die Welt der Mythologien und Märchen vertieft, und das Ergebnis ist ein prächtiges Buch mit dem Titel *Abc-Buch des Weihnachtsmannes*, das etwas prosaisch in der Mappe Untersuchungen und Berichte der Publikationsreihe des Ministeriums für Handel und Industrie unter der Nummer 19/1998 registriert ist.

Als Schriftsteller mag man gegenüber solchen Abc-Büchern, die als Beamtenarbeit entstanden sind, Vorbehalte hegen, zumal wenn sie eine so fiktive Gestalt wie den Weihnachtsmann zum Thema haben. Man fragt sich, ob dort im Ministerium wohl der richtige Sachverstand für diese eher geistigen Gebiete vorhanden ist und ob sich dort genügend von der Sensibilität findet, die das Thema erfordert.

Als ich aber das erwähnte Abc-Buch las, konnte ich nur dankbar feststellen, dass es im Ministerium ausreichend literarische Begabung gibt. Ich kann mir ausmalen, wie der oder die gewissenhafte Beamtin genau zur festgesetzten Uhrzeit am Arbeitsplatz erschien, die Straßenkleider ablegte, sie sorgfältig auf den Bügel hängte, einen Blick auf die reinliche Atmosphäre des Arbeitszimmers warf und sich dann vor den Bildschirm des Computers setzte. Sodann rieb er oder sie sich die Hände und tippte den Text ein: «Der Weihnachtsmann ist ein Märchenwesen, von dem es keine eindeutige Definition gibt, dagegen eine ganze Reihe verschiedener Geschichten und Auffassungen …»

Seinen Namen hat dieser Staatsschriftsteller – welch falsche Bescheidenheit! – nicht unter sein Werk gesetzt, vielmehr hält er fest: «Die Untersuchung wurde unter Leitung der Verwaltungseinheit des Ministeriums erstellt, die für den EU-Binnenmarkt verantwortlich ist.»

Jetzt hat also der Weihnachtsmann die Billigung der finnischen Staatsmacht und nebenbei auch die der Europäischen Union gefunden, und was das Beste ist: Das Ganze erfolgte auf offizieller, professioneller Ebene. Ich sage das ohne den leisesten Neid, hatte man das doch längst erwartet und erhofft.

Ich selbst bin in meiner Jugend in den 1960er Jahren auf stümperhaftem Laienniveau in Rovaniemi als kommerzieller Weihnachtsmann tätig gewesen. Dieses traurige Ereignis fiel mir wieder ein, als ein Rundfunkredakteur aus Lappland mich anrief und nach einer frappierenden Geschichte für sein Weihnachtsprogramm fragte.

Hier kann ich dieselbe Story erzählen. Ich war zu jener Zeit Schüler an der Volkshochschule Lappland, einem Internat. Die anderen Schüler reisten zum Weihnachtsfest in ihre Heimatdörfer, ich aber blieb in der verödeten Lehranstalt, um die Aufgaben eines Weihnachtsmannes wahrzunehmen. Ich hatte eine Anzeige in die Zeitung gesetzt, dass ein garantiert abstinenter Weihnachtsmann, noch dazu in echter Lapplandtracht, am Heiligen Abend für Familienbesuche zu engagieren sei.

Die Anzeige war teuer, aber trotzdem kamen nur drei Aufträge. Die erledigte ich dann am Heiligen Abend: In dem einen Haus traf ich auf verwöhnte, brüllende Gören, denen ich glücklicherweise unverletzt entkam, im zweiten wurde ich gezwungen, Fusel zu trinken, im dritten bekam ich einen verschrumpelten Apfel zum Lohn. Die vierte Adresse stibitzte ich in meiner Verbitterung einem Kollegen, der mir betrunken entgegenkam und die Adresse, nach der er mich fragte, nie und nimmer gefunden hätte.

Ohne Geld und hungrig irrte ich durch die Korridore der leeren Schule und wartete darauf, dass die Köchin aus dem Urlaub zurückkehrte und es ordentliches Essen gäbe. Die Weihnachtsmannmaske zerriss ich in Stücke und spülte sie in der Toilette herunter.

★★★

Maria Küchen Weihnachtsgeschichte

Aus dem Schwedischen von
Gabriele Haefs

Schon als er sich morgens einloggte, fielen ihm seltsame Dinge auf dem Bildschirm auf – falsche Übergänge, Geflimmer. Ein Virus? Ein heraufziehender Zusammenbruch? Jedenfalls nicht sein Problem. Um Ärger im IT-System sollte sich sein Arbeitgeber kümmern, ihm konnte das egal sein, er war nur ein einfacher Handlanger, aber ein Handlanger mit vielen Aufgaben. Er hatte keine Zeit für Computerzicken.

Gereizt klickte er mit der Maus und gab mehrere sinnlose Befehle, als könne das helfen, aber dann verschwand das seltsame Geflimmer tatsächlich. Alles war wie sonst auch. Vermutlich hatte er sich alles nur eingebildet. Vielleicht stimmte etwas mit seinen Augen nicht. Er sollte wohl besser einen Termin beim Optiker vereinbaren.

In der letzten Zeit hatte er außerdem schlecht geschlafen, gelbe Flecken tanzten vor seinen Augen. Jede Nacht schreckte er aus seinen Träumen hoch; wovon er geträumt hatte, wusste er nachher nie ganz genau, aber jedenfalls war es unangenehm gewesen. Seltsam, er träumte doch sonst nie.

«Jönsson! Hast du dich für die Weihnachtsfeier angemeldet? Heute ist die letzte Gelegenheit, vergiss das nicht. Du willst doch sicher hin?»

Fredrik Lind steckte seine Visage mit wie üblich akkurat gekämmter Frisur in sein Arbeitszimmer. Lind hatte die Unsitte, die sicher von seiner noch nicht lange zurückliegenden Militärzeit stammte, alle im Büro für Stadtplanung mit dem Nachnamen anzureden. Unglücklicherweise war das ansteckend. Lind sah besorgt aus, fand Jönsson. Als fürchtete er, Jönsson könne sich einsam fühlen.

Lind warf gern mit Phrasen wie «der soziale Aspekt», «soziale Kompetenz» und anderen Zusammensetzungen um sich, in denen das Wort «sozial» vorkam. Vermutlich hatte er zu viele Bücher über Harmonie am Arbeitsplatz gelesen. Eifrig hatte er die Rolle des kleinen Unterhaltungschefs der Abteilung übernommen. Das führte im Frühling zu obligatorischen Bocciarunden im Park, im Herbst zu Bierabenden und eben auch zur betrieblichen Weihnachtsfeier.

Anmeldungen wurden auf Lisas Liste im Pausenraum vorgenommen, Lind hatte einen Tisch im besten Restaurant der Stadt bestellt, und alle zahlten für sich. Die Gemeinde war für Extravaganzen wie Weihnachtsfeiern nicht mehr zu haben. Unmittelbar vor den Feiertagen bekamen die Angestellten ein Geschenk in Form einer Elchswurst oder einiger handgegossener Kerzen, das war alles, na ja, Jönsson war das egal. Er sah keinen Grund, warum öffentliche Gelder in Kneipen vergeudet werden sollten, ihm erschien das im Gegenteil als Zeichen von Korruption.

Draußen schneite es. Große, weiche Schneeflocken klebten an der Fensterscheibe, schmolzen dann sofort und liefen als düstere Bäche nach unten. Immer wieder ertappte er sich an diesem Morgen dabei, unkonzentriert zu sein. Seine Gedanken schweiften von den dringenden Aufgaben des Tages ab, sein Blick folgte dem Flug der Schneeflocken vom trüben grauweißen Himmel, die gelben Flecken tanzten.

War es das, was er träumte?

Woher kam dieses Unbekannte, das ihm so zusetzte?

Jetzt flimmerte der Bildschirm wieder. Er mochte seinen Augen nicht mehr trauen. Die Buchstaben im Computer pulsierten. Sie zogen sich zu kaum sichtbaren Punkten zusammen, schwollen danach zu bunten, flammenden Sonnen an, füllten den ganzen Schirm, schrumpften, schwollen, schrumpften …

Das war doch einfach nicht richtig so!

Wirklich nicht!

Verdammt!

«Lind!», brüllte er. «Hast du auch Probleme mit deinem Computer?»

Lind, der noch immer in der Türöffnung stand, da seine Frage nach dem Weihnachtsfest nicht beantwortet worden war, fuhr zusammen. Verdammt, war der Typ nervös. Sollte vielleicht etwas dagegen unternehmen. Healing, Massage, Gesprächstherapie, da gab es doch wirklich jede Menge Möglichkeiten. Jönsson schnaubte, atmete tief durch und starrte seinen Kollegen an.

«Mein Computer funktioniert tadellos», brachte Lind heraus. «Du kommst also nicht zur Weihnachtsfeier?»

Jönsson gab keine Antwort. Sein Schirm war soeben schwarz geworden.

★

Man kann es für ein wenig seelenlos oder sogar schlicht und ergreifend traurig halten, wenn jemand sich für Müllabfuhr engagiert. Jönsson sieht das weniger negativ. Er leidet mit den kleinen Menschen, die keine andere Wahl haben, als sich mit den niedrigsten Funktionen der Gesellschaft abzugeben. Er sorgt sich um ihre Körper, ihre Rücken. Ihre Arbeitsbedingungen müssen erträglich gestaltet werden. Jönsson ist nicht wie dieser Grünschnabel Lind, er ist alt genug, um sich an eine Zeit erinnern zu können, in der «Solidarität» ein Ehrenname war. Sein grauer Pferdeschwanz hängt über seinem Nacken, und er trägt die gleichen Hemden wie vor dreißig Jahren, Handwerkerhemden mit Stehkragen, er würde lieber kündigen, als einen Schlips umzubinden. Das hat er seiner Chefin erst kürzlich erklärt, als diese vor einer Besprechung mit irgendwelchen Bonzen eine förmlichere Kleiderordnung vorschlug. Wirtschaftsleute aus Stockholm wurden erwartet, sie wollten die Abteilung besuchen, um Druck auszuüben.

Ja, so heißt das natürlich nicht, es heißt «Lobbyarbeit», aber Jönsson lässt sich nicht an der Nase herumführen. Er sieht die Dinge so, wie sie sind.

Die Stadt schrumpft. Die Bevölkerung reißt aus. Eine Firmengründung am Ort, ein nagelneues Unternehmen könnte den Trend umkehren, also her mit dem Schlips und vielleicht weg mit den Regeln für die Abfallbeseitigung.

Nichts da.

Nicht mit ihm.

Er ist unmöglich. Aber sein Computer ist noch immer tot.

Nein, das stimmt nicht.

Jetzt sind sie wieder da, die pulsierenden Buchstaben in den schrillen Farben, die nichts mit seinem Programm zu tun haben, *sie stammen aus derselben Quelle wie meine Träume*, fährt es ihm durch den Kopf, und ihm bricht der kalte Schweiß aus.

Ein Buchstabe ist jetzt zu sehen.

Ein intensiv leuchtender Punkt, eine berstende Nova –

D
E
I
N

K
I
N
D

★

«Deine Weihnachtsfeier ist mir doch scheißegal», brüllte Jönsson. «Lass mich in Ruhe!»

Erschrocken wich Lind zurück, die Tür zum Arbeitszimmer wurde zugeschlagen, und Jönsson presste die Hände an die Schläfen, um seinen Kopf am Bersten zu hindern.

Er hatte doch kein Kind, verdammt nochmal!

Jetzt war der Bildschirm wieder normal, als habe es diesen seltsamen Zwischenfall nicht gegeben.

Optiker reichte nicht. Es musste schon ein Augenarzt sein. Er schlug das Telefonbuch auf und blätterte fieberhaft in den Gelben Seiten, Ärzte, Ärzte.

Sicher, es kam bestimmt vom Alter. Jetzt war es so weit. Veränderungen in Linse und Glaskörper aufgrund des fortschreitenden Alters. Und dabei war er immer so stolz auf seine perfekte Sehfähigkeit gewesen. Ärzte. Augenärzte. Gab es denn in diesem verdammten Kaff nicht einen einzigen Augenspezialisten?

Und wenn es jetzt etwas Ernstes war? Grüner Star? Wieder brach ihm der kalte Schweiß aus. Niemals würde er sofort einen Termin bei einem Spezialisten bekommen, ging ihm auf. Er musste sich an seine Hausärztin wenden. Diese Hausärztin war im vergangenen Jahr dreimal umgezogen, und Jönsson konnte sich an die aktuelle Adresse nicht erinnern, wahrscheinlich lag die neue Praxis am anderen Ende der Stadt. Na ja. Die Stadt war ja nicht so groß. In einer guten Viertelstunde konnte man von einem Ende der Innenstadt zum anderen spazieren. Unterwegs kam man an den üblichen Geschäften vorbei: einer Konditorei, vier Pizzerien, einem Bioladen, einer H&M-Filiale, der Einkaufspassage Veilchen, der Apotheke, dem Busbahnhof und einem Postamt, das bald stillgelegt werden sollte. Die schwedischen Postämter wurden in raschem Tempo geschlossen, sie rentierten sich nicht.

Ab und zu hatte er den Eindruck, dass ganz Schweden stillgelegt werden sollte, aber das lag vermutlich daran, dass er in einer schrumpfenden Gemeinde lebte.

Er dachte nach. Er hatte jetzt keine Zeit, sich auf Arztsuche zu begeben. Nicht während der Arbeit. War in der Datei, die er eben geöffnet hatte, wohl etwas verloren gegangen? Nein, nichts. Er arbeitete an einer Mahnung an eine Hausverwaltung, deren Abfallkeller nicht den Normen entsprach. Dieser lag an einem Hof, der nur über mehrere Treppen zu erreichen war, es gab keine Zufahrtsrampen, die Müllarbeiter mussten Säcke schleppen wie in alten Zeiten. Das Haus war wunderschön gelegen, mitten in der Stadt und am Flussufer, es stand unter Denkmalschutz, war über hundert Jahre alt und wurde von privilegierten Menschen bewohnt. Er hatte sich für einen Strafbescheid von zweihunderttausend Kronen entschieden.

Als er diese Summe gerade in das Formular eintippen wollte, ging die Teufelei wieder los:

D
E
I
N

K
I
N
D

I
S
T

I
N

G
E
F
A
H
R

★

«Ich hab verdammt nochmal kein Kind, hab ich doch gesagt!»

Er läuft durch den dichter werdenden Schnee und sagt es ganz laut, ohne darauf zu achten, dass die Vorübergehenden ihn anstarren wie einen Verrückten. Die Schneeflocken bleiben in seinen Haaren und auf seinem Mantel haften. Der Straßenmatsch dringt in seine Halbschuhe.

Vor der Konditorei bleibt er stehen.

Er hat noch nie einen Fuß hineingesetzt – Kuchen und überteuerter Kaffee reizen ihn nicht –, doch jetzt starrt er durch die beschlagenen Fenster auf Zimtbrötchen, Saffranbrote, weihnachtlich dekorierte Pfefferkuchenherzen und üppige Prinzessinnentorten und sieht ein, dass er Trost braucht.

Seine Chefin hat ihn nach Hause geschickt. Er kam mit wildem Blick in ihr Büro gestürzt und störte sie in einem vertraulichen Gespräch mit Lind, mit Lind, der zurückgelehnt auf ihrem hellblauen Besuchersessel saß und sie immer wieder mit Vornamen anredete, übertrieben deutlich, wie in einem Hollywoodfilm:

«Maria, ich finde wirklich, dass … was diese Besucher aus Stockholm angeht, Maria … es wäre doch so schön, Maria, wenn auch du zur Weihnachtsfeier kämst …»

Beide fuhren zusammen, als sie Jönsson erblickten. Lind zog sich nervös am Schlips, die Chefin rückte ihre Brille gerade.

«Es geht dir nicht gut», stellte sie fest. «Du bist ja totenblass.»

«Ich bin das nicht, sondern mein verdammter Computer.»

«Computerprobleme? Okay, das wird sich dann jemand ansehen. Aber du, Jönsson, nimm dir doch für heute einfach frei, ja? Du hast in letzter Zeit hart gearbeitet. Du solltest dich ausschlafen. Bleib einfach mal ein Weilchen zu Hause. Es reicht, wenn du am Freitag wieder zur Arbeit kommst.»

«Aber …»

Sie brachte ihn mit einer Handbewegung zum Schweigen, eine freundliche Geste, wie für einen Hund.

Ja, er braucht wirklich Trost.

Er geht in die Konditorei und bestellt sich einen fetten Kopenhagener und einen Becher von diesem blöden *caffè latte*, wie ihn derzeit alle Welt trinkt.

Er achtet nicht einmal auf den Preis, so schlimm steht es um ihn, soll es doch kosten, was es will.

★

Beim Einschlafen erinnert er sich noch immer an ihre Brüste – wie sie sich unter seinen Händen gewölbt haben, ihre Weichheit, ihre festen Warzen, den pulsierenden Atem, ihren Herzschlag. Sie hatte immer solche Lust, konnte sich nicht beherrschen, wand sich unter ihm, schob sich ihm ungeduldig entgegen, es ist jetzt lange her. Fünfzehn Jahre sind vergangen. Aber er hat nicht vergessen.

Seither hat er andere Frauen gehabt, er hatte sogar eine längere Beziehung, die vielleicht zu einer Ehe hätte führen können, wenn die Frau nicht dermaßen unmögliche Forderungen gestellt hätte. Frauen verlangen so verdammt viel. Sie wollen Haus und Boot und Kinder und Hund. Sie wollen samstags im Stau vor dem Einkaufszentrum stehen und im Urlaub mit der Fähre nach Deutschland reisen, sie wollen ein stromlinienförmiges, bürgerliches Leben führen, und das käme für ihn nie infrage. Wenn es nicht verboten wäre, würde er noch immer ab und zu einen Joint rauchen, und er hat nicht vor, sich die Haare schneiden zu lassen, er hat seine Jazzplatten und seinen samstäglichen Whisky, das reicht. Er braucht keinen verdammten Volvo, der ihn zu einem verdammten Einkaufszentrum bringt, während seine verdammten Rotzgören auf dem Rücksitz herumquengeln. Es muss natürlich ein erstklassiger Maltwhisky sein, denkt er, als er die Kuchengabel in den duftenden Vanilleguss bohrt und sich, hilflos nach all den Jahren, seufzend an ihren Körper erinnert.

Sie wollte genauso leben wie er. Das war natürlich gut so, brachte aber auch ein Problem mit sich: Sie wollte um keinen Preis sesshaft werden. Sie hatten eine kurze gemeinsame Zeit, dann machte sie sich auf eine lange Reise nach Indien und ließ nie wieder von sich hören.

Fünfzehn Jahre.

Eine lange Zeit.

Aus seinem Becher steigt Dampf auf. Die Kleine hinter dem Tresen hat den weißen *caffè latte*-Schaum mit Zimt bestreut, gierig zieht er diesen Duft ein, es riecht gut. Nach Weihnachten. Reisbrei mit Zimt und Milch in Mamas Küche, ein kleiner Junge ohne eine einzige Sorge auf der Welt …

O verdammt, jetzt fängt er an zu weinen! Was ist denn los mit ihm? Die Chefin hat Recht, er braucht Ruhe, er ist erschöpft, vom Stress im Büro und in seinen unruhigen Nächten, dem Schlafmangel, D-E-I-N K-I-N-D I-S-T I-N G-E-F-A-H-R …

Die pulsierenden Buchstaben in seinem Traum, immer wieder, Nacht für Nacht, *intensiv leuchtende Punkte, berstende Sonnen …*

Ich werde verrückt, denkt er sachlich.

Ich bin einfach nicht mehr klar bei Verstand.

Und das ist absolut keine Schande.

Sondern kann wirklich allen passieren!

Im Grunde werden ja gerade die interessantesten Menschen wahnsinnig, die besonders verletzlichen und zarten

Seelen, nicht dass er sich jemals als verletzliche und zarte Seele betrachtet hätte, aber ab und zu muss man sein Selbstbild eben verändern.

★

Die Dienst habende Ärztin beim psychiatrischen Notdienst war einfach total inkompetent. Das ist ja bekannt, nur die miesesten Medizinstudenten werfen sich dann auf die Psychiatrie. Sie fragte, ob er Stimmen höre, ob er sich verfolgt fühle, ob ihm der Kontakt zu seinem Körper fehle. Dann sagte sie, psychisch sei mit ihm alles in Ordnung, er sei vielleicht ein wenig ausgebrannt, sie schrieb ihn krank und schickte ihn mit einem Rezept für ein mildes Schlafmittel nach Hause.

Wütend machte er im Schneegestöber einen langen Spaziergang, vom Krankenhaus zur Apotheke und dann nach Hause, ohne sich darum zu kümmern, dass er fror, so spärlich bekleidet, wie er war. Es dämmerte und wurde zusehends kälter. Gegen Ende seiner Wanderung fegte der Wind die Schneewolken vom Himmel und gab den Blick frei auf einen glasklaren Vollmond. Die Sterne funkelten wie Frauenaugen, wie ihre Augen, nein, wie ihre Zähne zwischen den feuchten roten Lippen …

Er blieb stocksteif stehen.

Sein Blut pochte.

Ich brauche Sex, dachte er.

Ein Mann, der barhäuptig und ohne Handschuhe durch die Winterkälte geht und der innerlich überhitzt ist von erotischen Phantasien um eine Frau, mit der er fünfzehn Jahre zuvor eine flüchtige Affäre hatte, braucht Sex. Sofort.

Aber mit wem?

Es gab keine.

Er hatte, seit es mit der Hochzeit dann doch nicht geklappt hatte, die Frauen ein für alle Mal aufgegeben. Seltsam, er hatte ihr doch alles geboten – Gleichberechtigung, gerechten

Putzplan, Sex ohne Sexismus, aber geklappt hatte es trotzdem nicht. Sie hatte einfach nicht akzeptieren wollen, dass er kein machohafter Spießer war und auch niemals werden könnte. Die Frauen faselten so viel von gleichen Bedingungen für die Geschlechter, aber im Grunde wollten sie Männer, die Möbel tischlerten und Karriere machten, während sie sich selbst in schwachsinnige Frauenzeitschriften versenkten. Die Trennung war schließlich aus dem überaus albernen Grund erfolgt, dass er ein Ultimatum gestellt hatte: keine Frauenzeitschriften in ihrem gemeinsamen Heim! Keine Hochglanzblätter mit Klatsch und Diätanleitungen. War das denn so viel verlangt?

Hatte er wirklich versucht, sie zu tyrannisieren, wie sie behauptet hatte?

Er meinte, nicht.

★

Er steht noch immer an derselben Stelle.

Seine Ohrläppchen frieren.

Die Tränen brennen in seinen Augen, aber diesmal will er ihnen nicht freien Lauf lassen! Verdammt, jetzt kann er vor Weihnachten den Strafbescheid an die Hausverwaltung nicht mehr losschicken.

Er schafft überhaupt nichts mehr.

Er ist träge und langsam geworden.

Müllbeseitigung.

Müllbeseitigung ist wichtig.

Aber würde sie ihm da zustimmen?

Die Frau, die verschwunden ist?

Die Frau, die sicher später an den Stränden von Goa noch viele Männer geliebt hat.

Die ihn vermutlich inzwischen vergessen hat.

Auch egal.

★

Mit dem Schlaf kam das Fieber.

Er hatte das verschriebene Mittel und einen Whisky genommen, und das hatte ihn eindösen lassen, aber jetzt erwacht er mit hämmernden Schläfen und einem ekelhaften Geschmack im Mund. Der Mond scheint auf sein Kissen. Das weiße Licht ist sanft und stark zugleich, es legt alles bloß. Er setzt sich im Bett auf, sein Hals tut so weh, dass er kaum schlucken kann.

Natürlich ist mit seinen Augen alles in Ordnung.

Die blicken so scharf wie damals, als er jung war. Er sieht alles klar.

Das Fieber lässt ihn zittern, reißt an seinem Körper. Der flammende Text leuchtet an seiner Schlafzimmerwand wie die selbstverständlichste Sache auf der Welt: DEIN KIND IST IN GEFAHR.

Ihre Brust, ihr weit offenes Geschlecht, alles, was sie damals von ihm wollte.

Etwas geht vor sich.

Besser, er sieht sofort ein, dass er es nicht mit der normalen, rationalen Welt zu tun hat und dass er keine Kontrolle darüber hat.

★

Heute Nachmittag gehen sie zur Weihnachtsfeier, allesamt, denkt er.

Dieser freche Arsch Lind, die Chefin Maria, die angeblich etwas mit Lind hat, obwohl sie doch zwanzig Jahre älter ist, und alle anderen Idioten.

Alle sind Idioten.

Wann hat er angefangen, so zu denken? Alle in der Stadt – na ja, nicht die Schwachen und Hilflosen, nicht die Penner und Wermutbrüder, sondern die anderen – für Idioten zu halten?

Der Morgen ist klar und kalt. Der Schnee sieht aus wie mit funkelndem Zucker bestreute Schlagsahne. Das Sonnenlicht fällt mit seinen bleichen Messern durch die Zweige, die Messerklingen sind dünn und biegsam wie gehärteter Stahl, und es ist jetzt einfach schweinekalt. Das Thermometer zeigt siebzehn Grad unter null. Er sitzt am Küchentisch und sehnt sich nach geschäumter Milch zum Kaffee wie in der Konditorei.

Man sollte sich so eine blöde Espressomaschine anschaffen, komplett mit Kaffeemühle und einem Hahn, aus dem geschäumte Milch kommt, es wäre natürlich der pure Wahnsinn, aber er könnte es sich leisten. Er braucht doch nur an sich selbst zu denken.

Natürlich kaufen sich nur Idioten zu Weihnachten luxuriöse italienische Kaffeemaschinen, aber vielleicht ist er ja auch kein geringerer Idiot als andere.

Dieser Gedanke lindert seine Symptome. Er hört auf zu husten und zu rotzen und blättert leicht zerstreut in der Morgenzeitung, leider ohne eine Annonce für eine Espressomaschine zu finden. Zu Weihnachten schenkt man in diesem Jahr offenbar DVD-Player. Oder elegante Uhren. Oder Goldschmuck. Oder …

Er versucht, sich auf eine Gehässigkeit über die verdammte Konsumgesellschaft zu konzentrieren, aber er ist noch immer krank. Morgens hatte er neununddreißig Grad Fieber, und sein Kopf scheint mit Holzwolle ausgestopft zu sein. Und nachts war er nicht ganz bei sich, hatte Visionen.

Jetzt wartet er auf etwas.

Worauf, weiß er nicht.

★

«Habt ihr das von Jönsson gehört? Er ist Vater geworden!»

Fredrik Lind stürmte mit wehendem Schlips und gesträubten Haaren in den Pausenraum. Die anderen starrten ihn verwirrt an, sie hatten noch rote Augen vom Vorabend – es war eine gelungene Weihnachtsfeier mit viel Schnaps und großen Vertraulichkeiten gewesen. Jetzt mussten sie den Vormittag überstehen, ohne sich allzu nützlich machen zu müssen. Draußen schien die Sonne. Es war ein Tag für einen stärkenden Skiausflug und danach ein oder zwei die Form wiederherstellende Biere in der Sauna, aber doch kein Tag für Büroarbeit.

«Vater? Was redest du denn da? Das ist doch überhaupt nicht möglich!»

«Nicht? Dann seht euch doch dieses Fax an! ‹Ich komme erst mal noch nicht zurück. Nehme für unbestimmte Zeit Urlaub, da könnt ihr sagen, was ihr wollt. Bin Vater geworden. Jönsson›.»

Lind schwenkte das Fax unter der Nase der Kollegen. Das erste Staunen wich bald einem immer stärker werdenden, ungläubigen Gemurmel. Hatte dieses Fossil denn wirklich eine so junge Frau, die noch Kinder bekommen konnte? Himmel, der musste doch über fünfzig sein. Und warum hatte er nichts gesagt? Neun Monate ohne einen Mucks? Das konnte niemand glauben. Nur die Chefin behielt die Fassung:

«Möglich ist alles», sagte sie gelassen. «Warum sollte nicht auch jemand wie Jönsson Geheimnisse haben können? Das haben andere doch auch.»

Sie wechselte einen langen Blick mit Fredrik Lind. An diesem Tag strahlte sie auf fast unanständige Weise. Ihre Haare waren fülliger und geschmeidiger als sonst, ihr Blick leuchtete klarer, und ihre Brüste wölbten sich unter ihrer Bluse auf eine ganz ungewohnte Weise. Trotzdem hatte sie an ihrem Äußeren nichts geändert: kein Make-up, kein Friseurbesuch, kein Push-up-BH.

Geheimnisse …

★

Fünfzehn Jahre ohne ein Wort.

Er weiß noch immer nicht, was er sagen soll.

Seit sie aufgetaucht ist, hat er kaum ein vernünftiges Wort über die Lippen gebracht.

Vielleicht sollte er wütend reagieren. Das wäre natürlich das richtige Verhalten. Sie hat ihn erniedrigt, ihn hinters Licht geführt, ihm das vorenthalten, was zu wissen sein Recht gewesen wäre, aber das spielt keine Rolle. Um Prestige sollen andere sich sorgen. Prestige war für ihn nie wichtig.

Er fühlt sich plötzlich viel jünger.

Er ist jetzt ganz gesund. Geheilt.

Es wäre nicht richtig zu behaupten, sie habe sich nicht verändert. Ihr Gesicht ist müde und grau, ihre Haare sind stumpf geworden und ausgedünnt. Ihr Busen unter dem offenen Bademantel hat keine wirkliche Ähnlichkeit mit den Brüsten seiner Erinnerung. Das macht nichts. Sie ist, wie sie ist.

«Du wirst es nicht glauben», sagt sie, «aber ich arbeite jetzt in einer Bank.»

«In einer Bank? Du wolltest doch mit deinen Freunden in Uttar Pradesh einen Aschram eröffnen?»

«Trottel, die waren allesamt nur Trottel. Aber du weißt ja, ich war erst fünfundzwanzig. Damals habe ich den Leuten alles geglaubt.»

Sie schaut ihn an. Ihr Blick hat sich nicht verändert, er ist glasgrün, flaschengrün.

Ich liebe dich, liebe dich, liebe dich. Liebe dich …

«Ich habe alles geglaubt, was irgendwer mir erzählt hat», sagt sie noch einmal. «Du weißt schon, ich liebe dich und solchen Blödsinn. Du hast eine Menge geredet, aber auch meine Briefe hast du nie beantwortet, ich war dir doch egal. WIR waren dir egal.»

Er hat noch immer ihren Geschmack im Mund, er spürt noch immer ihre Haut unter seinen Händen. Und noch immer hat er das Gefühl zu träumen.

Sie stand vor seiner Tür.

Einfach so.

Die Klingel ging, und da stand sie.

Er träumte von ihr, hatte Fieber, und sie kam.

Wirklich.

Aus Fleisch und Blut.

Aber er hat das Gefühl zu träumen.

★

Ein Sohn.

Sein Sohn.

Ein Vierzehnjähriger in einem Stockholmer Krankenhaus, nach einem Autounfall im Koma.

DEIN KIND IST IN GEFAHR …

«Bist du sicher, dass ich nicht spinne?», fragt er. «Ich meine, bist du wirklich hier? Das ist nicht einfach nur eine Halluzination? Ich meine, dass du gekommen bist? Und dass dein Sohn … unser Sohn …»

«Wir waren dir egal!», schreit sie. «Und jetzt willst du mir was von Halluzinationen erzählen! Ich kann auch wieder gehen, wenn dir das lieber ist. Ich hau sofort ab, hol dich doch der Teufel! Aber ich dachte, wo er zwischen Leben und Tod schwebt, solltest du es ja doch erfahren – und ich fand, so was sagt man nicht am Telefon, und deshalb habe ich ihn verlassen, um herzufahren und mit dir zu reden, und jetzt reißt du Witze über Halluzinationen!»

Sie bricht nicht schluchzend zusammen, wirft sich nicht als unter Tränen bebendes Häuflein Elend auf den Tisch, wie man es doch erwarten könnte, nein, dazu ist sie zu stark. Dazu war sie immer schon zu stark. Jetzt schneidet ihr grüner Blick durch seine Unruhe, es kann keinen Zweifel geben, sie ist wirklich da, er ist gesund, großer Gott. Er hat es ja sogar schriftlich, erst vor zwei Tagen war er beim psychiatrischen Notdienst, und dort wurde ihm versichert, dass er ganz gesund sei.

«Ich war vierzehn Jahre mit ihm allein», sagt sie ruhig. «Du kannst dir nicht vorstellen, was das bedeutet. Wenn du wenigstens auf meine Briefe geantwortet hättest …»

«Was soll dieses verdammte Gefasel über die Briefe. Ich habe keine Briefe bekommen.»

Schweigen legt sich wie Schnee über das Zimmer. Es sickert in sie beide ein. Ihre Augen weiten sich, wie vorhin, unter ihm, sie war unter ihm so weit offen wie vor fünfzehn Jahren, *die Türklingel ging, und da stand sie, er träumte von ihr, er hatte Fieber, und sie kam. Wirklich. Aus Fleisch und Blut.*

Sie betrat mit Tränen in den Augen seine Wohnung, und sie gingen ins Bett. Sofort. Und jetzt:

«Ich habe dir Briefe aus Indien geschickt», flüstert sie. «Als mir aufging, wie es um mich stand.»

«Aus Indien, hm? Die habe ich nie bekommen.»

«Und dann bin ich irgendwann nach Hause gefahren, und er wurde geboren, und inzwischen hatte ich entschieden, dass ich allein zurechtkommen würde.»

«Und in all den Jahren hast du dir das nie anders überlegt? Du hättest, mhm, mir doch noch einen Brief schicken können.»

«Du, ich bin keine, die sich die Dinge anders überlegt, das weißt du. Und ich wollte nicht. Eigentlich wollte ich nicht …»

«Du wolltest mich nicht in die Sache hineinziehen, nein. Aber jetzt machst du mir Vorwürfe. Ich habe nichts von mir hören lassen und mich nicht um euch gekümmert und bla bla bla. Du …»

Sie legt ihre Hand auf seine, und ihre Hand ist leicht und kühl:

«Wir haben keine Zeit für diesen Unsinn», sagt sie. «Wir müssen fahren.»

★

Siebzig Kilometer bis Stockholm, kein Schnee auf der Autobahn, die ist geräumt, freigefahren, der Verkehr fließt einigermaßen, bald werden sie dort sein. Sie fährt schweigend weiter, und er mustert ihr Profil, die gerade Nase, die hohe Stirn, *ich liebe dich, liebe dich, liebe dich. Liebe dich.*

Gedankenfetzen wirbeln durch sein Bewusstsein, aber er kann sie nicht zu einem klaren Muster zusammensetzen. Alles, was ihm gestohlen worden ist. Die Ausmaße dessen, was sie getan hat. Die Folgen ihrer schweigsamen Jahre. *Ich hasse dich …*

«Es gibt eine Wirklichkeit hinter der sichtbaren», sagt sie plötzlich. «Es gibt Dinge, die du mit deinen rationalen Erklärungen nicht erfassen kannst, aber das willst du ja nicht glauben.»

«Nein, das glaube ich nicht. Und du, du arbeitest in einer Bank.»

Sie dreht den Kopf ein wenig und lächelt ihn an.

«Ja», sagt sie. «Ja, ich arbeite in einer Bank. Und du kümmerst dich um Abfallbeseitigung.»

Und unser Kind ist in Gefahr, will er hinzufügen, aber die pulsierenden Buchstaben sind ihm entglitten. Die Warnung ist verklungen.

Alles ist ruhig.

Über das andere weiß man nichts, *Fetzen, Liebe, Hass,* aber mit dem Jungen wird alles gut gehen.

★★★

Kim Småge Das Weingeheimnis

Aus dem Norwegischen von
Gabriele Haefs

Wein befreit den Menschen von der kühlen Denktätigkeit und offenbart seine innere Wärme und sein wahres Wesen.

(frei nach Dionysos)

Vor etlichen Jahren gehörte ich einer Jury an, die den besten Roman im Genre Krimi und Spannung auswählen sollte. Die Manuskripte strömten herein, und als das letzte gelesen war, hatte ich den Eindruck gewonnen, dass Tafelfreuden und Mord zusammengehören. Nicht notwendigerweise weil Essen und Wein den Tod brächten. Aber zu all diesen eleganten Morden gesellten sich unweigerlich Speis und Trank. Vor allem Trank. Und kein beliebiger Trank! Helden und Schurken tranken keine Buttermilch und keine Vollmilch, weder Limonade noch Cola oder Wasser. Helden und Schurken tranken Wein. Aber sie kippten sich den Wein nicht hinter die Binde, um davon in Stimmung zu kommen. Wenn sie ihre Sorgen ertränken wollten, dann griffen sie zu Bourbon, Whisky und Wodka, und zwar an einem Tresen mit einem Barmann, der sie verstand – Runde um Runde – und ihnen ins wartende Taxi half, wenn der Abend ein Ende nahm, die Beine nicht mehr gehorchten, die Aussprache stockte und der Held ins Bett gesteckt werden musste. *Wein* dagegen spielte in den Manuskripten eine ganz andere Rolle. Er diente dem Genuss.

Ich fühlte mich von diesen Szenen total provoziert. Von diesen endlosen Mahlzeiten mit allerlei Weinsorten, die gekostet und geschmeckt und gegurgelt und kommentiert werden mussten. Ich kam mir vor wie im Kurs «The Noble Art of Wine Tasting».

Was ich als Mädel aus dem Ostend von zu Hause an Wissen über Rotwein mitbekommen hatte, war folgende Aussage: «Huch, saurer Rotwein!» Weißwein wurde nie erwähnt. An einem Sommerabend, als die Frauen strickend auf den Bänken saßen und die Männer sich mit Schach die Zeit vertrieben, hatte ein Steward, der im Haus wohnte, eine Flasche Weißwein spendiert. Ich glaube, die Beschenkten wollten doch lieber Kaffee trinken. In meiner Umgebung hatten diese langhalsigen grünen oder blanken Weinflaschen einfach keine Tradition. Sie gehörten in eine andere Welt.

Ich bitte alle Weinkenner, mir zu vergeben, aber ich trinke wirklich gern Wein – vor allem Rotwein. Und ich esse gern Räucherlachs. Und es ist nicht mein Problem, dass die Kellner erbleichen und «Verzeihung?» fragen, wenn ich gut temperierten Rotwein und gut geräucherten Lachs bestelle.

★

Da saß ich nun also, mit Tausenden von Manuskriptseiten, auf denen es neben Morden und deren Aufklärung vor allem um Essen und Trinken ging.

Ich versuchte, neutral zu sein, professionell, und keinen Autor zu nominieren, nur weil Held oder Schurke Grütze, Hering und Knäckebrot aß und Sauermilch trank.

★

Ich versuchte, meinen Kopf auf null zu schalten. Es lagen doch recht viele Jahre zwischen meiner Jugend und «Rotwein schmeckt sauer» und meiner jetzigen Situation. Wirklich viele Jahre. Aber als ich zurückspulte und mich bemühte, WEIN zu denken, wurde ich ein wenig verlegen. Denn Rotwein für mich als Erwachsene bedeutete brennende Kerzen, eine Flasche beliebigen Weins, ein Zimmer mit Sofa und eine aufkeimende Liebschaft. Ziemlich banal also. Ich kann mich jedenfalls nicht daran erinnern, dass wir am Korken geschnuppert oder den Wein in eine Karaffe dekantiert oder ihn in den passenden Gläsern serviert hatten. Wir tranken vor allem aus für Studenten typischen Senfgläsern.

Aber ich bin nun einmal ein neugieriges Wesen, und mein Entschluss stand fest: Ich wollte den Weinkennern (sprich den Manuskriptverfassern) ihr Wissen über die verschiedenen Weinsorten entreißen.

★

Die Dame im Weinladen fand mein Vorhaben lustig. Ich erzählte von seriösen Weinproben, und sie versah mich mit Weinen von den preislichen Leichtgewichtsklassen bis zu den wirklichen Schwergewichten. Letztere rissen ein tiefes Loch in meine Brieftasche.

★

Ich transportierte die Weinflaschen durch die vereisten Straßen stehend, nicht liegend. Denn so verhält sich eine echte Önologin trotz der Rutschgefahr. Liegender Transport zerstört irgendetwas. Ich hatte mir von Bekannten die vorschriftsmäßigen Trinkgefäße ausgeliehen, so echte, nach innen gebogene Weingläser. Beim Dekantieren war ich mir nicht mehr so sicher. Die einen sagten, der Wein müsse dekantiert werden, die anderen, das sei nur Unsinn. Aber alle stimmten überein, was das Lüften betraf. Mindestens dreißig Minuten musste der Wein gelüftet werden. Bei Zimmertemperatur. Und damit ist keine normale Wohnzimmertemperatur gemeint, die liegt viel zu hoch. Zimmertemperatur in der Weinsprache bedeutet für Rotwein achtzehn Grad. Und versuchen Sie bloß nicht, die Flasche am Heizkörper oder unter dem Heißwasserhahn anzuwärmen, das wäre ein Sakrileg. Ich beging kein Sakrileg. Ich hielt mich an die Vorgabe der Manuskripte; ich kaufte den Wein zwei Tage vor der Probe und ließ ihn in Ruhe liegen und vor sich hin temperieren.

Vor mir auf dem Tisch stand die ganze Flaschenbatterie aufgereiht. Ein schöner Anblick. Ich duschte jeden Morgen mit unparfümierter Seife, ich benutzte keinerlei Spray, das Geruch oder Geschmack beeinträchtigen könnte, wenn der MOMENT DES KOSTENS gekommen war. Ich verzichtete am Vorabend des großen Tages sogar auf meine Abendzigaretten.

★

Das Problem war, dass das Ganze vormittags stattfinden sollte. Denn vor zwölf sind die Geruchs- und Geschmacksnerven besonders aufnahmefähig. Schöner wäre es eigentlich, dabei zu mehreren zu sein. So könnte man auch ein präziseres Resultat erzielen. Ich rief also Freunde und Bekannte an. Einer arbeitete in der Schule – hatte Unterricht; eine arbeitete bei der Gemeinde – hatte Besprechung; einer arbeitete im Kindergarten – große Verantwortung; eine arbeitete in einer Zeitungsredaktion – hatte Deadline. Niemand konnte sich an einem Mittwochvormittag vor Weihnachten einer Weinprobe widmen. Ich musste mich also auf mich selbst verlassen.

★

Alles ging gut. Ich stand früh auf. Ließ meine Katze nach draußen in den Schnee, ging gleich nach Ladenöffnungszeit zum Bäcker und kaufte Weißbrot. Und Mineralwasser. Wichtige Zutaten zu der Seance, die nun folgen sollte.

Alles war unter Kontrolle. Ich ging mit Andacht und Neugier zu Werk. Ich sehnte mich danach, zur Eingeweihten zu werden. Etwas von dem Prozess zu begreifen, den rote und blaue Trauben durchlaufen müssen, ehe sie in Flaschen landen und in Gläsern serviert werden.

★

Ich ging überaus sorgfältig vor. Hielt das Glas am Stiel, nahm den Wein in den Mund. Zuerst den billigen Wein. Spuckte aus nach Weinkennerinnenmanier. Kaute ein Stück Weißbrot.

Machte mit einem teureren Wein weiter. Mehr Weißbrot. Einen Schluck Mineralwasser. Nächster Wein. Ich schnupperte und gurgelte, kostete und schmatzte, notierte: «Dieser Wein hat meine Zähne ausgetrocknet, dieses Miststück. Zu viel Gerbsäure.» Und spuckte aus. Versuchte, das LICHT zu sehen. Aber ich sah weder LICHT noch Nationalität, Bodenbeschaffenheit, Hanglage, Traubensorte, die Ahnen der Winzer bis zurück zu Karl dem Großen, Jahrgang oder …

Es schmeckte nach Wein. Ganz einfach. Nach Rotwein. Die exaltierten Darstellungen in den Manuskripten trafen nicht zu, sie stimmten nicht. Mir erzählte der Wein rein gar nichts über die Geschichte der Winzer, über gute und schlechte Jahre, über mit Fuß- oder Maschinenarbeit gekelterte Trauben und alles andere, was ich doch erfahren, entlarven, erfassen wollte.

Am Ende vergaß ich, die Kostproben auszuspucken. Stellte fest, dass eine Erkenntnis ewig wahr bleibt: Wein bedeutet Rausch. Wein bedeutet brennende Kerzen, Umarmungen und eine aufkeimende Liebschaft. Oder Gemütlichkeit unter Freundinnen, die nach und nach samt ihren Problemen unter dem Sessel landen.

Ich saß am helllichten Vormittag mutterseelenallein da und spielte inmitten von Weihnachtsstress die Weinkennerin. Und das war ein Fehler. Kann mir denn irgendwer verdenken – so teuer, wie meine Weinprobe war –, dass ich nicht nur schnupperte und mit den Weintropfen gurgelte, dass ich sie nicht nur auf meiner Zunge herumrollen und im Mund Purzelbäume schlagen ließ? Sondern dass ich, statt auszuspucken, hinunterschluckte? Das tat ich nämlich. Schluckte hinunter. Schluck für Schluck. Weil es so schrecklich traurig war an diesem verschneiten Morgen, so ganz allein zu sein. Fast zum Heulen.

★

Ich war, als ich wieder zu mir kam, von meinen Notizen absolut begeistert. Auf dem großen weißen Bogen standen Wörter wie: «Herausfordernd, reich, harmonisch, hart, robust, behaglich, füllig, durchschnittlich, fein, rund, samtweich, volltönend, klein, kurz». Ist es da noch ein Wunder, dass ich, als ich kurz vor den Abendnachrichten erwachte, auf der Suche nach einem Mitmenschen, auf den all diese Adjektive zutrafen, auf dem Boden herumkroch? Ich konnte keinen finden. Ich fand nur einen Tisch mit halb vollen Weinflaschen und verdreckten Kristallgläsern mit Lippenstiftflecken auf einer fleckigen Damastdecke. Woraufhin ich aufgab. Ich goss alle Weinreste, teure wie billige, in einen großen Topf. Gab Zimt und Zucker, Kardamom und Pfeffer dazu und machte GLÜHWEIN. Meinen eigenen, über alle Rezepte erhabenen Glühwein. Ich rief alle Freunde an. Und dann gab es heißen Weihnachtspunsch!

★★★

Anna Jansson Der Ring

Aus dem Schwedischen von
Gabriele Haefs

Als er den Bierdosenring unter der dünnen Eisschicht auf der Pfütze glitzern sieht, weiß er, dass er den Herrscherring vor sich hat. Im magischen Licht der Straßenlaterne offenbart sich ihm das Geheimnis, so, wie es sich offenbarte, als Elrond noch über sein Tal herrschte und Gandalf den Beinamen «der Graue» trug. Er hat schon auf so etwas gewartet, hat es tief in seinem Knabenherzen geahnt. Und dann passiert es wirklich. Fredrik Bengtsson wird heute, am Dienstag, dem 10. Dezember, zum Träger des Rings ernannt, das sagt er laut vor sich hin. Irgendwo am Rand seines Bewusstseins hört er die Schulglocke zum zweiten Mal zur Stunde mahnen. Der Schulhof ist leer. Der Ring sieht trügerisch anspruchslos aus, wie er da eingeschlossen in seiner Schatztruhe aus Eis liegt, aber dennoch wird er die Welt bald verändern.

Neben dem Fahrradständer liegt ein spitzer Stock. Fredrik hat noch immer Schmerzen, seit Torsten ihn damit von hinten angegriffen und dabei so laut «Jetzt scheißt du dich voll» geschrien hat, dass die Mädchen es hören konnten. Dieses Schwert ist die Waffe, die er jetzt braucht. Als Befreier des Rings. Mit zwei heftigen Stößen steht ihm die unermessliche Macht zur Verfügung. Fredrik nimmt den Ring in seine Hand und schiebt ihn sich im Namen Gandalfs, der Elfen und der brummigen Zwerge auf den Finger. Es ist kein sonderlich merkwürdiges Gefühl, anfangs nicht. Aber dann, als er am Fahrradständer entlang auf Torstens scharfes neues Rad mit Handbremse, zwanzig Gängen und doppelter Federung schaut, da passiert in ihm etwas. Seine Zähne werden spitzer, und seine Augen schrumpfen zu kleinen glühenden Flammen. Aus seinen Händen wachsen grobe schwarze Haare hervor, seine Fingernägel krümmen sich zu Krallen. Und dann begeht der Träger des Rings eine Tat, zu der Fredrik Bengtsson aus der Klasse 1 A sich niemals erkühnen würde: Er stiehlt ein Fahrrad.

Den Hang hinunter geht es viel zu schnell. Die Straße ist die pure Eisbahn. Die Laternen jagen in gefährlichem Tempo vorbei. Fredrik schiebt die Füße auf den Boden, um zu bremsen, dann drückt er voller Panik auf die Handbremse und stürzt. Seine Handschuhe sorgen dafür, dass er sich die Hände nicht am Asphalt aufschrammen kann, aber sein Knie trägt eine Wunde davon. Das Fahrradblech beult ein, der Lack wird zerkratzt. Ohne den Ring würde er jetzt sicher vor Schmerz und Angst weinen, aber jetzt ist alles anders. Der Träger des Rings schaut vorwärts. Ihn locken die Waldwege. In den bereiften Baumkronen ist ein Flüstern zu hören. Ein märchenhaftes Raunen. Er besteigt sein Stahlross und begibt sich in das Labyrinth zwischen den schwarzen Baumstämmen. Zuerst kann er nur mit Mühe sehen, doch bald haben seine Augen sich an die Finsternis gewöhnt. Am erstarrten Bachlauf liegen einige kleine graue Hütten mit Grasdächern. Hinten, zur Wiese hin, gibt es einen Grashügel mit einer kleinen Tür aus morschem Holz. So sehen die Wohnstätten der Hobbits aus. Jetzt ist Vorsicht angesagt. Fredrik versteckt sich hinter dem Komposthaufen und zieht das Fahrrad hinter sich her. Zwischen den Tannen fallen Schatten. Es gibt schwarze Ritter. Man muss vorsichtig sein. Doch als Fredrik gerade den Ring abstreift und in die Hosentasche steckt, sieht er, wie die Tür im Hügel geöffnet wird und wie eine schwarze Gestalt im Wald verschwindet. Ein Gesicht, aber für den Moment weiß er nicht, wo er es schon einmal gesehen hat. Gut oder böse?

Freund oder Feind? Er wartete eine Ewigkeit aus fröstelnden Sekunden. Die Morgensonne sickert lautlos durch die Zweige und verschlingt die Schatten. Gestützt vom Fahrrad, kämpft er sich weiter, um einen Blick in den Erdkeller zu werfen. Die Tür ist angelehnt. Es riecht kalt und feucht und künstlich süß. Die Wände sind brüchig, und die Kälte klebt am Körper fest. Fredrik tastet sich weiter und stößt gegen etwas, das auf dem Boden liegt. Etwas, das Ähnlichkeit mit einem Sack Kartoffeln hat und doch keiner sein kann. Er sucht in seiner Hosentasche nach dem Feuerzeug, das er morgens aus der Jacke seines großen Bruders entwendet hat. Mit der kleinen Flamme in der Hand beugt er sich vor und blickt in ein gelbbleiches Gesicht mit glasigem Blick. Im klaffenden Mund sieht er einen zahnlosen Oberkiefer. Die Zähne sind heruntergefallen und haben sich quer gelegt. Wie hypnotisiert bleibt Fredrik zwei Sekunden lang unbeweglich stehen, dann stürzt er zurück ins Licht. Jagt durch den Wald, während seine Gedanken wie verängstigte Vögel durcheinander wirbeln.

«Du kommst schon wieder zu spät, Fredrik Bengtsson.»

Die Lehrerin hat diese energische Falte zwischen den Augenbrauen. Die ganze Klasse richtet ihre Aufmerksamkeit auf die Tür. Vorwurfsvolle Blicke begleiten ihn an seinen Platz.

«Ich musste zur Toilette.»

«Scheiß dich voll», faucht Torsten aus seiner Ecke beim Bücherregal.

★

Kriminalkommissarin Maria Wern sieht zu, wie der schmächtige Frauenkörper in einen schwarzen Plastiksack gepackt wird. Der Techniker zieht den Reißverschluss hoch und erhebt sich mühsam, eine Hand ins Kreuz gelegt. Seit geraumer Zeit hat niemand mehr etwas gesagt. Die Stille im Wald, die schwarzen Zweige der kahlen Bäume, die sich vor dem weißen Schnee abzeichnen, lassen die Umgebung an einen Friedhof erinnern. Einen natürlichen Ort für Vergänglichkeit und doch wieder nicht. Der Eindruck wird gestört durch den rotbraunen Flecken auf der Zementplatte und durch das Kinderfahrrad, das achtlos hingeworfen vor der Tür zum Erdkeller liegt.

«Hier ist eine Frau, die mit dir reden will, Wern.»

Polizeiassistent Ek zeigt auf einen weißen Saab, der auf dem Kiesweg bis zur Absperrung vorgefahren ist. «Sie heißt Sara Skoglund, ihr habt vorhin telefoniert.» Maria holt tief Luft, versucht, die Bilder zu verjagen und zur Ruhe zu kommen, ehe sie zu der verstörten alten Dame ins Auto steigt.

«Kann sie gestürzt sein und sich dabei tödlich verletzt haben? Ich habe die Wunde in ihrem Hinterkopf gesehen», sagt die Frau kaum hörbar und zupft sich am Kinn, bis rote Spuren zu sehen sind.

«Es ist noch zu früh, um darüber etwas sagen zu können», erwidert Maria gelassen. Saras Augen hinter ihrer starken Brille sehen unnatürlich groß aus. Sie scheinen zu wachsen und ineinander überzugehen, wenn sie an den schrecklichen Anblick denkt, den sie über sich ergehen lassen musste. Maria legt den Arm um die andere, bis deren Schluchzen verstummt ist. Danach reicht sie ihr eine Packung Papiertaschentücher. «Erzählen Sie mir, was Sie wissen.»

«Ellen Borg», Sara zeigt auf die Tote, «hat im selben Haus gewohnt wie ich. Montags haben wir zusammen Bridge gespielt. Gestern Abend hat sie mich gefragt, ob ich sie hierher fahren könnte. Eigentlich fahre ich nicht gern im Winter, schon gar nicht, wenn es dunkel ist. Aber ich gab dann doch klein bei. Sie wollte sofort herkommen und hier übernachten. Fragen Sie mich nicht, warum. Das hat sie jetzt seit einigen Monaten hier gemacht. Jeden Montag nach dem Bridge hat sie mich gefragt. Wir haben dann verabredet, dass ich sie heute Nachmittag abholen sollte. Um zwei, aber ich habe mich ein wenig verspätet. Ellen hat hier draußen kein Telefon, deshalb konnte ich ihr nicht Bescheid sagen.»

«Und wie spät kann es gewesen sein, als Sie hergekommen sind?»

«Sicher fast drei. Die Tür war unverschlossen, deshalb ging ich hinein. Ich rief ihren Namen … aber es kam keine Antwort. Sie legt den Schlüssel immer unter den Krug auf der Treppe, wenn sie ins Dorf geht. Aber diesmal steckte er in der Haustür. Und dann sah ich das Fahrrad vor dem Kartoffelkeller liegen. Das fand ich seltsam, deshalb ging ich hin. Und dort …»

Das Gesicht der Frau zieht sich verzweifelt zusammen, und Maria lässt ihr Zeit, sich zu beruhigen, ehe sie die Vernehmung fortsetzt.

★

Die Nacht kommt. Fredrik liegt im Bett und lauscht auf die langsam verklingenden Geräusche. Der Fernseher wird ausgeschaltet, aber für eine Weile ist noch die Anlage im Zimmer seines großen Bruders Leo zu hören. Die E-Gitarre zerfetzt die Tapeten, wehmütig und schön. Leo ist verliebt. Deshalb hört er sich Rockballaden mit steinharten Bassläufen an. Love hurts, sagt er, lässt sich aufs Bett fallen und starrt die Decke an, während Fredrik zu begreifen versucht, was denn so wehtut. Das Beste wäre natürlich, wenn sie alles zusammen machen könnten, wie damals, als sie Windpocken hatten. Es war schön, als Leo die Geschichte des Ringes vorgelesen hat. Es ist sehr einsam in Fredriks Zimmer, vor allem im Dunkeln und wenn Mama nicht zu Hause ist. Aber Leo will mit seinem Leid allein sein. Das hat er vorhin deutlich gezeigt, als er dem kleinen Bruder eine leere Coladose an den Kopf geworfen hat. Im

Fenster leuchtet der Adventsstern. Als kleiner Trost in dieser unheimlichen Welt, und bald kommt das Lucia-Fest in der Schule. Fredrik muss dafür ein Gedicht auswendig lernen. Er übt und übt, bis die Wörter durch sein Gehirn tanzen.

Meine Kerze brennt für Lucia,
denn jetzt ist Weihnachten nah,
und ich entzünde alle Lichter
in der Krone in ihrem Haar.

Unter dem Bett lauern Dackel, schwarze schleimige Geister von toten Dackeln. Wenn Fredrik die Beine über die Bettkante hängen lässt, werden sie ihn beißen und mit dem Tod anstecken. Deshalb rennt er durch den Wald, ohne innezuhalten. Sie schnappen nach seinen Hosenbeinen. Er tritt um sich, um sich von ihnen zu befreien. Rennt auf das schwarze kalte Wasser des Flusses hinaus und springt über die Eisschollen stromabwärts. Doch dann sieht er das Gesicht unter dem Eis. Die grauen Haare rahmen es ein wie ein staubiger Heiligenschein, und die Augen starren ihn vorwurfsvoll und tückisch aus dem gelben Gesicht an. Fredrik schreit auf, doch der Schrei bleibt in seiner Lunge stecken. Am anderen Ufer, wo Rettung zu finden wäre, steht Torsten mit dem ruinierten Fahrrad in der Hand. Das alles ist entsetzlicher, als irgendwer es ertragen könnte. Fredrik gibt den Kampf auf, er lässt sich versinken und wird vom eiskalten Wasser zum Teich getragen. Er friert so schrecklich, dass er erwacht …

«Leo! Aufwachen, Leo!»

«Was ist denn los?»

«Die Dackel haben in mein Bett gepinkelt und ich friere!»

★

Maria Wern sitzt in sich zusammengesunken vor dem Fenster in ihrem Arbeitszimmer. Sie schaut hinaus ins Schneegestöber, ohne etwas zu sehen, tief in Gedanken versunken. Was wollte Ellen Borg in den Montagsnächten in ihrer Waldhütte? Die Hütte weist keinerlei modernen Komfort auf. Um sich eine Tasse Kaffee zu kochen, musste sie zuerst ein Loch ins Eis schlagen, dann Wasser ins Haus schleppen und im Holzofen ein Feuer entfachen. Die Bettwäsche war feucht und klamm, der Boden eiskalt. Im Sommer mag das ja seinen Reiz haben, aber im Winter? Weiter kommt sie mit ihren Überlegungen nicht, denn nun hört sie aus der Sprechanlage Eks Stimme.

«Besuch für dich.»

Ein hoch gewachsener, magerer Mann in schwarzem Mantel stellt sich als Ludvig Borg vor. Er hat schüttere Haare mit einem Mittelscheitel, und die Augen, die durch eine Nickelbrille lugen, sind tief dunkelblau. Arvidsson und Ek haben ihm am vergangenen Abend die traurige Nachricht mitgeteilt. Überraschenderweise fanden sie Borg in der Wohnung seiner Mutter. Er war auf der Durchreise und besaß einen Schlüssel. Maria bietet ihm einen Stuhl an und holt zwei Becher Kaffee. Milch und Zucker will Ludvig nicht. Trotz seines Wollmantels scheint er zu frieren.

«Sie ist ermordet worden?» sind seine ersten Worte, nachdem er sich gesammelt hat.

«Ja, daran kann es keinen Zweifel mehr geben. Sie wurde von hinten mit einem stumpfen Gegenstand niedergeschlagen.»

«Kann das ein Einbrecher gewesen sein?»

«Vielleicht. Wissen Sie denn, ob es in der Hütte irgendwelche Wertgegenstände gab?»

«Das kann ich mir kaum vorstellen. Meine Mutter war keine vermögende Frau. Sie hatte ihre Rente. Aber das ist nicht viel bei einer, die ihr Leben lang bei der Post gearbeitet hat. Das Geld hat wohl gerade noch für die Grundsteuer gereicht, als die vor zwei Jahren verdoppelt wurde. Sie wollte die Hütte absolut nicht verkaufen, sie hat sogar mit dem Gedanken gespielt, ihre Einzimmerwohnung in der Stadt aufzugeben. Ich weiß nicht, wie sie das Problem schließlich gelöst hat.»

«Ja, das weiß ich noch. Damals habe ich über die neuen Steuersätze in der Zeitung gelesen. Es ist die pure Diskriminierung. Viele alte Leute mussten deshalb verkaufen. Wohnt da draußen jetzt noch jemand, oder werden diese Hütten nur in den Ferien genutzt?»

«Das sind jetzt Ferienhäuser. Im Moment können es sich nur wohlhabende Leute leisten, in Bäckalund zu wohnen. Als Letzte ist die Frau des Dorfkaufmanns ausgezogen. Ich glaube nicht, dass sie verkauft hat, sie vermietet jetzt, nachdem sie ins Heim gezogen ist. Ich glaube, im Sommer wohnt dort eine Krankenschwester. Im Winter steht das Haus leer.»

«Der Sohn weiß also nicht, ob Ellen eventuell Millionärin war?»

Kriminalkommissar Hartman blickt Maria Wern fragend an.

«Sieht nicht so aus, es sei denn, er ist ein überaus guter Schauspieler. Sie kann natürlich in der Lotterie gewonnen und es geheim gehalten haben. Vielleicht sollten wir uns bei der Lottozentrale erkundigen. Keine der Damen, mit denen sie montags Bridge spielt, glaubt, dass sie Geld hatte. Sie spielen um einen Einsatz von fünf Kronen. Sara sagt, dass sie sich mehr als zwanzig Kronen im Monat nicht leisten kann. Und Ellen hat noch am Montag Ähnliches zum Ausdruck gebracht.»

«Wissen wir etwas über das Kinderfahrrad?», fragt Hartman und macht sich in seinem Block eine Notiz.

«Das ist gestohlen gemeldet worden. Gehört einem kleinen Wicht aus dem ersten Schuljahr. Er heißt Torsten und ist stocksauer, weil er sein Fahrrad nicht sofort zurückhaben kann. Und sein Vater ist ganz auf seiner Seite. Warum sollen ehrliche Steuerzahler darunter leiden, dass wir einen Mord aufklären müssen?»

«So kann man das auch ausdrücken», sagt Hartman mit bitterem Lachen.

★

«Den, der mein Fahrrad geklaut hat, bring ich um», sagt Torsten langsam und lässt seinen Blick über die versammelten Lucia-Sänger wandern.

Sie stehen in ihren knöchellangen Kitteln auf dem Schulhof und halten ihre Papiersterne fest, damit sie ihnen nicht weggeweht werden. Torstens gemeine kleine Augen starren ein Kind nach dem anderen an, und dabei verzieht er seine Unterlippe zu einer drohenden Grimasse. Fredrik spürt, wie sein Magen sich zusammenkrampft, obwohl er versucht, nicht zuzuhören. Beim Frühstück hat er keinen Bissen hinuntergebracht, er konnte nur ein wenig Wasser trinken. In seinem Magen haust ein Untier, das sich weigert, Menschennahrung anzunehmen.

«Der, der mein Fahrrad geklaut hat, kriegt von meinem Vater so viel Prügel, dass er zwei Wochen lang nicht mehr gehen kann.»

Fredrik versucht, an das Gedicht zu denken, das er in der Aula aufsagen soll, wenn er die Lichterkrone der Lucia anzündet. Aber es ist verschwunden. Einfach weg. Er weiß nicht mehr, wie es anfängt. Er hat ein schwarzes Loch dort, wo seine Gedanken sein sollten, und das Untier wälzt sich ungeduldig in seinem Magen.

«Ich hab Fingerabdrücke nehmen lassen!», sagt Torsten und hebt einen Daumen. «Mir entkommt keiner!» Dann kommt die Lehrerin mit der Lucia und ihren Dienerinnen. Es ist so weit. Die Mädchen flattern in ihren weißen Kitteln dahin, und der Flitter, den sie sich um Haare und Taille gewunden haben, funkelt im Mondlicht. Sie bewegen sich mit einer neuen Würde. Ida sieht aus wie eine Elfenkönigin, mit ihren wogenden offenen Haaren. Die sind bestimmt sehr weich. Fredrik würde die langen blonden Haare gern berühren, aber das wagt er nicht. In ihrer Krone aus Preiselbeerzweigen trägt sie brennende Kerzen. Das rote Seidenband um ihre Taille symbolisiert, dass Lucia mit dem Schwert getötet wurde, weil sie ihre Mitgift an die Armen verteilen wollte. Lucia war eine Heilige. Die Lehrerin wird mit einem Eimer Wasser ganz vorn sitzen. Im vergangenen Jahr hat die Lucia eine Weihnachtsgirlande angesteckt.

Die Partyleuchter brennen am Eingang der Aula. Es duftet nach Glühwein, Saffranbrot und weichen Kleidern. Die Aula ist voll besetzt mit Eltern und Kindern. Aber Fredriks Mama konnte nicht kommen. Sie hat schon wieder Nachtschicht. Die Lucia führt den Zug an, gefolgt von den Jungen mit ihren weißen Papiersternen und schließlich den Dienerinnen. Fredrik hält seinen Stock mit dem Stern ganz hoch und singt, obwohl seine Stimme vor lauter Nervosität fast versagt. Er singt von der winterlichen Dunkelheit hier auf Erden, vom Warten auf das Licht, von Lucia und dem Weihnachtsmann. Und dann wird es hell. Jetzt soll er sein Gedicht aufsagen. Die Lehrerin nickt. Die Dunkelheit draußen im Saal ist von funkelnden schwarzen Augen erfüllt. Fredrik macht den Mund auf, aber es kommt kein Ton heraus. Sein Kopf ist einfach leer. Torsten stößt ihn mit dem Sternenstab an und grinst. Bohrt ihm den Stock zwischen die Rippen und dreht ihn. Die Lehrerin versucht ihm vorzusagen. Aber er versteht kein Wort. Fredrik steht wie erstarrt da. Er muss ganz schrecklich aufs Klo. Das merkt er jetzt. Torstens Stern hat seine Achselhöhle erreicht. Es ist mäuschenstill im Saal, und alle hören das Plätschern, das auf dem harten Parkettboden der Bühne widerhallt.

★

In der Morgendämmerung wird Maria Wern von zweistimmigem Lucia-Gesang geweckt. Krister sucht schon nach seiner Brille, wickelt die Decke um seinen nackten Körper und öffnet die Wohnungstür.

Emil und Linda laufen in die Diele und hören andächtig Kristers Schülern zu, die nach einer feuchtfröhlichen Nacht mehr oder weniger hereingetorkelt kommen. Maria setzt ihnen Kaffee vor. Die meisten scheinen den nach der durchwachten Nacht gut gebrauchen zu können. Ein junger Mann, der zu tief ins Glas geschaut hat, erbricht sich auf der Treppe, zwei Mädchen schlafen hinter verschlossener Tür auf der Toilette ein, ein drittes hat sich in seinen dünnen Pumps die Zehen erfroren.

«Hat es überhaupt Sinn, am 13. Dezember Unterricht abzuhalten?», fragt Maria in der Küche ihren Mann, nachdem der Lucia-Zug sie verlassen hat, um unter den Lehrern weitere Opfer zu suchen.

«Irgendjemand muss sich doch um sie kümmern. In der Lucia-Nacht passiert so viel, was dann Seelsorge und Verarbeitung bei Tageslicht verlangt. Konflikte, die an die Oberfläche kommen, unglückliche Liebe, Schlägereien und Suff. Wie bei deinem Job. Ihr habt doch sicher heute auch allerlei zu tun», sagt Krister und fährt Maria über die Wange.

«Sicher.»

Maria hilft den Kindern beim Anziehen und räumt im Wohnzimmer auf. Sie türmt die vergessenen Habseligkeiten aufeinander, eine Strickjacke, einen Hausschuh, eine Tüte Kartoffelchips und jede Menge Mandarinenschalen. Emil ist heute Pfefferkuchenmann, und Linda ist Lucia. In der Tagesstätte dürfen alle Mädchen Lucia sein. Die Krone ist ein wenig zu groß geraten. Wenn sie sie in den Nacken schiebt, sieht sie eher aus wie ein Hirsch oder ein Elch denn wie eine Königin des Lichts. Emil hat eine Taschenlampe mit Batteriebetrieb. Wenn er die in seine Wange steckt, lässt sie seine Haut rot aufleuchten. Linda versucht, das mit ihrer Lichterkrone nachzumachen, stopft sich eine Kerze in den Hals und kotzt auf ihren weißen, frisch gebügelten Kittel. In aller Eile und unter wildem Protest wird sie als Wichtel zurechtgemacht. Maria teilt die Blumen für das Personal auf, füllt die Waschmaschine, füttert die Katzen und schaltet die Spülmaschine ein, ehe sie hinaus in die Dunkelheit geht.

Es gefällt ihr, eine halbe Stunde Autofahrt zur Arbeit zu haben. Eine Zeit, in der sie ihren eigenen Gedanken nachhängen und sich umstellen kann, ehe neue Herausforderungen an sie herangetragen werden. Maria schaltet die Anlage ein und füllt die Stille mit Andrea Bocellis Version des «Ave Maria». Sie denkt an das Kinderfahrrad, das vor dem Erdkeller lag. Gibt es irgendwo in Bäckalund ein Kind, das ein entsetzliches Erlebnis mit sich herumschleppt? Einen kleinen Jungen oder vielleicht auch ein Mädchen, das etwas Grauenhaftes gesehen oder vielleicht sogar begangen hat? Es wäre das Beste, behutsam und in kleinen Gruppen mit den Kindern zu sprechen. Eine Durchwahlnummer zu hinterlassen, falls jemand unter dem Siegel der Verschwiegenheit etwas berichten kann. Das Fahrrad ist gestohlen worden, allein das kann für ein Kind schon zum Problem werden. Wie ermutigt man einen kleinen Dieb zum Reden? Die Sache kann aber auch noch viel schlimmer sein. Maria will diesen Gedanken abschütteln, aber ganz gelingt ihr das nicht. Ellen Borg war eine schmächtige Frau von eins vierundfünfzig. Es bedurfte keiner großen Kraft, um sie ums Leben zu bringen. Ein gut gezielter Schlag gegen den Hinterkopf, und es war aus mit ihr. Großer Gott, mach, dass kein Kind es getan hat, denkt Maria.

Kriminalkommissar Hartman reicht die Schüssel mit Lucia-Plätzchen und Pfeffernüssen herum. Es ist eine ziemlich ruhige Nacht gewesen. Keine Verkehrsunfälle. Ein Mann, der im Suff im Bett geraucht hat und mit Brandwunden ins Krankenhaus gebracht werden musste. Zwei Jugendliche wurden in die Ausnüchterungszelle gesteckt. Die Eltern sind bereits informiert. Bei Goldschmied Bredström wurde eine Fensterscheibe eingeschlagen, gestohlen wurde jedoch nichts. Im Großen und Ganzen eine ruhige Lucia-Nacht.

«Du wolltest wissen, ob Ellen Borg irgendeinen Lottogewinn gemacht hat», sagt Ek, als er den Besprechungsraum betritt.

«Ja, wie sieht es aus? Weißt du etwas?», fragt Maria und kann ihren Eifer nur mit Mühe verbergen.

«Ein Gewinn lässt sich nicht nachweisen, weder dort noch beim Bingo oder auf der Rennbahn. Das Geld auf ihrem Konto wurde nach und nach eingezahlt. Und niemals in größeren Beträgen als 20 000. Das spricht gegen einen Lotteriegewinn. Trotzdem handelt es sich um eine Form von zusätzlichem Einkommen. Und sogar um ein ziemlich stattliches. Ich kann mir nicht vorstellen, dass man mit Strohflechten oder Stricken solche Mengen Geld verdienen kann.»

Ek lässt sich so energisch auf das Sofa des Besprechungsraumes fallen, dass Maria fast die Kaffeetasse aus der Hand gefallen wäre. Er sieht ziemlich erschöpft aus. Sicher war die Nacht für ihn in privater Hinsicht anstrengend.

«Wie sieht es in Ellen Borgs Wohnung aus?», fragt Maria und stellt die Tasse in sicherer Entfernung von Ek ab.

«Sauber und ordentlich. Grauenhafte Mengen von Ziergegenständen. Bestickte Sofakissen, du weißt schon. Das einzig Interessante ist ein Fernrohr. Das steht in ihrem Schlafzimmer und ist auf das Schlafzimmerfenster der gegenüberliegenden Wohnung gerichtet. Sicher wusste sie so gut wie alles über ihre Nachbarn.»

«Sind die technischen Untersuchungen in Bäckalund beendet?», fragt Maria.

«Ja.» Hartman hält die Thermoskanne in der Hand. «Wolltest du hinfahren?»

«Ja, nachher. Wir haben im Moment nicht genug Leute im Dienst, und deshalb können wir uns die Schule erst morgen vornehmen.»

Der Waldweg ist schwarz und düster. Der Schnee, der während dieser Nacht in wildem Gestöber gefallen ist, wurde von den Baumkronen aufgefangen, und der Boden zwischen den Bäumen ist nur stellenweise weiß. Diese Kontraste wirken geheimnisvoll. Zwei Elstern streiten sich gleich bei der Absperrung um einen halb verfaulten Apfel. Blutrot vor Weiß und Schwarz. Maria steigt aus dem Auto, hält sich die Hand über die Augen und schaut nach Osten in die aufgehende Sonne. Warum hat Ellen Borg im Oktober plötzlich diese montäglichen Fahrten in die Hütte aufgenommen, wenn das früher nie ihre Gewohnheit war? Hat sie dort jemanden getroffen? Sara Skoglund zufolge hatte Ellen nicht viele Bekannte, aber hier draußen war sie doch geboren worden und aufgewachsen. Vielleicht kannte sie hier Leute, von denen ihre Freundinnen in der Stadt nichts wussten. Sie war ein wenig eigen, hat Sara gesagt. Mit ihrer Schwiegertochter vertrug sie sich überhaupt nicht. Ludvig kommt immer nur allein zu Besuch. Was mag es für ein Gefühl sein, ein Berufsleben bei der Post zu beenden, wo man über die meisten fast alles wusste, um dann als Rentnerin zu leben? In einer Einzimmerwohnung in der Stadt zu sitzen, mit einer Tageszeitung und einem begrenzten Bekanntenkreis?

Maria will gerade über die Absperrung steigen, als sie hinter den Vorhängen des Nachbarhauses eine Bewegung wahrnimmt. Dieses Haus, das weiß sie von Ludvig, hat früher den Dorfladen beherbergt, es ist ein etwas größeres Holzhaus mit

Veranda. Am Torpfosten lehnt ein Damenfahrrad. Ein altmodisches Rad mit hohen Rädern, einer Plastikhaube über den Speichen und einem vorn angebrachten Fahrradkorb. Maria geht zu dem Haus hinüber und klopft. Draußen ist es kalt. Ihr Atem schwebt wie Rauch vor ihrem Mund. Maria stößt ihn in kleinen Rauchsignalen aus, während sie darauf wartet, dass geöffnet wird. Im Schnee auf der Treppe sind Fußspuren zu sehen. Schritte, die ins Haus gegangen sind und nicht wieder herausgekommen. Maria klopft noch einmal, und die Tür wird von einer hübschen blonden Frau von vielleicht fünfundzwanzig Jahren geöffnet. Wärme umfängt sie. Maria hört, wie das Feuer im Holzofen knistert.

«Maria Wern, von der Kriminalpolizei. Darf ich ein paar Fragen stellen?»

«Lovisa Gren, Schulschwester.» Die Frau streckt die Hand zu einem festen Händedruck aus. «Es ist kalt draußen, kommen Sie doch herein. Ich kann mir ja schon denken, dass es um das Schlimme geht, was Tante Ellen passiert ist.»

«Richtig.»

Maria geht ins Haus und wischt sich den Schnee von den Schuhen. Sie setzen sich an den Küchentisch vor den Herd. Ein Zinnbecher mit getrockneten Vogelbeeren schmückt den naturhellen Ausklapptisch. An der Wand gegenüber hängt ein blau eingefasster Wandbehang. Sorgfältig gestickte Buchstaben bilden den Text: «Steter Tropfen höhlt den Stein.»

«Wann haben Sie Frau Borg zuletzt gesehen?»

Lovisa stützt den Kopf auf die Hände und denkt nach.

«Eigentlich weiß ich das gar nicht. Es war wohl im Sommer. Ja, in der Mittsommernacht.»

«Und wann waren Sie zuletzt hier draußen?»

«Anfang Juli. Dann bin ich ins Ausland gereist. Hier hat es ja nur geregnet.»

«Sind Sie die Einzige, die diese Hütte hier benutzt?»

«Ja, da bin ich mir ganz sicher. Ich habe sie für das ganze Jahr gemietet. Aber ich wohne nur im Sommer hier.»

Maria öffnet ihre Jacke und lässt die Wärme an ihren Körper heran. Ihre Hände sind rot gefroren. Es tut gut, sie zum Feuer hin auszustrecken.

«Wie würden Sie Ellen Borg beschreiben? Wie war sie?», fragt Maria.

«Mit mir hat sie vor allem über Krankheiten gesprochen. Sie hatte Gallenprobleme, Gelenkrheumatismus und wurde schwerhörig. Und das gab doch eine Menge Gesprächsstoff her. Ich habe mir manchmal gewünscht, ich hätte ihr nie erzählt, dass ich Schulschwester bin.»

«Ja, das kann ich mir denken. Und jetzt sind Sie hergekommen …»

«Ja, ich habe in der Zeitung über den Mord gelesen und wollte mich davon überzeugen, dass hier niemand eingebrochen war.»

«Und alles ist unverändert?»

Maria schaut sich mit freundlicher Miene um. Sie lässt ihren Blick über das Zimmer mit dem noch ungemachten Bett wandern.

«Ja. Ich habe heute Nacht hier geschlafen», sagt Lovisa und scheint sich entschuldigen zu wollen. «Hatte keine Zeit, das Bett zu beziehen.»

«Das war mutig. Sind Sie jemals Ellens Sohn begegnet?»

«Ludvig. Der war im Frühling hier. Er hat immer für Ellen die Kartoffeln gesetzt. Sie konnte solche Arbeiten schon längst nicht mehr verrichten, aber neue Kartoffeln zu Mittsommer, die wollte sie doch haben.»

«Wie finden Sie ihn?»

«Weiß nicht.»

«Jetzt sagen Sie es schon», bittet Maria. «Den Unterton habe ich ja doch gehört.»

«Er ist ja wohl ein bisschen eitel», lacht Lovisa. «Teuerstes Auto, Sie wissen schon. Will unbedingt zeigen, dass er es zu etwas gebracht hat. Er ist so eine Art Finanzgenie.»

Ellen Borgs Hütte atmet Ordnung und Sauberkeit, Symmetrie und Perfektion bis ins kleinste Detail. Die Einmachgläser mit ihren handgeschriebenen Etiketten stehen in Reih und Glied. Die Handtücher unter dem bestickten Paradetuch weisen Bügelfalten auf. Die gemauerte Haube über dem offenen Kamin ist absolut kreideweiß, als sei der Kamin nie benutzt worden. Überall herrscht Ordnung, mit einer Ausnahme. Auf dem Küchentisch liegt ein Fernglas, achtlos hingeworfen auf die Tischdecke. Warum? Was hat sie sich angesehen? Niemand hat behauptet, Ellen habe sich für Ornithologie interessiert. Hat sie im Sommer ihre Nachbarn beobachtet? Vielleicht, aber was kann es hier mitten im Winter zu sehen gegeben haben? Maria hebt das Fernglas auf und überprüft die Einstellung. Vom Küchenfenster aus kann sie bis zur Straße blicken. Nicht schlecht. Da Ellens Hütte ganz hinten liegt, hat sie damit vom Küchenfenster aus den ganzen Weiler im Blick. Maria dreht eine Runde durch das Haus und kehrt dann zum offenen Kamin im Wohnzimmer zurück. Sollten bei dieser Kälte nicht alle Wärmequellen in Betrieb genommen werden? Alles weist doch darauf hin, dass Ellen in diesem Zimmer übernachtet hat. Das Bett ist sorgfältig gemacht und von einer Tagesdecke bedeckt. Maria folgt einem Impuls und schiebt eine Hand in den Kamin. Betastet die Ziegelsteine. Einer sitzt locker. Sie kann ihn herausziehen. Sie nimmt ihn mit und geht ans Fenster. Mit Bindfaden ist ein dünnes schwarzes Notizbuch daran befestigt.

★

Fredrik versteckt seine schwarzen Kleider unter der Badewanne, leise, leise, um Mama nicht zu wecken, die im Nebenzimmer schläft. Seine Wangen glühen noch immer, weil er sich so schämt. Vielleicht ist er jetzt fürs Leben gezeichnet. Wie soll er jetzt noch zur Schule gehen? Kann man sich zu Hause unterrichten lassen, weil man in die Hose gepisst hat? Das müsste doch möglich sein. Ein Junge aus der 3 hat zu Hause Unterricht bekommen, nachdem er sich das Bein gebrochen hatte. Sich zu bepinkeln ist noch viel schlimmer. In dieser Erkenntnis liegt eine tiefe Einsamkeit. Fredrik steckt die Hand in die Tasche seiner trockenen Hose, er spürt den kalten Ring unter seinen Fingerspitzen. Eigentlich befindet er sich hier doch in einer Notlage. Deshalb streift er ihn über den Finger. Das Böse stellt sich nicht sofort ein. Er spürt kaum, wie es herbeischleicht, als er überlegt, was er jetzt machen soll. Seine Gedanken wandern in eine verbotene Richtung, ziehen ihn durch die verschlossene Tür von Leos Zimmer. Er steht eine Weile im aufdringlichen Geruch von Deodorant da und betrachtet das neue Plakat an der Wand. Es zeigt ein Mädchen im Stringtanga, das auf einem Motorrad sitzt. Fredrik findet das Bild blöd. Das Mädchen sieht aus wie ein Riesenbaby mit einer zu kleinen Windel. Sie schaut ihn über ihre Schulter aus halb geschlossenen Augen an und reißt den Mund auf, als habe ihr eben jemand den Schnuller gestohlen. Das andere Plakat ist vielleicht noch schriller. We are only here for the beer, steht darauf. Das bedeutet, wir sind alle Kinder mit Segelohren. Das hat Leo gesagt. Ein Junge in der Klasse hat Segelohren. Wenn er seine Taschenlampe dahinter hält, sind sie leuchtend rot. Das ist Klasse.

Die verbotenste Stelle ist die Nachttischschublade. Neugierige Finger haben dort Ballons gefunden. Und es gab schrecklichen Ärger, als Fredrik die im Herbst beim Familientreffen aufgeblasen hat. Jetzt liegen dort nur das Jahrbuch der Schule und anderer Unsinn herum. Fredrik zieht ihn hervor und blättert zerstreut. Leo ist schon in der Oberstufe. Die

Mädchen in seiner Klasse sehen uralt aus. Auf die nächste Seite hat Leo ein Herz um ein Mädchengesicht gezeichnet. Fredrik lässt das Jahrbuch fallen und hält sich die Augen zu. So etwas Schreckliches hat er schon lange nicht mehr gesehen. Love hurts.

Leos Mobiltelefon liegt auf dem Aquarium. Es hat eine Hülle mit Tigerstreifen. Fredrik greift nach dem Telefon, wiegt es in seiner Hand und kommt sich fast ein wenig erwachsen vor. Hello, this is Bengtsson speaking, Fredrik Bengtsson. Im Telefonbuch sind Mädchennamen zu finden. Fredrik drückt aus purem Jux auf einen, und plötzlich hört er eine Stimme. Er kommt sich vor wie in einem Horrorfilm. Sie kann ihn nicht sehen. Er ist böse. Böse Männer keuchen ins Telefon, um den Mädchen Angst zu machen. Das weiß er aus dem Fernsehen.

«Hallo, ist da jemand?» Sie scheint sich wirklich zu fürchten.

Fredrik atmet heftig und erschrickt über seine eigene Gemeinheit. Aber es macht auch Spaß, andere zu quälen, es ist wie eine Rache. Es schmeckt nach mehr. Als das erste Mädchen wütend aufgelegt hat, macht er mit dem nächsten weiter, und dann mit dem nächsten, bis nur noch die Telefonnummer seiner Oma übrig ist. Dann hört er auf und legt das Telefon zurück auf das Aquarium, ohne auch nur hinzusehen. Dort, wo er Glas vermutet hatte, ist gar nichts, und das Telefon sinkt langsam zu Boden, wie ein Tigerhai auf Jagd. Es sieht böse aus. Zugleich wird an der Wohnungstür geschellt.

★

Mama und die Lehrerin sind in die Küche gegangen und haben die Tür geschlossen. Fredrik schaut auf die Uhr. Es ist zehn. Mama hat nach der Nachtschicht zwei Stunden geschlafen. Das ist nicht gut. Das weiß er aus Erfahrung. Er legt ein Ohr an die Tür und horcht. Mamas Stimme ist nur sehr leise zu hören. Sie redet mit ihrer Nachtstimme, einer weichen, flüsternden Stimme, die im Krankenhaus benutzt wird. Die Lehrerin dagegen spricht laut und deutlich. Probleme und Sorgen, davon redet sie. Dann sagt sie krank und Schulschwester. Mehr braucht Fredrik nicht zu hören. Was soll er bei der Schulschwester? Man bekommt Spritzen, oder sie zählen die Hodenknubbel durch. Beides ist schrecklich. Es ist unvorstellbar, was man mit Kindern machen darf, man darf sie aufstellen und ihre Knubbel zählen. Das sollten sie sich mal mit den Opas im Parlament erlauben, sie nach dem Alphabet aufstellen und dann … na, das würde aber in den Zeitungen stehen. Genau wie ein Mord. Fredrik will nicht an die tote Tante denken. Oder an das Fahrrad. Oder daran, wer aus dem Erdkeller gekommen ist. Das Untier in seinem Magen rührt sich wieder. Es will mit solchen Gedanken nichts zu tun haben. Die Übelkeit steigt so rasch in Fredrik hoch, dass er nicht mehr rechtzeitig auf die Toilette kommt. Er kotzt auf den hellblauen Läufer in der Diele. Aber es kommt nur ein wenig saures gelbes Wasser heraus. Jetzt wird die Küchentür geöffnet. Hier kann er nicht bleiben. Rasch nimmt er seine Jacke und steigt in seine Stiefel.

«Fredrik. Freeeeedrik!», hört er Mamas Stimme auf der Treppe.

Aber er dreht nicht um. Seine Füße berühren den Asphalt fast nicht, als er in den Wald fliegt. Als er die Dunkelheit erreicht hat, nimmt er den Ring ab. Es ist kalt. Seine Handschuhe hat er vergessen und seine Mütze auch. Es wäre leichter, über den Waldweg zu gehen. Aber da kann man entdeckt werden. Es ist besser, im Schutz der Bäume zu bleiben. Seine Füße in den dünnen Gummistiefeln tun in der Kälte weh. Aus einem Schornstein in dem alten Weiler raucht es, aber es ist kein Mensch zu sehen. Die Sehnsucht nach Wärme wird unerträglich. Fredrik rennt auf das kleine Haus mit der Veranda zu. Die Tür ist verschlossen. Aber hier draußen schließen die Leute ihre Türen nicht richtig ab, sie zeigen damit nur an, ob jemand zu Hause ist oder nicht. Der Schlüssel liegt im Vogelbeerstrauch vor der Treppe. Die Wärme schlägt ihm entgegen, als er leise in die Diele schlüpft. Eine Zeit lang bleibt er mit dem Rücken zur Wand stehen und horcht. Dann gleitet er ins Zimmer. Auf einem Stuhl liegt ein aufgerollter Schlafsack. Den nimmt Fredrik und macht sich auf dem Boden unter dem Bett ein kleines Nest. Wickelt sich wie ein verletztes Tier um den Schmerz in seinem Bauch, liegt ganz still da, bis er wieder normal atmen kann.

★

Kriminalkommissarin Maria Wern bindet sich ihre langen blonden Haare zu einem Pferdeschwanz und steigt ins Auto. Hartman sitzt schon hinter dem Lenkrad.

«Wie machen wir jetzt weiter?», fragt er und schaut in den Rückspiegel. Die Bäckalundschule schrumpft, als der Wagen anfährt, und verschwindet hinter den Bäumen.

«Wir haben noch zwei von den fehlenden Schülern auf unserer Liste. Die Brüder Bengtsson. Einen Gymnasiasten und einen Erstklässler aus derselben Klasse wie der berüchtigte Torsten. Der große Bruder ist wegen einer Erkältung zu Hause, der kleine ist vom Lucia-Umzug weggerannt. Hat sich den Magen verdorben, glaubt seine Lehrerin. Weißt du den Weg zum Lingonstig?»

«Ja, du, ich habe heute Morgen mit den Technikern gesprochen. Wir haben entsetzlich wenig Spuren. Auf dem Fahrrad sind nur die Fingerabdrücke von Torsten und seinem Vater. Wir haben keine Mordwaffe. Der Boden vor dem Erdkeller ist gefroren. Geschneit hat es erst am 10. Dezember nachmittags. Wir haben nur Sara Skoglunds Fußspuren gefunden, und die stimmen mit ihrer Aussage überein. Der Tod muss um kurz nach acht Uhr morgens eingetreten sein.»

«Ludvig erbt doch alles, oder? Ellen Borg hat kein anderes Testament gemacht?», fragt Maria.

Hartman nimmt die Mütze ab und kratzt sich am Kopf. Seine grauweißen Haare leben unter der Kopfbedeckung ihr eigenes Leben, lockig und widerspenstig, wie sie sind. Es wird auch nicht besser, wenn er versucht, sie mit Wasser zu kämmen.

«Nein, er bekommt alles. Was ist mit dem Notizbuch, das du gefunden hast? Was steht darin?»

«Zahlen, nur Zahlen. Es kann sich vielleicht um Tage, Stunden und Minuten handeln. Keine Zahl ist höher als 31. Und dann gibt es noch irgendwelche Symbole. Die sehen fast aus wie Beschimpfungen in Comics, wenn du verstehst, was ich meine. Weiß der Teufel, was das bedeuten kann.»

«Gibt es denn auch Eintragungen für den 9. Dezember?»

«Ich glaube schon. In einigen Stunden wird eine ausführliche Analyse vorliegen. Du, Hartman, eins macht mir Gedanken. Ein kleines Detail, das nicht stimmt. Es kann bedeutungslos sein. Aber ich würde gern eine Sache noch einmal überprüfen, nachdem wir mit den Brüdern Bengtsson gesprochen haben.»

★

Im Traum lacht die Elfenkönigin, und Fredrik wird in Wärme und Licht ihrer Krone eingehüllt. Ihre Haare sind weich und glatt, und sie lacht ihn an. Sie hält ihre weißen Hände aneinander und lässt ihn Brunnenwasser trinken. Gierig trinkt er das glucksende Wasser, trinkt so schnell, dass seine Brust vor Kälte wehtut. Dann schaut er in ihr Gesicht, und es ist wie ein Spiegel. Dort gibt es alles und nichts auf einmal. Mama! Geliebte Mama, hilf mir! Er will ihr schon um den Hals fallen, als ihr Gesicht die verzerrten Züge der Toten annimmt. Ihre Augenhöhlen klaffen leer und schwarz. Ihre Zähne baumeln über ihrem Kinn. Sie bewegt sich, winkt ihm zu und streckt die Arme nach ihm aus. Greift mit wachsgelben Händen nach ihm, und er jagt barfuß über den gefrorenen Boden. Die Stimme verfolgt ihn, wird zu funkelnden Blasen über seinem Kopf und schlägt in Weinen um. Er steht hinter dem Komposthaufen und sieht, wie die Tür des Erdkellers geöffnet wird. Der schwarze Umhang weht im Wind. Die hellen Haare fliegen um das Gesicht. Der Ring macht ihn unsichtbar, der Ring gibt ihm den Mut, zu sehen und sich zu erinnern. Das ist die Frau mit den Spritzen. Das ist Lovisa, die Schulschwester, die sich umschaut und in den Wald läuft.

Fredrik wird von Leos Stimme geweckt. Zuerst glaubt er, zu Hause in seinem eigenen Bett zu liegen, aber der Geruch stimmt nicht. Es riecht nach Feuchtigkeit, nach Mäusekot und Schimmel und etwas Unbekanntem und Kaltem. Ehe er seinem Bruder antwortet, schaut er sich um. Sieht zwei Paar Füße, die ganz dicht beieinander stehen.

«Du darfst mich nicht anrufen. Das haben wir abgemacht», sagt sie wütend und bewegt den rechten Fuß.

«Ich habe nicht angerufen», erwidert Leo überrascht.

«Ach nein? Und wer hat in den Hörer gekeucht, als das Display deine Nummer gezeigt hat?», faucht die Frau.

«Ich weiß nicht. Ich hatte das Telefon heute nicht bei mir. Hatte es zu Hause vergessen. Ich hab den ganzen Tag in der Garage am Auto herumgebastelt. Aber wenn Fredrik auf meinem Zimmer war ...»

«Wir können uns hier nicht mehr treffen. Das musst du einsehen», sagt die Frauenstimme.

«Ich kann nicht ohne dich sein. Ich liebe dich, Lovisa», flötet Leo mit einer Stimme, die Fredrik noch nie gehört hat.

Die kleinen Füße weichen zurück. Die großen folgen.

«Du bist geil auf mich. Das legt sich. Geh weg und vergiss mich.»

«Das kann ich nicht.»

«Das musst du. Eine Schulschwester darf kein Verhältnis mit einem Schüler haben.»

«Du hast gesagt, dass du mich liebst», sagt Leo verzweifelt.

«Das war vielleicht so, aber das ist jetzt vorbei. Ellen Borg hat uns gesehen. Und immer, wenn wir uns getroffen haben, hat sie das in einem kleinen schwarzen Buch vermerkt. Sie wollte Geld für ihr Schweigen.»

«Aber jetzt ist sie doch tot.»

«Genau. Und wenn du auch nur mit einem einzigen Menschen über unsere Beziehung sprichst, dann sage ich, dass du es warst. Dass du sie umgebracht hast. Ich habe an einem sicheren Ort einen Hammer mit deinen Fingerabdrücken und Ellens Blut. Ich kann jederzeit zur Polizei gehen. Und danach wird dir niemand ein Wort glauben.»

«Das kannst du nicht. Ich hatte ja keine Ahnung … woher hast du meine Fingerabdrücke?»

«Du hast mir doch geholfen, den Wandbehang anzubringen.»

«Wie konntest du sie … einfach umbringen?»

«Du ahnst überhaupt nicht, was ich alles kann.»

Leos Füße bewegen sich über den Boden. Das Türenknallen lässt das Haus erzittern. Fredrik versucht, ganz still zu sein, aber das Schluchzen in seinem Hals schlägt in ein Würgen um. Eine Hand packt seine Haare und zieht ihn unter dem Bett hervor, während das Geräusch von Leos Auto in der Ferne verklingt. Sie packt ihn im Nacken wie ein Katzenjunges. Über Lovisas Lippen strömen Wörter, die er im Rauschen des wilden Wasserfalles, der sich durch seinen Kopf ergießt, nicht verstehen kann. Willenlos folgt er ihr, lässt er sich durch die Luke im Boden in die feuchtkalte Finsternis des Kellers führen. Er hört, wie der Schlüssel zur Speisekammer umgedreht wird. Und dann gibt es nur noch Dunkelheit. Und Kälte. Und Schweigen.

★

Kriminalkommissarin Maria Wern klopft zum zweiten Mal an die Tür und wartet. Hartman tritt einen Schritt zurück und schlingt die Arme um den Leib. Aus dem Schornstein der grauen Hütte mit der Veranda steigt Rauch.

«Was wollen Sie denn schon wieder?», fragt Lovisa, als sie die Tür öffnet. Ihre Wangen glühen.

«Kommen wir ungelegen?»

«Und wie.»

Lovisa geht vor ihnen her. Ihre Bewegungen sind nervös und kantig, das fällt Maria auf. Sie setzten sich an den Küchentisch. Lovisa beißt sich in die Unterlippe. Maria schweigt.

«Was wollen Sie?», fragt Lovisa mit schriller Stimme.

«Haben Sie diese Vogelbeeren gepflückt?»

«Ja, das habe ich. Was haben die mit der Sache zu tun? Was wollen Sie?»

«Sie haben gesagt, Sie seien seit Anfang Juli nicht mehr hier gewesen. Stimmt das?» Lovisa starrt den Tisch an und fährt sich mit den Händen über die Oberschenkel. Dann schaut sie Maria in die Augen.

«Kann sein, dass ich im Oktober kurz hereingeschaut habe. Das weiß ich nicht mehr so genau.»

Maria verstummt. Auch Hartman schweigt. Lovisa schlägt die Augen nieder.

«Sonst noch was?», fragt sie mit angestrengtem Lächeln.

«Im Moment nicht. Aber wir kommen vielleicht noch einmal zurück.»

Langsam erhebt Maria sich. Wirft einen Blick aus dem Fenster auf die bereiften Bäume. Ein halb zerpickter Apfel liegt im Schnee, die Elstern haben ihn aufgegeben. Lange Eiszapfen hängen vom Dach. Sie dreht sich um und nickt Hartman zu, der ihr in die Diele folgt. Lovisa bleibt sitzen. Plötzlich fährt sie zusammen. Unter ihnen hören sie ein Kratzen. Und eine schwache Stimme, die nach Mama ruft.

★

«Vielleicht fällt dir das Reden ja leichter, wenn du den Ring ansteckst und unsichtbar wirst», sagt Maria Wern und schaltet das Tonbandgerät ein.

«Aber wenn ich dann weglaufe?»

«Ich verlass mich auf dich», sagt Maria, und ihre Augen sind freundlich und sehr ernst.

«Ich glaube, ich will ihn nicht mehr», sagt Fredrik. «Ich schenk ihn dir.»

Quellenverzeichnis

Unni Lindell: Der Wettlauf
Aus dem Norwegischen von Gabriele Haefs. Copyright © Unni Lindell. Copyright © der deutschen Übersetzung: Rowohlt Verlag GmbH, Reinbek bei Hamburg 2002.

Iselin C. Hermann: Ein Weihnachtsmärchen
Aus dem Dänischen von Gabriele Haefs. Copyright © Iselin C. Hermann. Copyright © der deutschen Übersetzung: Rowohlt Verlag GmbH, Reinbek bei Hamburg 2002.

Aino Trosell: Gebet für eine Tote
Aus dem Schwedischen von Gabriele Haefs. Copyright © Aino Trosell. Copyright © der deutschen Übersetzung: Rowohlt Verlag GmbH, Reinbek bei Hamburg 2002.

Leena Lander: Die Äpfel
Aus dem Finnischen von Angela Plöger. Copyright © Leena Lander. Copyright © der deutschen Übersetzung: Rowohlt Verlag GmbH, Reinbek bei Hamburg 2002.

Åke Edwardsson: Am Tag vor dem Heiligen Abend
Aus dem Schwedischen von Gabriele Haefs. Copyright © Bokförlaget Semic, Sundbyberg 2001. Copyright © der deutschen Übersetzung: Rowohlt Verlag GmbH, Reinbek bei Hamburg 2002.

Benn Q. Holm: Der Mann aus der Vorstadt
Aus dem Dänischen von Gabriele Haefs. Copyright © Benn Q. Holm. Copyright © der deutschen Übersetzung: Rowohlt Verlag GmbH, Reinbek bei Hamburg 2002.

Leena Lehtolainen: Tag des dunklen Lichts
Aus dem Finnischen von Angela Plöger. Copyright © Leena Lehtolainen. Copyright © der deutschen Übersestzung: Rowohlt Verlag GmbH, Reinbek bei Hamburg 2002.

Unni Nielsen: Schmetterlinge im Dezember
Aus dem Norwegischen von Gabriele Haefs. Copyright © Unni Nielsen. Copyright © der deutschsprachigen Ausgabe Rowohlt Verlag GmbH, Reinbek bei Hamburg 2002.

Henning Mankell/ Håkan Nesser: Eine unwahrscheinliche Begegnung
Aus dem Schwedischen von Gabriele Haefs. Copyright © Bokförlaget Semic, Sundbyberg 2001. Copyright © der deutschen Übersetzung: Rowohlt Verlag GmbH, Reinbek bei Hamburg 2002.